suhrkamp taschenbuch 3298

Ein Tag in Mogadischu. Der somalische Lehrer Koschin wartet auf die Ankunft seiner englischen Freundin Nancy. Die beiden hatten einander versprochen, sich zu heiraten, wenn sie innerhalb von zwei Jahren keinen anderen Partner gefunden hätten. Bevor er Nancy vom Flughafen abholt, kreuzt Koschin noch einmal seine wesentlichen Lebensstationen in der geliebten und gehaßten Metropole, dem »in eine Stadt verwandelten Schlachthaus«.

Im inneren Dialog mit der abwesenden Nancy denkt Koschin über ihr künftiges gemeinsames Leben zwischen Afrika und Europa nach. Er erklärt Nancy das Land, das sie noch nicht kennt, beschimpft und beschuldigt Gott und die Welt für den beklagenswerten Zustand, in dem es sich befindet, und stellt doch zuletzt fest: »Lieber ein Jahrhundert mit Mühen und Enttäuschungen hier in diesem Land als ein langer, glücklicher Tag irgendwo anders.«

Kunstvoll komponiert Nuruddin Farah die Symphonie einer afrikanischen Großstadt in schwierigen Zeiten. Aus der Innenperspektive des Nörglers und Zweiflers Koschin erleben wir ein Land zwischen Korruption und Prostitution, intellektueller Dekadenz und Müßiggang – als liebenswert.

Nuruddin Farah, geboren 1945 in Baidoa, Somalia, lebt heute mit seiner Familie in Nigeria. 1974 verließ er Somalia, wurde in Abwesenheit zum Tode verurteilt und konnte Somalia erstmals 1996 wieder besuchen. Außerdem als suhrkamp taschenbuch erhältlich ist sein Roman *Geheimnisse* (st 3275), für den er 1998 den Internationalen Neustadt-Literaturpreis erhielt.

Nuruddin Farah
Wie eine nackte Nadel

Roman

Aus dem Englischen von
Barbara Hillgen

Suhrkamp

Die Originalausgabe erschien 1976
unter dem Titel *A Naked Needle*
bei Heinemann Educational Books, London.

Umschlagfoto: Bruno Barbey / Magnum / Focus

Eine Übereinstimmung mit lebenden Personen
besteht nur, wo sie beabsichtigt ist.
Wahre Ereignisse werden als solche bezeichnet.

suhrkamp taschenbuch 3298
Erste Auflage 2001

Satz: MZ-Verlagsdruckerei GmbH, Memmingen
Druck: Nomos Verlagsgesellschaft, Baden-Baden
Printed in Germany
Umschlag nach Entwürfen von
Willy Fleckhaus und Rolf Staudt

1 2 3 4 5 6 – 05 04 03 02 01

Für meinen Sohn Koschin

Die Nadel, mit der man
die Kleider der Leute näht,
bleibt selber nackt.
Arabisches Sprichwort

Präludium

Ehestand? Heißt das: Ich bin verheiratet?

Was soll ich, wenn ich ganz ehrlich bin, darauf antworten?

Ich weiß es nicht!

Natürlich, ich hab' da einmal so ein Versprechen gegeben – einer Frau ein Versprechen gegeben. Ich habe mein Wort gegeben, na und? Was heißt das denn schon, solch ein Versprechen, so ein im Augenblick des Gefühlsüberschwangs – wenn man sozusagen über den Wolken schwebt – gegebenes Wort?

Ich habe da zwar keinen Rechtsanwalt konsultiert, ist wahrscheinlich auch zu spät dafür, aber ich kann mir nicht denken, daß so ein Versprechen irgendeine rechtliche Relevanz hat.

Nancy! So heißt die Frau.

Das Versprechen? Das Wort? Nun ja, ich hab' gesagt: Wenn wir beide in zwei Jahren – von dem Tag an gerechnet, an dem wir uns in London (in Heathrow, selbstverständlich!) trennten – nicht verheiratet wären, dann solle sie doch ruhig nach Somaliland (nicht Somalia, wohlgemerkt!), in mein geliebtes Vaterland kommen. Sie schien das ganz in Ordnung zu finden, ich übrigens auch. Sie meinte sogar noch, dieses Übereinkommen sei ihr ganz angenehm. Dann ging jeder seiner Wege.

Nebenbei bemerkt, vor Nancy hatte es für mich eine ganze Menge anderer Frauen gegeben: Da war die nigerianische Schwesternschülerin in Cardiff, eine Italienerin aus Neapel, ein Mädchen von den westindischen Inseln, eine junge Französin und so zehn bis zwanzig somalische Mädchen . . . und alle haben mir, insgesamt betrachtet, das Leben recht angenehm gemacht und mich dazu verführt, immer weiter so dahinzuleben.

Unter uns gesagt: Ich finde es unerträglich, wenn irgendeine Frau von mir besondere Aufmerksamkeit oder Zuwendung erwartet, wenn sie versucht, meine Freiheit einzuschränken, und jammert, sie könne nicht ohne mich leben.

Man stelle sich vor: Eine taube Frau und ein blinder Mann heiraten, leben zusammen und bekommen ein buckliges Kind: Wäre das nicht die ideale Verbindung? Würde die Gesellschaft nicht ihre Sitten ändern für diese Idealfamilie? Das wäre doch die vorbildliche Ehe.

Und dann dieses Geschwätz von Liebe in der Ehe. Daß ich nicht lache! Ich kann nicht lieben. Ich hab' da nichts zu bieten. Alles, was ich mal in mir hatte, habe ich verschenkt, meine Liebe hat der Wind fortgeblasen. Jeder Frau, die ich mochte, habe ich ein kleines Stückchen Liebe mitgegeben – und nun ist nichts mehr da.

Wie dem auch sei: Nancy kommt!

Jedenfalls hat sie sich brieflich und telegraphisch angekündigt. Jedesmal, wenn ich jetzt das Brummen eines Flugzeugs höre, rutscht mir das Herz, oder was davon übriggeblieben ist, in die Hosen, mein Kopf scheint zu platzen, ich werde wütend wie ein Berserker und quäle mich in einen Zustand des Vergessens hinein. Aber dann wache ich wieder auf, zitternd, gelähmt wie kurz vor dem Sterben, fühle mich kastriert und hilflos. Wie es so weit mit mir kommen konnte, weiß ich auch nicht. Vielleicht liegt es daran, daß ich Nancy als Bedrohung empfinde, möglicherweise ist es aber auch etwas anderes.

Da gibt es nämlich auch noch Maryan, eine hübsche und freundliche Somalierin, verständnisvoll und lieb, kurz: ein liebenswertes Mädchen. Maryan ist die Freundin einer Frau, die mir eine Anstellung als Lehrer verschafft hat, Maryan, die mir bei früheren Dummheiten, wenn ich kurz davorstand, mich kopfüber in irgendeinen politischen Schlamassel zu stürzen, sehr oft geholfen hat.

Und da gibt es mein Land, mein Volk, meine Wertvorstellungen. Es gibt die Revolution, der ich treu bin; und es gibt mich oder das, was ich in den Augen meiner Landsleute darstelle.

Es gibt Entscheidungen über Entscheidungen, die getroffen werden müssen! Aber ich war dazu niemals in der Lage, ich kann mich einfach nicht entscheiden! Ich lass' den Dingen ihren Lauf, bis sich eines Tages alles zu Tode gelaufen hat.

Werde ich dieses Mal, ganz unabhängig von allen widrigen Umständen, eine Entscheidung treffen können?

Aber Nancy kommt!

Nancy kommt, sie kommt morgen oder übermorgen, aber sie kommt, sie kommt tatsächlich. Ich muß mich zusammenreißen, mich vorbereiten!

Ich ... Koschin ...

Erster Satz

Koschin wälzt sich nervös in seinem Bett hin und her, flucht und schaut ungläubig auf die Uhr; nach einer durchsorgten Nacht brennen seine roten, übermüdeten Augen; er fühlt sich gequält wie ein in Bedrängnis geratenes Tier. Die Uhr zeigt drei: ein trauriger Morgen mit alarmierenden Geräuschen, die ihm eine gewisse Aufmerksamkeit abverlangen, ein Morgen, anders als alle anderen; bekannte und unbekannte Geräusche, die durch die Öffnungen in den Mauern in sein Zimmer dringen, ihn ablenken, ihn stören. Die Kunst, zwischen Erwachen und Erwachen zu unterscheiden, besteht in der Fähigkeit, den einen Morgen vom anderen zu unterscheiden, denkt er. Und wenn der Teufel einen eine Weile in Ruhe ließe, würde sicherlich auch das Zeitproblem zu bewältigen sein.

Er niest.

Gesundheit!

Das Gefühl, als laufe eine fette Ratte über seine Stirn, sein Gesicht, tue sich an dem Deckflügel einer Kakerlake gütlich, deren toter Körper zu seinem Unbehagen in Reichweite seines Armes liegt, und als krabbele die Ratte ein wenig träge und unbeholfen an ihm herauf und herunter, um so die beste Stellung zum Zubeißen zu finden, hatte ihn aus dem Schlaf gerissen. Entsetzlich! Die Somalis sagen dazu: Grab kein tiefes Loch ... Koschin niest.

Alxamdulillaah!

Und in deinem Telegramm, Nancy, schriebst du, du würdest hierbleiben und mit mir leben wollen, komme, was kommen mag. Dazu kann ich nur sagen ...

Bei diesem unausgesprochenen Gedanken fühlt er sich plötzlich schrecklich deprimiert. Koschin hört, wie allzu lebhafte Stimmen von Menschen ihn bedrängen, während er sich doch noch gemütlich ein wenig ins Bett kuscheln möchte. Menschliche Stimmen, Frauenstimmen, Stimmen seiner Mitbewohner, sieben oder acht, manchmal mehr als zwanzig, zusammen mit denen natürlich, die gar nicht hier wohnen. Er lacht verächtlich, ist deprimiert: Er weiß, diese Frauen wachen nicht vor neun Uhr auf, denn sie bleiben manchmal die ganze Nacht über wach, plappern miteinander, warten auf Kundschaft, rauchen eine Zigarette nach der anderen, hören Musik, kauen Kat und was es dergleichen mehr gibt. Wieder ein Blick auf die Uhr.

Mit Geduld wird es uns in gewisser Weise möglich sein, daß wir uns arrangieren, Nancy, in gewisser Weise, sage ich. Du und ich. Wir beide miteinander.

Ein paar Sekunden lang rührt Koschin sich nicht. Dann streckt sich seine Hand wie von selbst aus, um die gewohnte »Homer-gegen-Wechselfieber-Kur« aufzunehmen, kramt einen Roman, um genau zu sein »Wuthering Heights«, hervor, nicht irgendeinen, sondern seinen Lieblingsroman, in dem er, kurz bevor er in den frühen Morgenstunden eingeschlafen war, noch geblättert hatte. Er hat ihn genau fünfzehnmal gelesen; das ist kein bloßes Lesen mehr, da wird man zu einem Teil der Landschaft, der Moore, der Marschen, der Isolation und des Pathos dieses großartigen Werkes. Er legt das Buch zurück unter sein Kopfkissen und seufzt schwer auf unter seinem weißen Bettuch, das ihn bis zur Taille bedeckt.

Ein Epilog, der die eindrucksvolle Aussage eines Romans verdirbt, das bist du für mich, Nancy. Hoffentlich irre ich mich. Möglicherweise hast du dich ja seit unserer letzten Begegnung verändert.

Koschin fühlt sich ausgehungert, geschwächt, wie unter Quarantäne gestellt durch die Zeit, einen schwer zu besiegenden Feind. Der Krach, den die Nachbarn machten, hat inzwischen nachgelassen.

Eine Frau singt ein Lied, ein Liebeslied natürlich, sie singt im Rhythmus, in dem sie die Wäsche schlägt. Hin und wieder unterbricht sie ihren Gesang, beantwortet eine Frage, dann wendet sie sich wieder ihrer Wäsche zu. Es muß nach neun Uhr sein. Ich kann, sagt er sich, nach diesen Frauen die Uhr stellen. Er dreht sich im Bett um. Neben ihm liegen haufenweise Notizen, einige zerknittern unter seiner Brust, überall Zettel, getippte Notizen, Notizen, auf Matrizen geschrieben und zusammengeheftet, Notizen, die noch einmal geschrieben, noch einmal getippt werden müssen; einen halben Tag Arbeit, hatte er am vergangenen Abend beim Durchsehen gedacht, bevor er sie vorlegen könnte.

Du bist vier Jahre jünger als ich, Nancy. Wußtest du das? Und außerdem: Ich kenne weder Tag noch Datum meiner Geburt. Ein Mann ohne »bestimmte« Vergangenheit, ohne »gegenwärtige« Beschäftigung. Und die Tragödie, scheint mir, besteht darin, daß ich nicht weiß, an welchem Tag, in welchem Monat oder Jahr ich sterben werde. Das ist vielleicht das einzige, was wir gemeinsam haben!

Das Zimmer, in dem Koschin wohnt, gehört zu einem baufälligen Haus im Stadtteil Hodan; es hat ein Aluminiumdach, die Wände sind fleckig, blau-weiß gemalt – welch gräßlicher Geschmack! –, und es gibt nur eine Toilette für die ungefähr zehn Bewohner, die sonst nicht im geringsten daran denken, irgend etwas untereinander zu teilen. Drei Zimmer nebeneinander, drei gegenüber, am Ende des Flures ein Zinkblechverhau als Küche, rechts davon Toilette und Bad in einem Raum – unter freiem Himmel, und nur wenig davon entfernt eine Reihe von Wassergefäßen aus Ton, darunter auch das von Koschin, die immer leer, immer schmutzig sind. Was war das nur für ein unerfahrener Bauherr, der solche Wohnungen gebaut hat: Die Lichtschalter befinden sich an den falschen Stellen, und die Räume sind schlecht zu lüften. Seinem Zimmer gegenüber wohnt die Hausbesitzerin, eine übel beleumdete Frau. Sie kam nach der ruhigen, großen Frau und Mutter, die Koschin so gemocht hatte. Sie hatte mit ihren vier Kindern und einem Mädchen vier Räume ganz für sich und er, Koschin, einen. Leider zog sie aus; die ruhige, schweigsame Frau hatte ein Haus in Medina gekauft und tat es mit viel Gepränge und Trara. Noch am selben Tag kam die Hausbesitzerin, brachte alle möglichen merkwürdigen Möbelstücke und vier merkwürdige Kreaturen mit; seitdem sind Koschins Nächte unruhig, und Alpträume zwingen ihn, jede Nacht zwei Schlaftabletten zu schlucken, um Ruhe zu finden bei dem Spektakel, das die Kunden dieser gewissen Frauen zu jeder Stunde der Nacht veranstalten.

Nancy, ich habe versucht umzuziehen. Ich habe mich überall umgesehen, alles angeschaut. Dieses dumme Einmischen der Regierung – Intervention, wenn du willst – bei den Mieten. Und wenn zwei Elefanten miteinander kämpfen, so lautet ein Sprichwort bei uns, leidet das Gras, das von ihnen zertrampelt wird.

Mitten in der Nacht hört er ein Klopfen an seinem Fenster, dann manchmal eine bekannte Stimme:

»Canab, mach auf, ich bin's.«

Eines Nachts öffnete er das Fenster, und da stand ein Minister; da schloß er das Fenster sofort wieder und meinte: »Canab ist beschäftigt, sehen Sie das nicht?«

Doch ich leide nicht, denn ich bin ein Leuchtfeuer im Brunnen des Lebens, suche nach ein paar Blasen, nur ein paar Blasen, die atmen und gurgeln, möchte, daß es länger anhält, das ständige Formen und Neuformen. Ein Leuchtfeuer im Brunnen des Lebens, Nancy.

Koschin steht auf, geht barfuß zur Tür, kehrt zurück, läuft zum Tisch, lehnt sich dagegen. Er nimmt die Uhr und hält sie ans Ohr: Sie ist stehengeblieben. Er zieht sie auf und stellt sie wieder hin, ohne die Zeiger neu einzustellen. Er lacht in sich hinein bei der Vorstellung, nur wegen einer von Menschen erdachten Bequemlichkeit wie die einer Uhr entweder zu früh oder zu spät dran zu sein. Was für eine Farce! Das Kontinuum, die Stetigkeit der eigenen Wirksamkeit, wenn man so will, geht es ihm durch den Kopf. Und er schaut die Uhr genau an. Sie reagiert auf ihn: Sie tickt, sie spricht, Zeit im Raum wird deutlich. Aber wie nennt McLuhan Uhren? Eine Ausdehnung des Bewußtseins? Oder des Auges? Das letzte hört sich eigentlich logischer an.

Fiammiferi, macchina da barba, und der alte Mann, der auf einem Auge blind war, der, der das Tablett trug, Nancy, erinnerst du dich?

Koschin sucht nach Zigaretten. In der Schachtel, die am Fußende des Bettes liegt, sind keine mehr. Im Aschenbecher, da ist wahrscheinlich noch eine drin. Er tastet in den Aschenbecher – da ist eine, zu einem Viertel geraucht, zusammengedrückt. Er streicht sie sanft gerade, darauf bedacht, nicht ein Quentchen Tabak zu vergeuden. Streichhölzer? Keine Streichhölzer, kein Brennholz? Er entdeckt eines in der Nähe seiner Stiefel und bückt sich. Anzünden, paffen, inhalieren: Tage, kreative Epochen, ohne Eitelkeit, ohne Engagement. Warum raucht man? Non ce ne importa! Eine Weile genießt er es zu rauchen, genießt es gewaltig. Man soll vor dem Essen nicht rauchen. Sehr gefährlich, schlecht für die Lunge, für den ganzen Kreislauf, das ganze Dasein, wenn man es recht betrachtet.

Ich sage dir, Nancy, lieber ein Jahrhundert mit Mühen und Enttäuschungen hier in diesem Land als ein langer, glücklicher Tag irgendwo anders. Zeit, daß man weiß, was man will, wie? Wie steht's nun eigentlich mit der begnadeten Revolution?

Draußen hat es begonnen, in Strömen zu regnen. Koschin müßte eigentlich zur Schule, um seinen Unterricht zu halten. Die Pflicht ruft. Aber er hat keinen Schirm und auch keinen Regenmantel. Er haßt alle Art von Mänteln, ob es nun regnet oder kalt ist. Dasselbe gilt auch für Jacketts. Ein Frevel ist es geradezu für ihn, einen Mantel anzuziehen. Er verwendet auch kein Gesichtswasser, noch nicht einmal nach dem Rasieren. Einfachheit, Einfachheit und noch einmal Einfachheit. Die Schule? Wozu das?

Weißt du, eine Revolution ist wie eine bittere Pille. Man spürt die Vorteile erst, wenn man die Anfangsqualen überstanden hat. Die Somalis vertragen keinen Schmerz, sie wollen den Himmel auf Erden, ohne sich anstrengen zu müssen.

Ein Hahn kräht. Nur gut, denkt Koschin bei sich, daß ich nicht der einzige bin, der sich in diesem irrenden Universum irrt. Ein Hahn, der zu dieser Tageszeit kräht? Müssen Erscheinungen sich nicht einfach in Luft auflösen? Er drückt die Kippe seiner Zigarette aus. Dann zieht er unter der Matratze eine schmutzige Unterhose hervor, zieht sie an, schneidet eine Grimasse, zuckt zusammen, tadelt sich, daß er sie nie wäscht. Er trägt sie monatelang, bis sie zerschlissen sind. Seiner Meinung nach ist das die sparsamste Methode. Warum sollte er sie waschen und dabei Energie und Seife vergeuden? Manchmal nimmt er einen ganzen Stapel Hosen und wirft sie ins Meer: Da haben sie das Vergnügen, in die Tiefen des Unbekannten zu segeln, geht es ihm durch den Kopf. Jetzt sieht er, daß die Ränder der gerade angezogenen Hose braun gefärbt sind, mit Schmutzflecken übersät.

Die Intellektuellen hier nörgeln am Status quo herum. Sie denken, da würde die Luft etwas knapp, und möchten sich distanzieren, solange es noch geht. Und ich? Nein, Nancy. Ich bin kein Nörgler. Ich weiß, was ich will. Das macht einen gewaltigen Unterschied.

Koschin steht neben seinem Bett und schaut durch das Drahtgitter vor dem Fenster. Ein Hund hat sein Bein gehoben. Er hat unter sich den Sand aufgewühlt, und Koschin sieht ihm beim Pinkeln zu. Hunde ernährt man, von Kaninchen ernährt man sich: Das ist irgendwie unfair, wenn es so etwas wie Fairneß in dieser Welt überhaupt geben sollte. Ganz oben durchs Fenster sieht er den Himmel: Der kleine Ausschnitt, den er überblickt, ist mit einem Regenbogen, jener anmutigen Erscheinung, dem Schmuck des Himmels, bedeckt.

Koschin niest.

»Pardon«, murmelt er vor sich hin und klatscht plötzlich ohne ersichtlichen Grund Beifall.

Mit Sicherheit: Die Bühne ist bereit, das Schauspiel wird stattfinden. Und trotzdem habe ich immer noch nichts zu nörgeln. Schau mich an, Nancy. Sehe ich aus, als ob ich mich fürchte? Schau her. Vielleicht sehe ich tatsächlich so aus. Denn ich bringe Unglück.

Da hört er das Brummen eines Flugzeugs. Jede Bewegung an ihm erstarrt, nur seine Körperfunktionen sind noch intakt: Ein Furz aus Angst, ein Ablassen von Luft. Angst wovor?

Vor dem Verlöschen, Nancy. Angst davor, daß ich zu den für immer Hingegangenen zählen könnte, ohne eine Spur zu hinterlassen. Der Tod ist kein Gast, der irgendwo jemals von ganzem Herzen willkommen wäre. So ungefähr hat es Goethe gesagt, wußtest du das?

Die Luft schießt aus seinen Lungen in die Beine. Sie zittern. Speichel sammelt sich in seinem Mund. Er verfällt in Krämpfe und weint – immer noch mit weit geöffneten Augen – ohne Tränen.

Eine Schlange, die zischt, als wolle sie angreifen? Nancy, du bist . . . eine Schlange. Oder bist du doch keine?

Das Flugzeug schwebt hoch über Koschins Zimmer. Das Wellblechdach klappert bei dem Druck und Lärm. Vielleicht die Somali Airlines, die gerade ein paar Zentimeter über den Wellblechdächern der Stadt fliegt. Es heißt, mit dieser Fluglinie komme man nie zu spät an, weil sie schon vor der angekündigten Zeit starte. Aber schließlich ist auch noch kein Küken geflogen, bevor ihm Flügel gewachsen waren.

Koschin setzt sich auf den einzigen Stuhl, den es im Raum gibt, und er versucht, Erinnerungen ins Gedächtnis zurückzurufen, Namen, die ihm irgendwann einmal etwas bedeutet haben. Sie kommen wie ein schwindelerregender, feiner Sprühregen außerhalb der Jahreszeit. Doch bei jedem Namen steht auch der von Nancy auf, eine unerreichbare Fata Morgana, und erscheint und verschwindet völlig willkürlich. Koschin zieht den Stuhl etwas näher zum Tisch heran, der über und über mit Büchern bedeckt ist, weil er kein Regal besitzt. Bücher der verschiedensten Art, die meisten von ihnen nur zur Hälfte gelesen. Koschin macht die Schublade auf und sucht unter allen möglichen Dingen ein in Leder gefaßtes Amulett heraus, das er als Junge zum Schutz gegen den bösen Blick um den Arm getragen hatte.

Das habe ich in Erinnerung an meine Mutter behalten, Nancy, als reine Erinnerung. Meine Mutter hat mir gesagt, ich solle es immer tragen, und . . .

Er steht auf und macht sich auf die Suche nach einer alten Rasierklinge, um das Amulett aufzuschneiden. Ich muß es aufschneiden, um innen drin lesen, sehen zu können, was auf mich zukommt, mögliche Prophezeiungen in dem Gekritzel des fast erblindeten Scheichs sehen. Er findet keine Rasierklinge, nimmt die Zähne. Schließlich, denkt Koschin sich, kürze ich meine Nägel auch mit den Zähnen. Ob er überhaupt mutig genug ist, das zu lesen, was in dem Amulett steht? Seine Lippen zittern, seine Zähne schlagen aufeinander. Aber ihm ist jetzt wärmer.

Nancy, ich bin ein Dummkopf. Du behältst deinen Rosenkranz und kannst die Perlen zählen, ich kann mein Amulett nicht aufbewahren. Reductio ad absurdum! Wenn ich es nun aufschneide, was habe ich dann wohl? Ich sag dir eins: Ich bin ein Schlaukopf.

Nachdem er ein paarmal in die Naht um das Amulett ge-

gehe sie gar nicht gern ins Kino – oder zu Volksstücken im Nationaltheater – die ihr über die Maßen gefielen. Sie habe immer geglaubt, es sei sein eigenes Geld, das er dabei ausgab. Nur einmal habe sie ihn wegen seines vielen Geldes, das er zur Verfügung hatte, gefragt, aber sehr diskret, um seine Gefühle nicht zu verletzen, wieviel er im Monat verdiene.

»Bist du schon aus gewesen?«

»Ich war auf dem Fleischmarkt, wenn du es so genau wissen willst.«

Ihr zukünftiger kleiner Mann habe es ihr genau gesagt: Nur 350 Schillinge, aber er habe noch eine andere Quelle: seinen Anteil an der Kompensationszahlung, die er und ein paar andere von einem Amerikaner erhielten, der bei Sinclair arbeitete und einen Verwandten getötet habe.

»Ist Wasser da?«

»Wasser?«

»Ja doch, in den Töpfen.«

»Wozu?«

»Ich muß baden. Ich stinke.«

»Wasser? Warum fragst du gerade mich?«

»Schlampe«, murmelt er für sich.

»Ich weiß, daß in meinem keins ist.«

»Sieh doch selber nach.«

Ihres zukünftigen Mannes Mißbrauch von Staatsmitteln hat sie zur Hekatombe, zu einer Frau auf dem Abstieg werden lassen. Jetzt muß sie sich damit trösten, daß jeder schließlich einmal seine besten Zeiten erlebt. Und sie hat sie auf jeden Fall gehabt: Sie wurde abgeholt und wieder nach Hause gebracht, sie konnte Eis schlecken – wenn sie wollte –, Cappuccino bei der AGIP in der Nähe von Shabelle trinken. Sie hatte modische Kleider, sehr teure, der letzte Chic, mein Gott, sie hatte alles, wofür eine Frau der Mittelklasse in Mogadischu Körper und Seele verkaufen würde. Sie hat gute Zeiten gehabt, ganz sicherlich, sie hat gute ...

ken. Er geht zurück und zieht sich seinen Sarong über, den er vom Boden aus einem Haufen schmutziger Kleidungsstücke fischt. Dann geht er wieder zur Tür und ruft Faduma etwas zu.

Grob antwortet sie mit der Frage:

»Was willst du?«

»Wie spät ist es?«

Zu sich selbst gewandt:

»Sagte man früher nicht: Wenn du wissen willst, wie spät es ist, dann geh und frag einen Mann Gottes?«

»Ich weiß nicht.«

»Ist es schon nach neun?«

»Wie soll ich das wissen?«

Sauerei, absolute Sauerei, denkt Koschin.

»Meine Uhr ist stehengeblieben.«

»Mac sokor!« antwortet Faduma sarkastisch und bitter.

Ich schwöre, eines Tages krieche ich in dich hinein, denkt Koschin bei sich, als er sieht, wie sie mit weit gespreizten Beinen dasitzt. Er ist nervös und ärgerlich. Aber warum?

Faduma, Strandgut zweier unbeugsamer Kräfte: verfehlte Ehe, kein Geld. Sie hatte aber immerhin den Mut, vor der Polizei auszusagen, oder? In einem Zustand der Verwirrung machte sie, nachdem sie gefoltert worden war – die Bürokratie duldet niemanden, der sich von ihr nicht versklavt fühlt –, mit blutender Nase folgende Aussage: Sie habe mit ihm in jenen Jahren nichts zu tun gehabt, habe sich nicht einmal mit ihm getroffen, wisse weder von den kleinen Reichtümern noch profitiere sie davon, was ihr kleiner zukünftiger Ehemann, der als Büroangestellter im Hafen von Mogadischu arbeite, entdeckt hatte.

»Ist die Sonne schon lange aufgegangen?«

»Na ja, vor einiger Zeit.«

Sie erklärte dann der Staatspolizei ihre Lage: Ihr zukünftiger Ehemann und sie redeten nicht über sein Privatleben. Er käme in der Regel, um sie ins Kino einzuladen – dabei gehe sie gar nicht gern ins Kino – oder zu Volksstücken im Nationaltheater – die ihr über die Maßen gefielen. Sie habe immer geglaubt, es sei sein eigenes Geld, das er dabei ausgab. Nur einmal habe sie ihn wegen seines vielen Geldes, das er zur Verfügung hatte, gefragt, aber sehr diskret, um seine Gefühle nicht zu verletzen, wieviel er im Monat verdiene.

»Bist du schon aus gewesen?«

»Ich war auf dem Fleischmarkt, wenn du es so genau wissen willst.«

Ihr zukünftiger kleiner Mann habe es ihr genau gesagt: Nur 350 Schillinge, aber er habe noch eine andere Quelle: seinen Anteil an der Kompensationszahlung, die er und ein paar andere von einem Amerikaner erhielten, der bei Sinclair arbeitete und einen Verwandten getötet habe.

»Ist Wasser da?«

»Wasser?«

»Ja doch, in den Töpfen.«

»Wozu?«

»Ich muß baden. Ich stinke.«

»Wasser? Warum fragst du gerade mich?«

»Schlampe«, murmelt er für sich.

»Ich weiß, daß in meinem keins ist.«

»Sieh doch selber nach.«

Ihres zukünftigen Mannes Mißbrauch von Staatsmitteln hat sie zur Hekatombe, zu einer Frau auf dem Abstieg werden lassen. Jetzt muß sie sich damit trösten, daß jeder schließlich einmal seine besten Zeiten erlebt. Und sie hat sie auf jeden Fall gehabt: Sie wurde abgeholt und wieder nach Hause gebracht, sie konnte Eis schlecken – wenn sie wollte –, Cappuccino bei der AGIP in der Nähe von Shabelle trinken. Sie hatte modische Kleider, sehr teure, der letzte Chic, mein Gott, sie hatte alles, wofür eine Frau der Mittelklasse in Mogadischu Körper und Seele verkaufen würde. Sie hat gute Zeiten gehabt, ganz sicherlich, sie hat gute . . .

»Was kochst du da?«

»Nichts für dich.«

Und nun arbeitet sie hier, für Koschin & Co., Gesellschaft mit unbeschränkter Haftung, ergeben Tag für Tag, und ist nie bereit, nicht einmal für einen Moment, ihre unwiederbringlich kostbare Arbeitskraft und Zeit an ihn zu verschwenden.

Aber sie kocht für vier überhebliche Männer in teuer aussehender Stadtkleidung – das trifft auch auf Koschin zu –, die – aber das trifft nicht auf Koschin zu – im tiefsten Innern nach Nutten schreien und in naher Zukunft ins Exil nach Europa oder anderswohin abwandern wollen. Diese vier leben im Umkreis von fünfzig Metern und treffen sich bei den Mahlzeiten, die Faduma kocht.

»Wo sind diese Wassermänner mit ihren Eseln?« fragt Koschin.

»Sie streiken.«

Fünfzehntausend Shilling an Staatsgeldern in seiner eigenen Tasche. Es war falsch, es war gegen das Gesetz, und seine ganze Habe samt seiner zukünftigen Frau kam unter den Hammer. Faduma verfiel daraufhin längere Zeit in Wehklagen, und schließlich ließ man sie laufen. Sie waren eigentlich recht freundlich zu ihr. Sie behandelten sie nicht wie eine Komplizin; die Polizei konnte den Schwachen gegenüber also auch gnädig sein. Seitdem hat sie sich schwergetan, sich mit der Tatsache abzufinden ... ja, mit welcher Tatsache eigentlich?

»Wo hast du das Wasser zum Kochen her?«

»Hab' es nebenan geborgt.«

»Kannst du mir auch welches holen?«

»Nein.«

Ja, mit welcher Tatsache eigentlich? Der zukünftige Ehemann endete am Galgen. Und sie selbst hätte auch im Gefängnis verrecken können: Die Polizei kann, wenn sie will, mit jedem hart umspringen. Hinzu kommt, daß sie keinen

Beruf hat. Sie war vom Land, auf dem das Leben so ganz anders war, in die Stadt gekommen, wo sie nur wenige Menschen kannte.

»Laß mich zufrieden«, meint Faduma.

Sie bläst ins Feuer, die Kohlen glühen rot, und sie schwitzt. Schweißperlen bilden sich um ihre Augen und auf ihrer Stirn. Koschins Augen wandern zu ihren fetten Brüsten. Sie erinnert ihn an den Engel im Vierten Kreis des Himmels, der durch jede Pore seines Körpers Tränen vergießt und damit für die von den Menschen begangenen Sünden zahlt.

»Riecht gut.«

»Was?«

»Das Essen.«

»Du kriegst aber nichts. Du hast nicht bezahlt.«

»Wer sagt das?«

»Ich seh's am Geld.«

Sie legt ein Stück Fleisch von der Größe eines Eidechsenschenkels in die Pfanne. Koschin hüpft umher, als wolle er für sich allein einen rituellen Tanz aufführen. Unnötig mißtrauisch und verächtlich starrt er nach unten.

»Da hast du allerdings recht«, meint er.

Sie bläst ins Feuer. Koschin entschließt sich, sie aufzumuntern.

»Wußtest du, daß Guinea vergewaltigt worden ist?«

»Wer ist Guinea?«

Sie ist wirklich schlampig.

»Sag lieber: Wo ist Guinea?«

Sie nimmt die Pfanne vom Feuer und sucht nach irgend etwas.

»Wonach suchst du?«

»Laß mich zufrieden.«

Er nimmt das Messer, das in seiner Nähe liegt, und reicht es ihr.

»Wo ist Guinea?«

»Irgendwo in Afrika.«

Faduma steckt das Messer zwischen ihre Zehen neben den großen Zeh.

»Kenn' ich sie?«

»Das solltest du eigentlich.«

Sie schaut zu ihm auf, nicht sicher, was sie sagen soll. »Vergewaltigt? Entjungfert?«

»Es ist der Name eines Landes.«

Verwirrt:

»Keine Frau, kein Mädchen. Und sie ist gegen ihren Willen entjungfert worden?«

»Zunächst einmal war sie gar keine Jungfrau.«

Neugierig:

»Und wer hat sie vergewaltigt?«

»Das weiß keiner.«

Jetzt ist sie sicher, daß er sich über sie lustig macht. »Ach, hau ab, und wasch dich, du stinkst.«

Sie kehrt ihm den Rücken zu. Koschin geht taumelnd davon. Müdigkeit und Abscheu steigen in ihm hoch. Er stößt die Toilettentür, die halb offen steht, weiter auf, und der Gestank des gesammelten Abfalls von vielen Menschen, die sich hier im Haus aufgehalten haben, der Gestank der rechtmäßigen und unrechtmäßigen Bewohner schlägt ihm ins Gesicht. Mit dem Wassereimer kommt er wieder heraus, entschlossen, wenigstens für eine Katzenwäsche Wasser aufzutreiben.

Da gibt es die Geschichte von dem Kamel, das vor Gericht gebracht und sehr sorgfältig und neugierig angeschaut wurde. Ob das Urteil über den Besitzer des Tieres oder über das Tier selbst verhängt werden sollte, hängt von der Entscheidung des Gerichts für Sicherheitsfragen ab. Du solltest daher niemals mit dem Feuer spielen, wenn du hier bist, Nancy.

Koschin ergreift die Wasserkanne und einen in Polen hergestellten Eimer und bückt sich zu dem nächststehenden Wassertopf aus Ton, um ihn auszukratzen. Wie ein Wünschelrutengänger hält er die leere Kanne in der Hand, und tief im Kreuz, in der Wirbelsäule, spürt er einen Schmerz, der an sein Älterwerden erinnert. Er streckt sich, steht ganz gerade, und da kommt ihm wieder der Tag in den Sinn, an dem er von einer Klippe fiel, acht Meter tief, irgendwo in der Nähe eines Affentempels. Dreißig Tage im Krankenhaus, Bandagen, Gemüsesuppe und eine Ärztin, die ihn einmal »einen Heiden von Puntland« nannte. Er bemerkt, wie Faduma aufsteht. Sie starrt ihn an. Fürchterliches Weibsbild!

Laß dich niemals direkt mit Frauen ein, Nancy, keine Konfrontation, wenn möglich. Sie sind wild hier, nicht zu zähmen. Ich möchte mich nicht noch erniedrigen müssen – angesichts der Tatsache, daß ich sowieso schon mit dir zu tun habe. Das spricht gegen mich, das ist etwas, das ich in jeder Minute meines Lebens verteidigen muß – allein diese Verbindung mit dir. Sei sehr taktvoll, Nancy!

Er beugt sich wieder über den Topf und fühlt sich trotz des Schmerzes in der mißgestimmten Saite seines unmusikalischen Alters besser und fragt sich, wenn auch nicht zum ersten Mal: Wie alt bin ich eigentlich? Die Wasserkanne scheppert über den Boden. Es ist so wenig Wasser im Topf, daß sich nicht einmal eine halbierte Wespe darin waschen könnte. Verschwendung von Arbeitskraft, die Höhe der Launenhaftigkeit – diese Wassermänner mit ihrem Streik!

Du kannst es mir ruhig glauben, Nancy, deine Religion stößt sie mehr ab als deine Hautfarbe. Wenn die Somalis dich sehen, werden sie mich sofort fragen, ob du Mohammedanerin bist. Bist du es nicht – und soweit ich weiß, bist du es ja tatsächlich nicht –, werden sie weiter fragen, ob die Möglichkeit besteht, daß du dich jemals zum Islam bekehrst.

Wieder das scheppernde Geräusch der Kanne. Etwas weniger laut als vorher. Ein drittes Mal schöpfen, ein viertes, ein fünftes Mal. Es reicht, um sich das Gesicht schmutzig zu machen. Hunde, arme Hunde haben sowieso keine Angst vor Dreck, oder? Koschin ist jetzt einigermaßen zufrieden. Besser, als wie ein Skunk zu stinken ... Wirklich, da ist dies doch millionenmal vorzuziehen. Er schnauft jetzt, und sein Denken setzt aus: eine zweijährige Studie, vier Jahre echter Arbeit an einem einigermaßen umfangreichen Projekt; sowohl die Amerikaner als auch die Russen erschöpfen deine Geduld. Die Chinesen ...

Koschin taucht die Finger ins Wasser und berührt seine Stirn, wie um sich zu salben: Dio benedetto, Deus benedictus.

Tatsache ist, Nancy, daß sie deine Haut gar nicht abstoßend finden. Sie haben Angst vor dem, was du darstellst: eine Bedrohung. Aber auch eine schwarze Haut und krauses Haar scheinen ihren Ärger nicht zu vertreiben. Denn wärst du aus Nigeria und dabei keine Mohammedanerin, würden sie deswegen genauso einen Zirkus machen, als wenn ich Schweinefleisch äße. Paß also auf, was du in dieser Beziehung sagst.

Entschlossen – komme, was da will! – bückt er sich nach dem Eimer und geht zur Toilette. Sein Kopf stößt an die Wäscheleine, die ihm in seiner augenblicklichen, angespannten Verfassung wie die Hakenleiste eines Schlachters vorkommt, an dem die Tierkadaver – hier offensichtlich Fadumas Wäsche – herabhängen. Ein Schultertuch Fadumas fällt herunter. Er setzt ruhig seinen Eimer ab, beugt die Arme, knickt die Beine und läßt sich herab wie ein Hindu-Anhänger, der seine schmutzige »Seele« in den heiligen Ganges taucht. Mit den Fingerspitzen hebt er das Schultertuch auf und legt es um die Wäscheleine. Dann zieht er den Knoten seines Sarongs fester um die Hüften und beobachtet, wie Faduma ins Feuer bläst: Faduma – ein Fürsprecher sollte eigentlich Bescheid gewußt haben, der Michelangelo aller verlassenen Mandarine – erstaunlich. Ihre Hände, bemerkt Koschin, sind so rot wie die von Asraaiil.

»Ich wollte gerade sagen ...«, beginnt er.

»Interessiert mich nicht.«

»... Zwiebeln und Tomaten ...«

»Geh weg!«

»... Menschenfleisch, zu einem genießbaren Gericht verarbeitet.«

»Willst du etwa, daß ich mir in den Finger schneide?«

»Frauen tun das, wenn sie einen gutaussehenden Mann vor sich haben.«

»Du bist der häßlichste.«

»Die Frauen schneiden sich in den Finger, wenn sie den schönen Yousuf sehen.«

»Wer ist Yousuf?«

»Der Prophet natürlich.«

Ihr Kleid ist hochgerutscht. Deshalb muß das Kleid wieder runter, damit der Nacktaffe mit seinen nackten Augen nicht ihre nackten Beine liebkost. Und Koschins Augen folgen der Bewegung der Hände, die den Rock wieder in Ordnung bringen.

Faduma hört mit ihren Essensvorbereitungen auf. Das Messer jedoch steckt immer noch zwischen ihren Zehen. Außerdem hat sie etwas Blut an den Händen. Eine Henne macht sich an die Tomatenschalen heran, die herumliegen, und beginnt zu picken.

»Sss!« scheucht Koschin sie weg.

Die Henne läuft erschreckt hin und her, landet auf Fadumas Kopf und flattert davon. Koschin lacht. Er geht mit seinem Eimer in Richtung Toilette.

Ganz Somalia ist nämlich eine große sandige Toilette, Nancy. Die Kinder, aufgereiht, hocken auf dem Boden, entleeren ihren Darm, ihre Mütter schauen zu, beten zu Gott, Er möge den Kleinen helfen und ihren Därmen Erleichte-

rung gewähren – denn Verstopfung ist hier eine alltägliche Sache.

In der Toilette springt Koschin das Elend ins Gesicht. Es scheint zu sagen: Ich schlage die, die nicht zurückschlagen können. Eine sehr schlecht gelüftete Nische, roh zementiert, mit vier Aufhängevorrichtungen, die an die vier Ecken der Wand genagelt sind, von den gebrauchten Holzstöckchen, die über den ganzen Boden verstreut liegen, nicht zu sprechen. Die Kakerlaken scheinen sich wie zu Hause zu fühlen, sie strömen aus dem von allen als Toilette benutzten Loch hinaus und wieder hinein. Jemand hat das Ziel um ein paar Zentimeter verfehlt und einen Picasso-Modernissimo auf dem Rand hinterlassen. Manche Leute bemerken Löcher einfach nicht.

Während der Zeit, als ich auf dem Lande wohnte, Nancy, hab' ich dir das schon erzählt, habe ich meinen Hintern mit Stöckchen gewischt. Klar, kein Toilettenpapier. Berge habe ich davon verbraucht, als ich in Europa war. Rauhe Sache, gell!

Er hockt sich über das Loch und lehnt sich zu einer Seite, um seinem Darm Erleichterung zu verschaffen. Eine Kakerlake marschiert auf seine Zehen zu. Koschin kauert sich zusammen, biegt die Zehen nach hinten, nach oben. Entsetzliche Kreaturen, diese Kakerlaken! Sie sind hier so sicher wie ein Heiliger im Himmel.

Ein Stehklo für dich, Nancy, in Liebe und mit bösen Ahnungen von Koschin! Gott beschütze dich!

Er tritt aus dem teuflischen Ort an die frische Luft und sagt:

»Alxamdulillaah!«

Faduma arbeitet jetzt mit einem Stein und zerkleinert eine Menge Gewürze, die sie zwischendurch immer wieder mit der hohlen Hand aufnimmt und in eine rechts von ihr stehende Vase ohne Griff kippt. Außerdem bemerkt Koschin, daß ein alter Mann bei ihr steht. Er trägt einen funkelnden Spazierstock in der Hand und stampft damit in einem Rhythmus auf den Boden, der an Trommeln erinnert. Der Mann ist von großem Wuchs, hat ein Doppelkinn und sieht wohlhabend aus. Außerdem trägt er einen buschigen Bart, der in der Mitte durch eine unbehaarte Oase geteilt ist. Koschins sechster Sinn verrät ihm, daß sie über ihn sprechen. Der alte Mann flüstert, als Koschin näher kommt.

»Bist du Koschin?«

»Unter diesem Namen kennt man mich, ja.«

»Du kennst mich nicht, nicht wahr?«

»Vielleicht ein Polizist in Zivil.«

»Das habe ich mir gedacht«, meint der Alte und tritt auf Koschin zu.

Ein Verwandter von mir, von meiner Mutter, meinem Vater oder der Tante. Er will mich sicher um Hilfe bitten, um Geld, wette ich.

»Ich kenne aber dich. Damit hab' ich dir etwas voraus.«

Zu sich selbst sagt Koschin:

»Da bin ich sicher, ich glaub's dir.«

Der Alte lacht, man sieht die Lücken in seinen Zähnen. Er beginnt wieder auf den Boden zu stampfen.

»Ja?«

Der Alte kommt jetzt zur Sache:

»Wie du vielleicht gehört hast, hat Cali, der Lehrer, kaltblütig einen Mann mit dem Messer getötet. Cali ist verhaftet worden, aber die Stammesältesten des ermordeten Mannes und die unsrigen haben eine Mattenverhandlung abgehalten und sich darauf geeinigt, daß wir, um den Stamm des Mannes zu besänftigen, einen Betrag von ein paar hundert Schillingen zahlen.«

Eine Stammesbotschaft! Na, so etwas.

»Wer ist Cali?« Koschins Stimme klingt nervös.

»Cali, der Sangaab!«

Die Bezeichnung »Sangaab« sagt Koschin nichts.

»Ich kenne viele Calis mit Stupsnase. Aber wer bist du denn überhaupt?«

»Ich bin vom selben Stamm wie du.«

Und wir teilten euch in Nationen und Stämme, damit ihr euch besser kennenlernt, sagt der Koran.

Koschin wiederholt seine Frage:

»Wer bist du?«

Der Alte geht noch näher auf Koschin zu, er ist unruhig, stößt mit dem Spazierstock auf den Boden, dann gegen seine Schuhe, kämpft schwer mit dem Problem, berührt vorsichtig seinen buschigen Bart. Er hat das Käppchen vom Kopf genommen. Für sein Alter hat er zu viele Haare, Haare, die leicht ergraut sind. Er sagt:

»Wir brauchen einen Beitrag zum Blutgeld.«

»Ausgerechnet von mir?«

»Von jedem Mitglied des Stammes. Ich habe eine Liste, auf der stehst du als erster. Wir wissen, daß du genug verdienst.«

»Wer bist du? Es interessiert mich wirklich.«

»Die anderen Stammesältesten machen auch die Runde. Wir hoffen, daß wir bis morgen einiges gesammelt haben.«

»Ja, ja, aber wer bist du?«

»Termin ist übermorgen. Donnerstag.«

Koschin schreit:

»Ich habe gefragt, wer du bist?«

Der alte Mann ist eine Weile still, wiegt seinen Kopf hin und her. Dann sagt er seinen Namen, und um es Koschin leichter zu machen, nennt er auch den Namen seines Sohnes, der offensichtlich eine bekannte politische Persönlichkeit in der Republik ist. Eine Erinnerung erwacht in Koschin. Mnemosine, du Königin des Quiz, bitte hilf. Plötzlich ist die Erinnerung voll da:

»Du bist sein Vater?«

»Ja.«

Koschin erinnert sich, wie er sich an diesen Botschafter,

den Sohn des Alten, in einem fremden Land, im Land des Ex-Kolonialherren, wandte, wie er ihn vor langer, langer Zeit um Hilfe gebeten hatte. Monatelang hatte er nicht genug Geld gehabt, hatte von der Hand in den Mund gelebt, das Stipendium reichte nicht aus, er hatte keinen Teilzeitjob, nichts, um seine Bedürfnisse zu befriedigen. Und der Botschafter in dem fremden Land, der somalische Botschafter, der Repräsentant von Koschins Regierung – weiß Gott, was die wert war – spendierte ihm ein billiges Gericht – Fisch und Pommes frites – in einem ziemlich heruntergekommenen Restaurant, das Italienern gehörte. Kein Wunder, daß der Botschafter gleich vorschlug, dorthin zu gehen. Sobald Koschin beim Chef seine Bestellung aufgegeben hatte, fuhr der Botschafter in seinem Cadillac mit Chauffeur fort – nachdem er natürlich erst das Essen bezahlt hatte. Der arme Koschin war an jenem Morgen wegen seiner Einsamkeit, seines Hungers und Ärgers völlig niedergeschlagen. Es war ein widerlicher europäischer Wintertag, windig und frostig, seine Hände waren angeschwollen, und seine Knochen taten ihm weh. Einen mitleidslosen Henker von einem Repräsentanten hatte er den Botschafter genannt.

»Wo ist er?«

»Cali? Er ist aus dem Gefängnis heraus, die Stammesältesten haben eine Kaution gestellt.«

»Dein Sohn?«

»In Finnland. Er ist jetzt dort Botschafter.«

Es war ja nicht so, daß er, Koschin, zu dem Botschafter aus einem Stammesgefühl heraus gegangen wäre. Gott behüte! Er hatte einfach von irgend jemand Hilfe gebraucht. Vielleicht auch nur moralische Unterstützung. Als der Botschafter in seinem großen Privatwagen vom Bordstein abgefahren war, hatte dann doch tatsächlich eine deutsche blauäugige, langweilige Hure neben Koschin gesessen und ihm nach einiger Zeit in gebrochenem Englisch erzählt, daß er die hübschesten Augen besäße, die sie je beäugt hätte.

Koschin sah, wohin der Ball rollte. Als der Winter vorbei war, befand er sich noch immer in der Wohnung dieser langweiligen deutschen Hure. Er verdiente sich eine ganze Menge Lire, die er in Deutscher Mark bekam, und er brauchte keine Gebühren an die Bank zu zahlen, denn er verkaufte das deutsche Geld auf dem Schwarzmarkt.

»Der Stamm muß zusammenhalten«, meint der Alte.

»Mir liegt nichts dran, daß der Stamm zusammenhält.«

»Auf einem Bein kann man nicht stehen«, erwidert der Alte.

Koschin denkt bei sich:

»Es gibt hundert Möglichkeiten, ein Gesetz des Stammes zu umgehen, und man hat in jedem Fall recht damit. Der Sohn dieses Alten repräsentiert Somalia als Botschafter in einer europäischen Hauptstadt; der Vater in Somalia repräsentiert einen Stamm. Er ist beauftragt, mich dazu zu beschwatzen, daß ich Geld lockermache, um jemanden zu retten, den ich nie getroffen, nie gesehen habe. Ich soll ihn vorm Kittchen oder davor bewahren, daß man ihn – gerade zur richtigen Zeit – köpft.«

»Du schuldest dem Stamm Loyalität, oder?« fragt der Alte.

»Leider schulde ich keinem einzigen Stamm irgendwelche Loyalität«, entgegnet Koschin.

»Du bist dazu verpflichtet. Der Stamm wird auch dir helfen.«

»Ich muß nur der Nation, der jetzigen Regierung gegenüber loyal sein.«

»Willst du mich mit leeren Händen gehen lassen?«

»Ich will, daß du gehst, wie du gekommen bist . . .«

»Mit leeren Händen?«

». . . mit dem Spazierstock in der Hand. Genau wie du gekommen bist . . .«

»Keinen Cent?«

»Und du kannst den anderen Stammesmitgliedern sagen,

daß ich keinem Stamm gegenüber zur Loyalität verpflichtet bin. Ich bin es niemals gewesen.«

»Du wirst das bedauern.«

Koschin schweigt.

»Du wirst das selbstverständlich bedauern. Hör zu, die Moslems sind überall. Ich will nicht, daß du von mir sagst, ich hätte dich nicht gewarnt. Eines Tages wirst du den Staub fressen, auf dem du gehst, und wir werden dir nicht helfen.«

Koschin schweigt noch immer. Der Alte hat seinen Stock erhoben und zeigt mit drohender Geste auf Koschin:

»Zahl deinen Beitrag!«

Koschin, trotzig:

»Das werde ich nicht tun!«

Wieder mit drohendem Stock:

»Es wäre gut für dich.«

Koschin, trotzig wie zuvor:

»Nein!«

Der Alte wendet sich enttäuscht und mit traurigem Blick dem Ausgang zu. Vielleicht fällt ihm nichts mehr ein, was er dem trotzigen jungen Mann sagen könnte. Er geht zur Tür hinaus und dreht sich nicht ein einziges Mal um. Koschins Augen ruhen schwer auf dem Rücken des Alten. Er begibt sich zu seinem Zimmer. Der Tür hinter sich gibt er einen Tritt, legt seine Hauskleidung, den Sarong und das Tuch, ab und schlüpft in eine Hose, die er unter fünfen auswählt, alle ungewaschen. Sie hängen an einem Holzbügel, der an die Wand genagelt ist. Außerdem sucht er sich ein rot-weiß gestreiftes T-Shirt. Danach läuft er in seinem Zimmer hin und her, nimmt einen Stift auf, legt ihn wieder hin, nimmt ihn wieder auf. Koschin denkt:

»Muß ich mich nicht kämmen? Eigentlich müßte ich doch meine Haare in Ordnung bringen.«

Faduma kommt und ist ziemlich besorgt. Koschins Augen und ihre begegnen sich unversehens. Sie schaut ihn sehr freundlich und verträglich an und meint:

»Warum gibst du ihm nichts?«

Er ist gerührt, wünscht, er könnte darauf antworten, aber ...

»Nein!«

Sie steht auf den Fußspitzen, vielleicht, um sich die Füße nicht schmutzig zu machen. Sie ist barfuß.

»Hüte dich vor dem Fluch des Stammes, hat meine Mutter immer gesagt.«

»Das war deine Mutter, nicht meine.«

»Du sollst ihnen ja nicht gleich dein ganzes Gehalt geben. Zwanzig Schilling oder vielleicht auch nur zehn. Das beruhigt sie, du vertreibst damit alle bösen Gefühle, die sie vielleicht hegen. Außerdem rettest du dich vor ihren bösen Zungen.«

»Sei bitte still!«

»Ich warne dich!«

»Sei bitte still!«

Faduma entfernt sich.

Er denkt nicht weiter darüber nach, jedenfalls nicht im Moment. Für einen neuen Tag ist das ein schlechter Anfang. Aber es ist ja sowieso Nancys Morgen, nicht seiner.

Er schaut sich nach einem Kamm um. Keiner zu finden. Wo ist das Ding nur? Vielleicht hat Faduma – mit ihren langen Fingern – ihn benutzt und noch nicht zurückgelegt. Wie oft hat er ihn schon verdreckt wiedergefunden, voller Frauenhaare, mein Gott, wie oft schon.

Leih deinen Stock nur jemandem, von dem du ihn wiederbekommen kannst, lautet ein somalisches Sprichwort. Die Freiheit einer Nation ist Allgemeingut, und eine Handvoll Männer, welcher Überzeugung auch immer, sollte nicht so leichtfertig mit ihr umgehen. Wir müssen der Revolution treu sein, wenn die Einheit der verschiedenen Sektoren dieser Gesellschaft Wirklichkeit werden soll.

Koschin bleibt neben seinem kombinierten Tisch/Schreibtisch stehen, sieht sich konfrontiert mit der ganzen

Unordnung um ihn herum, die zu einem Teil seiner selbst geworden ist. Auch in dem Wohnheim, in dem er vorher lebte, konnte nur eine extrem geduldige Frau sein Durcheinander aufräumen, die Regale abstauben, das Bett machen und ihm seine Wäsche waschen.

Wie gesagt, Nancy: Leih deinen Stock nur jemandem, von dem du ihn zurückbekommen kannst. Und obwohl in gewissen Kreisen geflüstert wird, Somalia sei unter der Führung von Siyad fast ganz zu einem russischen Reservat geworden, sage ich dir: Daran ist kein Körnchen Wahrheit. Wir sind nichts dergleichen geworden, wir sind den Sowjets wirklich nicht völlig ausgeliefert. Denn wie kann eine kleine Regierung sich aus einem Vertrag mit einer Großmacht, dazu auch noch eigenmächtig, zurückziehen. Leih deinen Stock keinem ...

Gerade vor ihm steht, wie Koschin bemerkt, Elliots »Twentieth Century Book of the Dead« mit einem Lesezeichen darin, das die Seite »Die Russen im zwanzigsten Jahrhundert« markiert. Er hat das Buch noch nicht ganz gelesen, doch sich mühsam ein wenig hineingearbeitet, nicht systematisch, wie er sich erinnert, sondern mal hier, mal da geblättert.

Es stimmt, wir stehen mit den Russen auf gutem Fuß. Sie helfen uns – wobei man sich fragen kann, was diese Hilfe in unserem Jahrhundert der Unsicherheit wert ist. Sie schicken uns Lehrer, Techniker und natürlich militärische Berater. Sonst aber nichts, Nancy. Jedenfalls weiß zumindest ich nichts davon, kein Durchschnittsbürger, wie ich einer bin, weiß mehr davon. Wenn es daneben andere Bindungen gäbe, wüßte ich es mit Sicherheit. Somalia ist grundsätzlich ein Land für die Somalis, und wir haben keine Geheimnisse voreinander, nicht einmal Staatsgeheimnisse.

Er legt das Buch wieder auf einen anderen Stapel zurück und setzt sich. Von einem Stoß Papier, den er wie ein Päckchen Spielkarten zusammenstaucht, nimmt er einen Stift und beginnt zu schreiben:

Sehr geehrter Herr Staatssekretär!

Offensichtlich von sich selbst überrascht, fragt Koschin sich:

»Was sagt man einem Staatssekretär, wenn man kündigt? Hab' letzte Nacht darüber nachgedacht, die richtigen Formulierungen sind mir jedoch nicht eingefallen.«

Er streicht das Geschriebene aus, reißt das Papier in Stücke und schreibt:

Sehr geehrter Herr Staatssekretär,

es ist das erste Mal, daß ich an Sie oder irgendeinen Beamten im Erziehungsministerium schreibe. Es ist auch das erste Mal, daß ich mich wegen einer ernsten Frage mit Ihnen in Verbindung setzen möchte, die Ihre Aufmerksamkeit und die der Revolutionsregierung verdient. Ich will Ihnen einen Fall vortragen, eine Beschwerde, wenn Sie so wollen, vorbringen: Ich beschuldige den Leiter der Schule, an der ich arbeite, öffentlich und privat in unsaubere Praktiken verwickelt zu sein.

Erstens: Der Leiter dieser Schule erlaubt sich viele Freiheiten und ist stolz darauf, daß sein Stammesinstinkt ihm über alles geht.

Zweitens: Der Leiter dieser Schule ist ohne Hemmungen und schläft, ohne ein Geheimnis daraus zu machen, mit den Schülerinnen, die zur Belohnung dann bevorzugt werden: Wenn eine von ihnen durchfällt, muß ich die Prüfungsarbeit neu benoten, damit sie durchkommt. Bisher ist das einmal passiert, aber ich möchte zur Kenntnis bringen, daß ich nicht mit ansehen will, wie der Ruf der Schule leidet.

Sie werden sich vielleicht fragen, warum ich den

Dienst quittiere. Diese Kündigung hat in erster Linie persönliche Gründe, und zwar insofern, als die üblen Praktiken des Schulleiters im Ministerium bekannt sind. Es werden jedoch keine Schritte dagegen unternommen, weil, wie viele glauben, irgend jemand in hoher Position im Revolutionsrat alles mögliche in die Wege leitet und, wie man mir berichtet hat, in seinem Namen lahme Entschuldigungen vorbringt. Das sind zumindest die Gerüchte.

Ich persönlich möchte mir jedoch in keinem Fall und unter keinen Umständen die Hände schmutzig machen. Deshalb biete ich Ihnen meine Kündigung an und hoffe, daß Sie sie annehmen werden.

Mit freundlichen Grüßen

Koschin Qowdhan

Koschin steht auf, gähnt, reckt die Arme, geht dann im Zimmer auf und ab und zweifelt nicht einen Moment an der Richtigkeit seiner Kündigung. Er hofft, daß damit ein Skandal ans Licht der Öffentlichkeit gezerrt wird, obwohl er noch gar nicht weiß, ob der Staatssekretär für Erziehung seine Kündigung annimmt.

Koschin setzt sich wieder.

Er beschwört den bösen Geist der Liebe.

Nimmt den Stift.

Schreibt:

Liebe Maryan,

ich habe gegen mein Gefühl fast eine Woche gezögert, Dir zu schreiben. Gott allein weiß, wie schwer es für mich war, zu diesem Entschluß zu kommen, es immer wieder aufzuschieben, mich mit Dir in Verbindung zu setzen, mit Dir zu sprechen. Viele Dinge sind mir in letzter Zeit ziemlich auf den Wecker gegangen. Ein Baum muß blühen, welken und sterben, eine Frucht gepflückt und gegessen werden, sonst wird sie schlecht. Man wird alt, man stirbt.

Ich habe verwirrt vor Rätseln gestanden, deren Lösung ich noch nicht gefunden habe. Ich habe sozusagen einen Sonnenschutz getragen, der mich von allem Schlechten abschirmte. Ich erinnere mich an die Liebeslocke auf Deiner Stirn, an Dein entzückendes Lächeln, wenn wir uns trafen.

Wie lange kennen wir uns schon? Wie schnell doch die Zeit vergeht. Wie schnell man alt wird. Wir kennen uns gute zehn Jahre. Wir haben miteinander gekämpft, haben uns geliebt und – aus Liebe? – belogen, oder? Wir haben über die Ruchlosigkeit anderer Völker geklatscht, aber auch über die Revolution. So wie Du redetest, machte es den Eindruck, als ob Du weder für noch gegen sie seiest, denn Dein Vater und Dein Onkel haben die bittere Frucht zu Ende gegessen – Du würdest sagen: den bitteren Kern gekostet. Manchmal hast Du so etwas und ähnliches nur mir zu Gefallen gesagt, vermute ich. Auf jeden Fall haben wir immer wieder einmal gelebt, was heute wenige Menschen von sich behaupten können. Bin ich stolz darauf? Keine Ahnung, wenn ich ehrlich sein soll.

Entschuldige die umständliche Einleitung: Tatsache ist, daß ich gestern ein Telegramm bekam. Es stand nicht viel drin. Insgesamt zwanzig Wörter. Mit bezahlter Rückantwort. Nur wenn ich absage, soll ich den Coupon für die Rückantwort benutzen. Und zuerst dachte ich, daß ich dies auch tun würde: absagen, zurücktelegraphieren. Aber ich hatte anderes zu tun. Außerdem war das Telegraphenamt früher als gewöhnlich geschlossen: Jahrestag der Grünen Garde oder so etwas ähnliches. Und dann hatte ich mich auch nicht wohl gefühlt. Und nun kommt sie tatsächlich. Und zwar heute. Ob am Morgen oder Nachmittag, weiß ich nicht. Sie ist

Engländerin, und ich traf sie vor einigen Jahren in London. Es geht um ein Versprechen, das ich ihr gegeben habe: Sollten weder sie noch ich zwei Jahre nach unserer Trennung verheiratet sein, würde entweder sie nach Somalia oder ich nach England kommen, oder wir würden uns an einem anderen Ort treffen.

Außerdem habe ich gekündigt. Der entsprechende Brief an den Staatssekretär ist fertig, denn ich will sicher sein, daß mir keine untergeordneten Amtspersonen den Weg versperren. Warum ich gekündigt habe? Der Schulleiter ist ein verdammtes Schwein und ein mieser Anhänger des Stammesdenkens – und beides vereinbart sich, um es milde auszudrücken, weder mit meinem Charakter noch mit den Zielen der Revolution. Ist das Erklärung genug?

Wie geht es Dir?

Ich glaube, ich werde etwas nervös und ein wenig wirr im Kopf. Den ganzen Morgen habe ich mit mir selbst gesprochen, habe mich vorbereitet, ja, um die Wahrheit zu sagen: habe mich auf dieses Treffen mit Nancy – so heißt sie – vorbereitet. Ich bin sicher, Du wirst sie mögen, solltest Du sie je kennenlernen.

Vergibst Du mir? Frauen tun das wohl nie, vor allem dann nicht, wenn man ihnen wegen einer anderen Frau den Laufpaß gibt. Andererseits weiß ich auch nicht, was sich zwischen mir und Nancy abspielen wird. Ich wünschte, ich wüßte es.

Dies ist der Anfang eines Anfangs.

Immer Dein K.

P.S. Entschuldige bitte, was in meinen Augen eine Todsünde ist: Ich habe Nancy Dir gegenüber nie erwähnt. Dich auch nicht ihr gegenüber. Das hat mich selbst ziemlich genervt. Entschuldige bitte auch, daß ich Dich – weil ich so unter Druck stehe – nicht treffen kann, um Dir die

Sache zu erklären und darüber zu sprechen. Ich könnte es auch gar nicht. Ich hoffe deshalb, daß Du Dich nicht verletzt fühlst, wenn ich diesen Brief in der Teestube von Azaan abgebe, wo Du ja jeden Morgen vor Deiner Arbeit eine Tasse Tee trinkst. Ich habe versucht, Dich anzurufen, Du warst nicht da. Grüß A. von den Somalia Airlines.

Koschin springt auf, wandert auf und ab, nimmt die zwei gerade geschriebenen Briefe noch einmal in die Hand. Steckt dann die Hände in die Hosentaschen, in denen sich nur eine Zehnpfundnote befindet, eine schmutzige, alte Banknote – eine Banknote, die sicherlich schon durch die schwitzenden Hände vieler älterer Frauen gegangen ist oder an der verwelkten Brust einer Milchfrau geruht hat. Nur zehn Armutspillen! Und dabei kommt Nancy!

Er beschaut sich in dem kleinen Spiegel auf dem Tisch. Als er sich umdreht, tritt er auf eine Kakerlake: Wie häßlich der Bauch dieses Tieres ist! Es entsetzt ihn, und er tritt mit dem Fuß nach dem toten Insekt: »Verdammt!«

Koschin findet nur einen seiner Schuhe, sucht den zweiten. Die Socken müßten gewaschen werden, fast alle seine Wäsche ist schmutzig. Es kommt ihm plötzlich merkwürdig vor, daß er sich, obwohl er schon monatelang in dieser Bruchbude lebt, noch nicht richtig eingerichtet hat.

Von Geburt bin ich ein Nomade, Nancy, wußtest du das?

Er lauscht der geschäftigen, aufgeregten Stimme Fadumas, die unbeholfen und ohne Sinn und Verstand herumsaust und eine Mahlzeit vorbereitet, die vielleicht niemand essen wird. Ein Wassermann mit seinem Esel singt gerade ein Lied vom Wasser, ein ganz anderes als das, was der Nomade seinen Kamelen vorsingt. Die Stimme des Mannes klingt kunstlos, ungeübt, roh – sein Gesang ist recht charakteristisch für das, was der Stadtmensch sich unter einer Melodie vorstellt, sie besitzt keinen echten Klang, nichts

Originelles, nichts Aufrichtiges. Es fehlt ihm an Naturnähe.

Koschin zieht seine stinkenden Socken und dann die Schuhe an. Sorgfältig faltet er die zwei Briefe und steckt sie in schon benutzte Umschläge. Dann verläßt er sein Zimmer.

Faduma ist nirgends zu sehen. In einem Topf siedet es heiß. Als er aus der Tür tritt, schlägt ihm die Hitze, die Außenwelt entgegen. Faduma steht gerade auf dem Treppenabsatz, sie hört seine schweren Schritte nicht. Wahrscheinlich, weil sie eben ein Mariam-Mursal-Lied singt und sich – allerdings nicht im Rhythmus – hin- und herwiegt. Als er sie erreicht, gibt er einen Rülpser von sich, der von einem dickbäuchigen Sikh stammen könnte. Auf Fadumas Rücken steht – was nur Koschin lesen kann: Der Greuel der Erde. Im Vorbeigehen zwickt er sie in den Hintern.

»Verdammter Sohn einer Hure«, schreit sie ihn an.

»Nimm dich in acht: Beschwöre nicht den Geist der Toten«, warnt Koschin sie.

Der Wind bläst Koschin hart ins Gesicht und wirbelt sehr zu seinem Verdruß den Staub auf, der auf den Türstufen und auf den schlecht asphaltierten Straßen dieser gottverdammten Stadt gelegen hat und das Vorwärtskommen für Mensch und Tier unerträglich schwer macht. Die Bäume wachsen nie bis zu normaler Höhe, wahrscheinlich, weil sie von der Stadtverwaltung niemals richtig gegossen werden (Koschin erinnert sich, daß man von dieser Stadtverwaltung sagt, sie sei der größte Betrug der Ungerechtigkeitskörperschaften der Revolutionären Regierung). Die Bäume verdorren in ihren Holzkästen, die man aufgestellt hat, um die unschuldigen Pflanzen davor zu schützen, von den gesetzlosesten Nomaden und Halbnomaden lebendig verbrannt zu werden. Auf der Straße rumpeln Eselkarren vorbei, die bis oben hinauf mit jeder nur erdenklichen Last – von Leichen bis zu Zement – bepackt sind. Koschin schließt vor der Helligkeit der Sonne die Augen, beobachtet dann eine üppig-schöne Frau, die eilig vorbeigeht. Ihr Blick streift ihn. Er lächelt sie an.

»Bocorta«, meint er.

Sie spuckt vor ihm aus.

Er überquert die staubige Straße und entgeht um Zentimeter einem Zusammenprall mit einem Eselkarren. Der Fahrer dieser wertvollen Gottesgabe verflucht Koschins Vater, seine Mutter und jede alte Jungfer mütterlicherseits.

»Paß doch auf, wie du mit deinem Eselkarren herumfährst, du Esel«, schreit Koschin.

»Paß du lieber auf, wie du über die Straße träumst, du Hundesohn.«

Himmel, Mogadischu, denkt Koschin, ist ein in eine Stadt verwandeltes Schlachthaus. Der Schlitzäugige aus dem Osten wanderte wegen seines Interesses an Weihrauch und Myrrhe ins Innere dessen, was damals Puntland hieß. Der Fettarsch, um es milde auszudrücken, feilschte mit den Stammesleuten und Häuptlingen und ließ sich hier länger als ein halbes Jahrhundert nieder – mit der Garantie, den Frieden unter den Stämmen zu erhalten. Noch vor all diesen Eindringlingen, vor dem Schlitzäugigen und dem Fettarsch kamen die öligen Zwiebelfresser nach Mogadischu und nicht zu vergessen der luftige Bastard, der die Eingeborenen zu Hunderten durchprügelte und für den Rest der Welt die Legende erfand, daß niemand mehr seiner Habe sicher sei und sie sich gegenseitig auffressen würden, wenn er sich zurückzöge. Dann näherte sich wieder aus einer anderen Ecke der Welt, auf einem anderen Weg der lausige Sklave, fälschte die Geschichte und machte sich einen Namen als Produzent der besten schokoladebraunen Kinder im Land der Schwarzen.

Neben Koschin hält ein Taxi. Er wehrt ab.

Mogadischu. Mogadixo. Makaldischo. Muukdischo. Seine Bevölkerung: Gangster ohne Gang, eine Stadt ohne Schatz, keine Geschichte außer dem, was Davidson in seiner so gut verbürgten Erzählung von den Blutsaugern in Berbera berichtet. Menschen ohne Reinheit. Zutiefst verdammte Lastesel, ja, das sind wir alle. Weder rechts noch links von der Dunkelheit, von niemandem auf diesem Erdboden zu akzeptieren. Freunde haben wir, sowohl im Osten als auch im Westen, je nach Zeit. Lieber Himmel, wir sind alle Marionetten von Prometheus, die Handlanger von Zeus! Schlechtes Blut, das schlechteste, das es gibt.

Ein Engländer, Nancy, soll in Kolonialzeiten gesagt haben, daß die Somalis wie Epsomer Bittersalz wären, das aufspritzt, schäumt und sich am Boden absetzt in der Zeit, in der du einmal mit den Augen blinzelst. Das waren seine Worte. Du willst wissen, ob das stimmt? Ja, ich glaube, er hatte recht, denn wir sind ein Volk, das ständig Veränderungen in der Regierung und unter den Führern dieses Landes braucht. Wir erheben uns, wir revoltieren gegen jede Macht und neigen letztlich dazu, sie doch als unser Schicksal hinzunehmen. Wir sind ein sehr unterwürfiges Volk und leicht zu regieren. Kurz: Wir sind ein Volk Gottes.

Vor Koschin stehen einige in Lumpen gekleidete Kinder mit ausgestreckten Händen und betteln. Ein Mann, anscheinend ihr Anführer, spricht ihn an:

»Geben Sie ein Almosen, Gott wird es Ihnen danken. Ich und meine Kinder sind am verhungern.«

Koschin greift instinktiv in die Hosentasche, sucht nach ein paar Cents. Das Klirren der Münzen ist nicht zu überhören. Er zieht die Hand wieder aus der Tasche:

»Nein. Gott segne Sie.«

»Nur zehn Cent für ein Stück Brot.«

»Das ist emotionale Erpressung«, denkt Koschin.

»Nichts!«

»Vier Kinder, sehen Sie sie? Ohne Mutter. Die Dürre, kein Regen in dieser Jahreszeit. Nur fünf Cent, und Gott wird Sie segnen.«

Koschin holt einen Schilling, hundert Cent, hervor, um den Mann zum Schweigen zu bringen. Heute abend können die Kinder ihren Hunger stillen. Sie entfernen sich. Er tritt auf den Bürgersteig und verliert beinahe das Gleichgewicht, weil er einem Fiat 1500 nachblickt, der, vollgepackt mit pakistanischen oder indischen Gören, um die Ecke biegt, bis er nur noch wehende Haarflechten sieht.

Eine alte Frau bittet ihn, ihr über die Straße zu helfen. Danach kehrt er zur anderen Straßenseite zurück, bahnt sich mühsam seinen Weg durch eine Reihe von stehenden Wagen. Taxis, unten gelb, oben rot gestrichen, kurven hin und her und hupen aus Hunger nach Geld, das vor Einbruch der Nacht verdient sein soll.

Sei immer nett zu älteren Leuten, Nancy. Cortesia non costa niente, ma paga molto in ritorno, heißt es bei den Italienern. Verhalte dich ihnen gegenüber immer respektvoll, wo du ihnen auch begegnen magst. Sag Nabad, versuche alles, um dich gut mit ihnen zu stellen, selbst wenn du dafür deine europäische Würde und deinen Stolz aufgeben mußt. Noch wichtiger ist: Sprich niemals hochnäsig mit ihnen. Verhalte dich sehr zartfühlend.

Eine Frau mit einem weißen Kopfputz spricht ihn an: »Wissen Sie, wo Xaji Xassan wohnt?«

»Wer?«

Sie erwähnt den Stamm der Xaji.

Koschin schüttelt den Kopf. Sie geht weiter.

»Muß ihren Mann verloren haben. Und auferstehen wird er erst, wenn die Engel das Horn blasen, Insha'allah!« – *Ist das Leben ein Sprung in die Dunkelheit? Oder der Tod? Was meinst du, Nancy? Ich frage mich immer, wer sicherer ist, die Lebenden oder die Toten. Denn mir kommt das Leben wie Wasser in einem Brunnen vor, das in kleinen Mengen verheißungsvoll mit einem Kübel heraufgezogen wird!*

Koschin schaut düster auf vorbeigehende Fußgänger, auf Mädchen, die von der Schule kommen, Jungen und Mädchen von einer Mittelschule. Sie tragen gelbe Hemden und khakifarbene Hosen, die meisten sehen ausgemergelt aus: Der Abfall einer Gesellschaft ohne richtige Führung.

Er fragt einen Mann, wie spät es ist. Die Antwort des Mannes besteht aus einem Murmeln. Halb elf oder halb zwölf. Koschin schaut zum Himmel. Fragt sich selbst:

»Wohin gehe ich denn eigentlich?«

Kehrt um, da ist Idils Stor. Die Inhaberin hat bewußt die verstümmelte amerikanische Schreibweise gewählt. Er betritt den Laden.

»Xabiibi«, begrüßt ihn Idil.

Idil mit ihren Goldzähnen ist weder hübsch noch häßlich. Sie ist eine yussur mittleren Alters, deren Lächeln, so stellt Koschin es sich vor, die Qualen Bowdharis lindern könnte.

»Wie oft habe ich dich gebeten, mich nicht Liebling zu nennen?«

»Sind wir denn nicht gute Freunde?«

Er geht darauf nicht ein, sieht sich im Laden um. Dosen mit Süßigkeiten, alle Arten von Süßigkeiten. Dosen italienischer Herkunft, in Konservendosen gepreßte Fischgräten und zu Einwickelpapier verarbeitete Menschenhaut. Dosen, die – vielleicht – mit menschlichem Nasenschleim gefüllt sind, den man nach Afrika exportiert hat: Alles Europäische spricht den afrikanischen Sinn für Knechtschaft an. Koschin lehnt sich gegen den Tisch.

»Keine Schule heute?« fragt Idil.

»Kann ich das Telefon benutzen?« will er wissen.

»Einen halben Schilling für ein Gespräch. Und erst zahlen!«

»Hier.«

Heraus mit den Pillen aus seiner Tasche und auf den Tisch. Sie rollen in den Laden hinein, fallen eine nach der anderen herunter. Armutspillen, die sich selbst in Rage bringen und vor dem Fakir fliehen, dem sie rechtmäßig gehören.

Idil bückt sich, verschwindet im Hintergrund des Ladens und erscheint wieder mit einem Telefonapparat in ihren hennagefärbten Händen. Sie schließt den Apparat auf.

»Soll ich für dich wählen?«

»Das kann ich selbst.«

Er schnappt sich das Telefon und wählt die Nummer 3452. Legt eine Hand über den unteren Teil des Hörers. Das Tuten klingt aufreizend in seinen Ohren, die er seit Ewigkeiten nicht gereinigt hat, in seinen Gehörgängen, die mit angetrocknetem Schmalz vollgestopft sind, in seinen Gedanken, die ihn drängen, sich aus den unsauberen Diensten des Erziehungsministeriums zu entfernen. Seine Hände zittern vor unbegründeter Angst.

»Bronto, Istruzione Bubblica?« tönt es aus dem Hörer. (Bringen Sie mir ein schön eingewickeltes bronto zum Essen, sagt der Minister.)

»Pronto?«

»Istruzione Bubblica?«

»Istruzione Pubblica?«

»Wen möchten Sie sprechen?«

»Den Minister.«

»Wer sind Sie?«

»Ich heiße Koschin.«

»Von wo rufen Sie an?«

»Aus einem Laden in Hodan.«

Kurze Stille.

»Ich gebe Ihnen das Sekretariat des Ministers.«

Klick, klack, Drähte knacken. Dieselben Fragen noch einmal. Dieselben Antworten. Das Verdikt der Sekretärin des Ministers:

»Mündliche Kündigungen können nicht angenommen werden.«

»Ich weiß.«

»Schicken Sie mir einen Antrag auf einer frankierten Postkarte. Und eine ausführliche Erklärung. Ihren Lebenslauf, von Beginn der Schulzeit an ...«

»Von dem Tag meiner Geburt an?«

»Wenn Sie wollen. Ihre Lehrbefähigung, Studienort, Arbeitsplätze, was sie gerade tun, der Grund, warum Sie aus dem Dienst ausscheiden wollen.«

»Ja.«

Idil unterbricht, flüstert ihm zu, daß er mehr bezahlen müsse. Koschin hebt zwei Finger:

»Du kannst mich mal!«

Das genügt als Antwort. Sie flucht.

»Sind Sie noch da?«

»Ja.«

»Wie war Ihr Name?«

»Koschin.«

»Lassen Sie es sich durch den Kopf gehen.«

Er verspricht es:

»Ja, das werde ich tun.«

Koschin legt den Hörer auf und geht hinaus, ohne auch nur danke zu sagen. Er verläßt den Laden mit einer Eile, die selbst die olympischen Hürdenläufer in Mexiko überrascht hätte. Dabei stößt er mit einer jungen Frau zusammen, die auf hohen Absätzen und im Afrolook ihrerseits in den Laden stürzt.

Vier bis fünf Minuten später liest er zum wiederholten Mal das längste Stück, das er je geschrieben hat. Es trägt den Titel:

GEWIDMET DEM,
DER AUCH IMMER DIES LESEN MAG.

Da ertönt ein Klopfen an der Tür.

Zweiter Satz

Ein Mann in den Dreißigern, etwas umfänglich und ziemlich abgerissen, steht auf der Schwelle zu Koschins Zimmer. Er lehnt an der Wand und lutscht – vielleicht um sich zu trösten – mürrisch an seinem Daumen. Er fixiert Koschin, doch der ist völlig in die Lektüre seines eigenen Textes vertieft. Auf Zehenspitzen kommt der Mann herein, in jedem Schritt zeigen sich Ärger und Angst. Er setzt sich auf Koschins Bett, das hinter ihm steht, und zündet sich eine Pfeife an, wobei er die Flamme mit den Händen abschirmt. Das Geräusch, als er das Streichholz anreißt, veranlaßt Koschin, sich umzudrehen. Er sieht den Mann schweigend an, der seine Pfeife pafft, wohlgefällig den brubbelnden Zügen lauscht, prüft, ob sie auch richtig zieht, inhaliert und das abgebrannte Streichholz fallen läßt. Die zwei starren sich eine ganze Weile an, als fürchteten sie, die Stille zu brechen, diesen Abgrund der Stille, der die Heiligkeit und Gesundheit ihres jeweiligen Großhirns trennt. Der Mann brummt mit geschlossenen Lippen etwas, und Koschin runzelt so konzentriert seine Stirn, als leide er an Verstopfung.

»Wie geht's denn, Barre?« fragt Koschin.

»Ziemlich mies.«

»Und wie geht's deiner Frau?«

»Sie ist weg.«

Barre, der merkwürdigerweise erst nach vollen dreizehn Monaten geboren wurde, ist der Typ Mann, denkt Koschin, der nicht zu altern scheint, weil er schon am Zufluchtsort seiner Mutter nahe den Verbindungslinien und dem Verpflegungstank vor seiner Geburt gealtert ist. Barre hatte ihm einmal erzählt, daß er als zweites von vier verwahrlosten Kindern der Unwichtigste in der Familie sei:

Der Älteste und der Jüngste seien im auswärtigen Dienst, der eine in Europa, der andere in China, sein nächstjüngerer Bruder sei Major und Mitglied im Obersten Revolutionsrat, jemand, den man sehr respektiere und zu dem man aufschaue. Und er?

»Sie ist weg?«

»Ja, weg.«

Schweigen folgt auf diese Bemerkung – ein Schweigen, in dem keiner von beiden eine Bewegung macht. Wortgeplänkel und Geschwätz werden unmöglich – mangelnde Courage – nicht wissen, wo mit den Fragen beginnen, wo aufhören, welche Fragen überhaupt stellen? Eindringen in die Privatsphäre . . . es vermeiden . . . Nachdem Koschin im Geist die Pros und Kontras geprüft hat, wird er Opfer seiner Neugier.

»Seit wann?«

Vielleicht aber ist das nicht die richtige Frage.

Barre pafft weiter seine Pfeife und meint zwischen zwei Zügen:

»Seit gestern.«

Lakonisch, ohne Erklärung. Ein Schlag direkt ins Gesicht, offen und sparsam, aber nicht so deutlich, wie es nötig wäre. Erfordernis einer Nacht, Tanz in der Dunkelheit, ein Aufwerfen der Lippen, ein sanftes Schnurren, ein Kuß, ein Händedruck, ein Einlassen, nicht als unbefugten Eindringling, sondern frei in eine Durchgangsstraße für ihn allein, Tanz in der Dunkelheit menschlicher Beweise. Alles verkehrt?

Im Alter von ungefähr zehn Jahren war Barre erst nach Hargeisa gekommen, die kostbaren Jahre vorher hatte er mit dem Hüten von Kamelen auf dem Lande verbracht. Sein Vater hatte nicht gewollt, daß er mit der übrigen Familie in die Stadt ginge. Er beanspruchte ihn für die Landarbeit und meinte, wenn die anderen in der Stadt bei ihrem Onkel lebten und in die Schule der Ungläubigen gingen, wären sie für den Stamm verloren, aber er, Barre, sollte sein Erbe werden. Das bedeutete Sicherheit, bedeutete eine sorgenfreie Zukunft.

»Aus welchem Grund?«

»Es war unvermeidlich.«

Man könnte sagen: Ein Versand von Verdammungen, der bei der Hauptpost registriert ist und als Geschenk ihm, einem Unbeteiligten, präsentiert wird. Eine Unterbrechung der nächtlichen Ferien vom Geist, der bei den nicht zu zähmenden Wilden weilt, aufsammelt, was man brauchte, und es dorthin zurückbringt, wohin es ursprünglich gehört. Ein Übernachten im Freien. Unvermeidlich hat er gesagt, oder? Es mußte ja so kommen, sicher, irgendwann mußte es sein. Und warum nicht? Schließlich . . .

»Stört es dich?«

»Entsetzlich.«

Erst nach dem Tod seines Vaters während eines Stammeskriegs war er ziemlich spät in die Schule gekommen, genauso wie ich, vielleicht, und hatte keinen einzigen Cent von seinem bornierten Vater geerbt. Er besuchte die Volksschule, zum Teil in Scheik, und die Mittelschule in Baktu-Rida in Kartum, Sudan, denn die Briten hatten damals noch keine weiterführenden Schulen im Protektorat gebaut. Er unterrichtete zwei Jahre lang am Ausbildungszentrum für Büroangestellte in Hargeisa, das damals gerade entstanden war, und ging dann ins Land von Meister Lincoln.

»Wo, ich meine, hast du irgendeine Vorstellung, wohin sie gegangen ist?«

»Ich denke schon.«

»Wie bitte?«

»Ich hab' sie gesehen.«

»Du hast sie selbst gesehen?«

»Ja.«

Mildred und Barre hatten sich kennengelernt, als er in

den USA war und an einem Entwicklungshilfekursus in Minnesota teilnahm. Sie tauschten Berührungen aus, die wie Zunder brannten, und beschlossen daraufhin, daß sie sich gegenseitig lieben würden, beschlossen, daß sie sich die größte Mühe geben wollten, schworen, sie würden gemeinsam durchs Leben gehen, würden sich lieben, bis daß der Tod sie scheide. Zwei Menschen, Mildred und Barre, zwei Mitglieder der menschlichen Spezies, Mitglieder derselben Menschenfamilie – aber bei ihren Verwandten und Freunden stachen sie in ein Wespennest. Zwei Liebende, der eine von ihnen stellte etwas dar, der andere war ein Nichts! Aber wen geht das etwas an, ob einer von ihnen nun was ist... kümmert das jemand einen Pfifferling? Er verstand sie, hat er gesagt, oder? Offensichtlich hat sie ihn auch verstanden ... denn verstehen heißt glauben, daß ein Wesen kein Ding, kein Nichts ist.

»Butana!«

»Wie?«

»Eine Schlampe.«

»Wer?«

»Deine Frau«, sagt Koschin und blickt ihm gerade ins Gesicht.

»Deine auch.«

»Du kennst sie ja noch gar nicht.«

»Schieb sie ab«, er spricht wie ein Yankee.

»Ich weiß nicht recht. Meinst du, ich sollte?«

»Das würde zu dir passen.«

Koschin steht auf und setzt sich neben Barre aufs Bett.

»Was hast du gerade gelesen?«

»Meine Lebensgeschichte.«

»Wozu soll das gut sein?«

»Ich weiß nicht.«

Dann zieht Koschin eine Packung Zigaretten aus seiner Hosentasche, nimmt eine Zigarette heraus und fragt nach Streichhölzern. Er bekommt sie von Barre, der meint:

»Barbara sagt, sie hätte einen Termin für ein Gespräch mit dem Chargé d'affaires.«

»Sie ist Amerikanerin, oder?«

»Amerikanische Frauen sind ein Dorn im Fleisch.«

»Na und?«

Koschin erhebt sich vom Bett und wandert vor Wut kochend im Zimmer herum.

Eine Frau, eine Ehefrau mit zwei Brüsten, von denen jede so groß wie eine Kamelglocke ist und die sie, weil ihr die amerikanischen und die einheimischen Büstenhalter nicht mehr passen, mit Bandagen so zart wie Gaze umwickelt, vorn ein eingenähter Reißverschluß – fürs Stillen, wie sie Koschin erzählt hat, obwohl jeder in Kallafo weiß, daß Barre und sie niemals Kinder haben werden, die ganze Stadt weiß das!

Der Arzt hat gemeint, sie könnten keine Kinder zeugen, mit ihnen beiden stimme etwas nicht. Immer, wenn Koschin sie traf, erinnerte sie ihn an eine andere Frau, eine Lady, wie man so sagt, die, was Liebeskünste betraf, allen anderen Frauen weit nachstand, sie hatte zwar ständig das Kamasutra auf dem Nachttisch liegen und gab Koschin Einmal-pro-Monat-Küsse auf die Wange – in diesen Abständen hatten sie auch ihre Rendezvous. Sie bezeichnete jeden Mann, den sie je getroffen hatte, als ihren intimen oder platonischen Liebhaber, nachdem sie das Buch der Liebeskünste, beziehungsweise der Liebe selbst, nach dem Tod ihres so sehr begehrten Prinzen von Sierra Leone geschlossen hatte.

Dann sagt Koschin plötzlich übergangslos:

»Wenn Mildred ein Kind bekäme, dann hätte dieses Kind niemals die Chance, Staatsoberhaupt von Somalia zu werden, weißt du das?«

»Bist du da so sicher?«

»Natürlich.«

»Ich hätte gedacht ...«

»Dabei hat es Zeiten gegeben, in denen du gute Aussichten auf ein angenehmes Leben hattest, wenn du eine Europäerin heiratetest. Ein von der Regierung zur Verfügung gestelltes Haus, eine Arbeit für dich und deine Frau und sonst noch so einige Extras. Was mich übrigens daran erinnert, daß man allen frankophilen afrikanischen Präsidenten zu einer Ehe mit einer Französin verhilft. Eine sehr teure Sache.«

»Ich frage mich, wieviel es kostet. Wenn ich nur die Wiedereinbürgerungsgebühr zahlen würde ... weißt du, wie hoch die ist? Ich würde Jahre brauchen, um das in Raten abzustottern – bei den Schulden, in denen ich jetzt schon stecke: Ich mußte ihr einen Gebrauchtwagen kaufen, einen Kühlschrank und außerdem eine ordentliche Wohnung in einer ordentlichen Gegend mieten. Und mein Gehalt läßt sich nicht dehnen wie ein Gummiband.«

»Es ist ziemlich unwirtschaftlich, eine Amerikanerin zu heiraten.«

»Sie sind wirklich teuer, nicht wahr?«

»Das sind alle ausländischen Frauen.«

»Das stimmt. Sie bringen dich dazu, die Verbindung zu deinen Geschwistern abzubrechen. Sie reden dir von dem Moment an, wo sie ihren Fuß ins Land setzen, ein, du müßtest mit ihnen zusammen dein eigenes Leben leben, ohne Leute, die einfach bei dir sein wollen, niemand darf mehr, wann er will, einfach so zum Essen oder zum Tee kommen, wie es bei uns üblich ist.«

Es folgt ein kurzes, betrübtes Schweigen. Koschin setzt sich auf den Stuhl, drückt die Zigarette aus und fragt:

»Wer ist denn Mildreds Busenfreundin?«

»Barbara.«

Barre zündet seine Pfeife neu an.

»Diese Landplage«, meint Koschin, »ich empfinde Barbara zutiefst als Landplage.«

»Sie ist auf meiner Seite.«

»Wie das?«

»Es stimmt, auch wenn es merkwürdig klingt.«

»Hast du mit ihr gesprochen?«

»Nein.«

»Was denn?«

»Ich habe mit ihr geschlafen.«

»Das ist ja absoluter, schierer Verrat.«

»Ich weiß.«

»Mohammed ist unser Freund«, sagt Koschin in klagendem Ton.

»Auch das weiß ich.«

»Warum hast du es dann getan?«

»Wo?«

»Wo ... nun gut, wo also?«

Koschin rutscht nervös auf seinem Stuhl hin und her. »Hinten in ihrem Wagen.«

»Reine Verräterei, ein Übergriff auf das Eigentum eines Freundes.«

»Sie hat mich dazu aufgefordert. Ich hab' mit ihr wie mit der Frau eines Freundes geschlafen, sehr, sehr zart. Sie meinte, so hätte sie es noch nie erlebt, nein, noch nie. Mohammed ist grob und unaufmerksam. Er war seit einem Monat zu einem Seminar in Senegal fortgewesen, und sie beklagte sich, daß sich niemand, daß sich keiner seiner Freunde um sie gekümmert hätte. Ich konnte ihr diesen guten Dienst einfach nicht verweigern. Sie segnete mich dafür, meinte sie.«

»Ziemlicher Mist, wenn du mich fragst.«

»Ja, deiner Meinung nach.«

Mildred ist eine reichlich launische Frau wie der Oktoberhimmel in Mogadischu, den einen Augenblick bedeckt, im nächsten Augenblick wieder klar. Sie hat die Angewohnheit, auf einem Polstersessel zu sitzen und sich den Wind ins Kleid wehen zu lassen: Was die neben ihr Sitzenden zu sehen bekommen, kümmert sie überhaupt nicht; sie pflegt zu rauchen wie ein Schlot, mit ihren rosigen Armen zu gestikulieren und ihre buschigen Achselhöhlen in der Sonne auszubreiten, das vertreibt natürlich alle Gäste. Barre versucht dann gewöhnlich, sie in eine andere Laune zu bringen, aber sie spielt dann verrückt, und . . .

»War deine Frau da? Ich meine, ist sie dann gekommen?«

»Wann?«

»Mit Barbara?«

»Ja, aber an dem Abend hatten wir unseren gewohnten abendlichen Streit gehabt.«

Mildred geht dann immer eilig ins Bad, das Wasser läuft, und sie kommt nackt zurück auf der Suche nach einem Frotteetuch oder etwas, womit sie die Haare bedecken kann, und Barre sieht sie an, sein Zorn verraucht, das allein weckt schon wieder seine Lebensgeister, und er folgt ihr ins Bad, flüstert ihr etwas ins Ohr und bedient sie, weiß Gott, gleich im Badezimmer.

Koschin steht mit den Händen in der Hosentasche auf, einige Münzen klingeln in dem Gewirr seiner Kleidung. Er sagt:

»Wenn ich noch einmal von vorn anfangen könnte, würde ich mein Leben nicht hier vergeuden.«

»Ich auch nicht.«

»Bei dir ist es Schwäche.«

Unbehagen verdüstert Koschins Gesicht.

»Wenn das Grab einmal gegraben ist«, meint er, »hat es keinen Sinn, den Toten wieder zu beleben, wie?«

»Sicher nicht.«

»Und wenn ein Kampf einmal verloren ist, muß man sich um die Verletzten kümmern; der einzige Weg, um einen Ausgleich für seine enttäuschten Erwartungen zu finden, besteht darin, daß man die Verwundeten auch noch ermordet.«

»Entsetzlich!«

»Ja, sehr unbuddhistisch, ich weiß.«

Im Geist sieht Barre für Koschin jetzt aus wie ein buddhistischer Mönch in einem gelben Gewand mit einem um den Nacken geschlungenen Rosenkranz, wie ein Mönch, der ihn in die Arena zerrt, in der er die vollkommene Unfähigkeit des Menschen erkennen kann, Gott total den Rücken zu kehren. Sotto voce sagt Koschin wie zu sich selbst:

»O Gott, ihr guten Denare, Amen!«

Laut fragt er:

»Deine Frau, wo ist sie jetzt?«

Schweigen.

»Hast du nicht gesagt, du hättest sie heute morgen gesehen?«

»Ich hab' sie nur ganz kurz gesehen.«

»Wo?«

»In einem Badezimmer.«

»Einem Badezimmer?« fragt Koschin und legt die Betonung auf das »einem«.

»Ja.«

»Wessen Badezimmer?«

»Irgend jemandes.«

»Man muß die Verwundeten mit eigenen Händen ermorden«, denkt Koschin.

Aber dieses Weibsstück Mildred, Barres Frau! Barres Stammesangehörige haben bei ihm Protest erhoben: seine Frau sei vielleicht ein bißchen wirr im Kopf; und sie haben gesagt, was sie sagen wollten: er müsse sie gehen lassen. »Warum?« hat er gefragt. »Sie ist eine weiße Hure«, meinten sie, »und du kannst nicht mit einer Frau, einer weißen Frau zusammenleben, die außerdem auch noch eine Hure ist; das sind zwei Kardinalsünden, die du vor Gott am Tag des Gerichts nicht vertreten kannst«, haben sie gesagt.

Koschin, in dem es gearbeitet hat, hebt die Hand: Ein französischer Soldat, der zum schrillen Geräusch einer

Pfeife seinen Stab erhebt? Oder – bedenkt man den Ausdruck in seinen Augen – ein Mann, der gerade in einem verlassenen, wilden See ertrinkt und dem kein Rotes Kreuz zu Hilfe kommt, bevor der letzte Laut verschlungen ist?

»Wessen Badezimmer?« Koschin spuckt die Frage geradezu aus, seine Hand zeigt auf Barre.

»Du wirst es nicht glauben.«

»Ist es der Weltuntergang?«

»Noch schlimmer.«

»Wessen Badezimmer?« Wieder die Frage.

»Das Badezimmer eines Missionars.«

»Magst du deine Frau?«

Koschin sieht Barre geradeheraus an. Völlig erledigt sagt Barre:

»Ja, es ist ein Jammer, aber ich mag sie.«

Barre erhebt sich. Er sieht aus wie das hastig hingeworfene Bild eines sehr kleinen Mädchens, eines Teenagers, das Angst vor dem Stock hat. Außerdem bemerkt Koschin mit Schrecken, daß Barres Hosenboden lächerlicherweise naß ist: Zeichen von Eifersucht bei einem Mann, denkt Koschin und kichert in sich hinein. Unmethodisch, wie ein Vielfraß eine überreife Banane schält, rollt Barre seine Hemdsärmel auf.

Das Studio im Hinterhof, wo man das billigste Fleisch kriegen kann, exklusiv, zum exklusiven Gebrauch eines Partners vom eigenen Schlag, denkt Koschin. Das Studio im Hinterhof, in dem eine Schar junger hübscher Mädchen sich trifft, um sich derb anzufassen, sich zu kratzen und übereinander her zu rollen.

»Nietzsche hat gesagt, heirate nie eine Frau ohne die dazugehörige Peitsche, wußtest du das?«

»Wer ist das?«

»Ein verrückter Deutscher.«

»Was hat er gesagt?«

»Er sagte: Heirate nie eine Frau ohne ihre Peitsche. Frag

zuerst nach der Peitsche, bevor du sie um ihre Hand bittest. Du bekommst sie nur, wenn du danach fragst.«

»Deutscher, sagtest du?«

»Ja.«

»Ein zweiter Hitler?«

»Nein!«

»Was denn?«

»Ein Philosoph im 18. oder 19. Jahrhundert, ich weiß es nicht genau.«

»Er war verrückt, sagtest du?«

»Und Mutanaby hat gesagt . . .«

»Der Araber?«

»Ja, Mutanaby hat gesagt: Kaufe niemals einen Nigger ohne einen Stock, mit dem du ihn schlagen kannst. Niemals ein Stock ohne Neger, der geschlagen werden kann. Logisch, ha! Prämissen und alles dabei, wie?«

»Er hat damit auf zukünftige Rebellionen angespielt, meinst du nicht?«

»Ich denke schon.«

Bei sich selbst denkt Koschin: »Ich würde jeder Frau den totalen Krieg erklären, die sich wie Barres Frau aufführt, ich schwöre es.«

Barre zündet wieder seine Pfeife an, zieht, aber der Tabak ist ausgebrannt. Er nimmt ein Streichholz und säubert die Pfeife.

»Wenn meine Mutter noch lebte«, meint Koschin, »und mit einem anderen Mann als meinem Vater verheiratet wäre, der mich einen Dreck anginge – eine Nadel an einem Faden, ein Faden in einer Nadel –, dann würde ich, weil ich der Stiefsohn bin, verlangen, daß man mir monatlich neben freier Verpflegung eine bestimmte Summe aussetzte. Ich würde nicht arbeiten, würde keinen Finger krumm machen, weißt du, ich würde einfach mehr als nur Kost und Logis verlangen, um immer bei Kasse zu sein, mir eine Frau kaufen zu können, die zu mir ins Bett kriecht und mir immer, wenn ich das Bedürfnis verspüre, nachts die Zeit vertreibt.«

»Alles Phantasterei!« sagt Barre.

»Natürlich, denn meine Mutter ist schon lange tot.« »Außerdem hast du eine verkorkste Phantasie!«

»Das ist mir auch klar.«

Schweigen.

»Gib mir eine Zigarette«, bittet Barre.

»Haste die Schnauze voll vom Pfeifenuckeln?«

»Mir hat es als Kind eben an Mutterliebe gefehlt.«

»Freuds Theorie?«

»Vielleicht.«

Sie schweigen beide. Die Zigaretten brennen. Aus heiterem Himmel springt eine Katze ins Zimmer, ein großes Stück Fleisch zwischen den Zähnen. Sie sieht verängstigt aus und hat es eilig, sich irgendwo zu verstecken. Verzweifelt auf der Suche nach einem Platz, wo sie in Ruhe fressen kann, flitzt sie unter Koschins Bett und streicht dabei zwischen Barres Beinen hindurch. Man hört Fadumas warnenden Ruf: »Die Katze hat ein Stück Fleisch vom Mittagessen geklaut.« Koschin und Barre brechen in ein schallendes Gelächter aus.

»Würdest du das nicht einer Heirat vorziehen?«

»Was? Was soll ich einer Heirat vorziehen? Eine Nutte zu kaufen?«

»Ja, eine Nutte. Jede Frau auf dieser Erde ist, ob verheiratet oder nicht, eine Nutte, denn wenn du deine Frau nicht mehr mit allem versorgst, was sie zum Leben braucht, lehnt sie dich als Mann dann etwa nicht ab?«

»Ich weiß es nicht.«

»Ich ziehe Nutten der Ehe vor, und ich zumindest fühle mich frei dabei.«

»Warum?«

»Ich habe, bevor ich ihr das Versprechen gab, mit Nancy zusammengelebt.«

»Eine eheliche Beziehung?«

»Ja. Und ich habe mich zu Tode gelangweilt, als ich nachrechnen mußte, wann sie ihre Tage bekäme, wann grünes Licht war und an welchen Tagen es ungefährlich war.«

»Warum hast du sie nicht einfach zugestöpselt?«

»Ich bin doch kein Affe.«

Barre zündet sich eine neue Zigarette an:

»Du bist sehr merkwürdig.«

»Tatsächlich?«

»Ja, äußerst merkwürdig.«

Koschin gerät in Bewegung, jagt die Katze aus ihrem Hinterhalt unter dem Bett hervor – die arme Katze läßt vor Schreck ihre Beute fallen –, und dann sagt er:

»Deine Frau war eine Kellnerin in einem sehr kleinen, unbedeutenden Gasthaus für Studenten am Rande einer kleinen Stadt in Minnesota, außerhalb des eingefriedeten Bezirks der Frömmler und Kaugummifresser, die sich an den Pin-up-Fotos der März-, Mai- und Juni-Playboy-Ausgaben, die sie an die Wände kleben, noch in der Erinnerung erfreuen. Und dieser arme Junge aus dem Land der Heiden – ein Greenhorn in einem abgetragenen Anzug! – verliebt sich in eine amerikanische Traumfrau und küßt den Boden unter ihren Füßen. Er will . . .«

Verärgert unterbricht Barre:

»Ich hab' nicht den Boden unter ihren Füßen geküßt!«

Väterlich:

»Du hast also nicht den Boden unter ihren Füßen geküßt, stimmt das so?«

Erleichtert:

»Ja.«

Koschin ist wieder in Bewegung:

»Und dieser Heide beliebt, sich dieser amerikanischen Traumfrau zu Füßen zu werfen: Was für Titten sie hat, was für eine Figur, was für Lippen! Er beliebt, sich ganz klein zu machen, er redet auf sie ein, denn er braucht sie, und sie beliebt, ihm niemals entgegenzukommen.«

»Das ist wieder falsch.«

»Bitte?«

»Wir liebten uns gegenseitig.«

Koschin ignoriert ihn und fährt fort:

»An einem bestimmten Punkt hätte sie es tun können, aber sie wollte nicht: Er sollte vor ihr auf den Knien liegen, geduckt unter der Schwere und der Traurigkeit des Ansturms einer unerfüllten Liebe. Und das Komplizierte an der Geschichte ist, daß er – dieser Mann, der direkt aus dem Dschungel gekommen war –, daß dieser Mann immer weiter sank, indem er ihr die Rechte einer Göttin einräumte, bis er selbst zu einem geistentleerten Körper geworden war. Danach kam eine Zeit, in der er einfach mehr erreichen mußte, denn der heiße Fluß eines anderen war – irrtümlich – in den Ozean geströmt. Da schließlich riß unser armer Junge das Kabakaschiff an sich und stellte fest, daß alles nur ein Bluff war. Freilich, er erreichte sein Ziel und heiratete sie.«

Koschin hält ein wenig inne, um Barre zu beobachten, der ihn, so traurig es ist, ansieht wie eine Frau, die einen Tag, bevor sie mit einem Mann durchbrennt, von einem anderen entjungfert worden ist.

»Der Mann aus dem Land der Wilden mußte die Frau heiraten, merk dir das. Er mußte, denn sonst, das hatte sie ihm gedroht, würde sie ihn anzeigen, man würde ihm die Nase einschlagen und ihn kastrieren.«

»Ich merke es mir ja!«

»Piacere!«

»Was?«

»Ich sagte: Piacere!«

Koschin macht Barre ein Zeichen, näher heranzukommen.

»Was ist?«

Er erhebt sich und neigt ihm sein rechtes Ohr entgegen.

»Was hast du mir jetzt zu sagen?«

»Komm noch näher zu einer Abhandlung über transzendentale Verwandlung in vollkommener Ruhe. Komm näher!«

»Ich hab' dich gefragt, was du willst«, ärgert er sich, aber dennoch nähert er sich Koschin immer mehr.

Koschin macht ein paar Schritte zurück, die rechte Hand steckt in der Hosentasche, mit der linken schließt er die Zimmertür.

»Faduma braucht es nicht zu hören«, meint er und verriegelt die Tür.

Dann geht er wieder auf Barre zu, und direkt vor ihm stehend, schreit er ihn plötzlich an:

»Warum hast du ihr nicht die Wahrheit gesagt?«

»Was für eine Wahrheit?«

»Es gibt nur eine Wahrheit.«

»Für wen?«

»Für Mildred – nur eine Wahrheit.«

»Wie meinst du das?«

»Warum hast du nicht – Mildred, dieser armen Frau, ehrlich – warum hast du ihr nicht erzählt, daß die von grenzenloser Armut geplagten Menschen in Somalia sie von ganzem Herzen hassen würden?«

Verdutzt sitzt Barre da und stottert kleinlaut, die Hände auf die Knie gelegt:

»Ich verstehe überhaupt nichts von dem, was du sagst.«

Koschin zündet sich ruhig und gesammelt eine Zigarette an, während Barre mit den Nerven fast am Ende ist. Koschin wendet sich ihm wieder zu:

»Warum hast du das arme Ding in die Falle gelockt?«
Wütend und sich halb erhebend schreit Barre zurück:

»Ich habe kein armes Ding in irgendeine Falle gelockt!«
Im Erzählton der Scheherezade:

»In den Stunden nach Mitternacht küßten sich ein Mann

und eine Frau in einem gemieteten Wagen. Der Mann hatte die Leihgebühr von seinem armseligen Stipendium abgezweigt, doch weil er als einer aus dem Land der Wilden ein Auto gar nicht fahren konnte, lenkte sie das Ganze, saß sie hinter dem Steuer und hatte das Sagen. Es war in den Stunden nach Mitternacht, den größten Teil des Abends hatten sie beim Tanzen in einer Diskothek verbracht. Donnerstag nacht, ein Wochenende . . .«

»Samstag nacht.«

»Bitte?«

»Das Wochenende beginnt dort am Samstag.«

»Tut mir schrecklich leid, entschuldige. Ja, es war Samstag, Wochenende.«

Er zieht an seiner Zigarette.

»Erzähl doch weiter!«

»Sie hatten den Wagen am Morgen zuvor gemietet, hätten ihn schon zurückgeben müssen, das wußten sie beide, verloren jedoch kein Wort darüber. Sie küßten sich ziemlich leidenschaftlich. Die Frau hatte Torschlußpanik, fürchtete, eine alte Jungfer zu werden, jeder Zentimeter ihres Körpers bewies das, und der Mann war unglaublich sexhungrig. Die Frau fragte den Mann: Liebst du mich, mein Schatz? Der Mann antwortete: Sehr, mein Schatz, aber warum fragst du das, du weißt es doch! Die Frau meinte: Ja, aber ich wollte es noch einmal von dir hören, darum habe ich gefragt. Der Mann sagte: Du kannst alles von mir haben, sogar mein Leben. Die Frau hatte sich auf die nächste Frage schon vorbereitet: Willst du mich heiraten? Und der Mann sagte dann, er sagte . . .«

»Nun hör mal, Koschin . . .!«

»Warte, ich bin noch nicht fertig.«

»Hör auf mit dem Unsinn, Mensch!«

»Der Mann sagte: Warum nicht jetzt, mein Schatz? Warum nicht jetzt, hier in diesem gemieteten Wagen, ich in meinem geliehenen Anzug, du in deinen Kleidern: Wir werden uns ein wenig lieben und dich mit Parfüm bespritzen, damit meine Männlichkeit nicht nach dir riecht . . .«

»Treib mich nicht noch mehr in die Enge, Koschin!«

»Hat das, was ich eben gesagt hab', nicht aufs Wort gestimmt?«

Barre nickt resigniert.

»So . . . dann antworte jetzt nur mit Ja oder Nein.«

»Fang schon an, Beichtvater!«

»Hast du ihr, als du in den Staaten warst, nicht erzählt, du wärest reich?«

»Ja.«

»Hast du ihr nicht erzählt, dein Vater stänke vor Geld?«

»Ja.«

»Hast du ihr nicht erzählt, alle deine Verwandten wären nett und würden ihr nett und freundlich begegnen, und sie würde sich hier wohl fühlen – um deine eigenen Worte zu gebrauchen?«

»Ja.«

»Hast du ihr nicht erzählt, es sei in Mogadischu, der Stadt, in der sie leben würde, nicht so heiß wie sonst in den Tropen? Und daß sie das ganze Jahr über abends warme Kleidung anziehen müßte?«

»Spielt das eine Rolle?«

»Hast du das gesagt oder nicht?«

»Ja, das hab' ich.«

»Hast du ihr nicht versprochen, daß deine Verwandten und Freunde sie in ihrer Mitte wie eine Tochter, als weiße Tochter des Stammes, aufnehmen würden, sobald sie hierherkäme?«

»Wer, zum Teufel, hat dir erzählt, das ich dies alles gesagt habe?«

»Reg dich nicht auf. Hast du es gesagt oder nicht?«

»Ja.«

Barre ist verstört und überlegt, was als nächstes von Koschin kommen mag.

»Würdest du mir dann nicht zustimmen, daß du sie in eine Falle gelockt hast?«

»In welcher Beziehung?«

»Weil sie dich geheiratet hat.«

»Nein, ich hab' sie nicht in eine Falle gelockt!«

»Natürlich hast du das getan!«

Die Worte kommen schleppend eins nach dem anderen durch seine zusammengebissenen Zähne. Er muß eine ganze Flasche Wasserstoffsuperoxyd benutzt haben, um sie so weiß zu bekommen, denkt Koschin.

»Ich habe sie wirklich nicht vorsätzlich angelogen.«

»Ich habe auch nicht gemeint, daß du sie unter Zwang geheiratet hast.«

»Ich bin zu dir gekommen, damit du mir hilfst, Mensch, nicht, um mich von dir beschuldigen zu lassen.«

»Du sitzt in der Patsche, da kann ich dir nicht helfen.«

»Vielleicht doch.«

»Sie haßt dich, weil du sie belogen hast. Und sie haßt dich, weil du nach Armut riechst.«

Ein langes Schweigen, das keiner von beiden bereit ist zu brechen, folgt auf diese grundlegende Erkenntnis. Beide schauen abwechselnd unsicher zu Boden. Das Fenster ist halb geschlossen. Eine vorbeiziehende Wolke verdüstert das Zimmer, etwas knallt gegen den Maschendraht vor dem Fenster. Der Ball spielender Kinder hat ihn getroffen. Koschin denkt jedoch, daß es vielleicht Faduma ist, die unabsichtlich ein Tablett hat fallen lassen, oder möglicherweise war es auch die Katze, die auf den Dachboden geklettert ist, wo es Rattennester gibt. ... Danach ist es absolut still.

Wenn ich es nur gewußt hätte, denkt Koschin bei sich, wenn ... vielleicht wäre ich die Situation anders angegangen, vielleicht hätte ich mein Innerstes gegen diesen schrecklichen Moment verhärten und irgend etwas ... irgendeine Kraft beschwören können ... aber der Kuckuck ruft nicht, wenn eine Katze in der Nähe ist ... und eine Katze ist niemals Freund mit einer Ratte ... aber wenn ... vielleicht hätte ich ... oder vielleicht auch nicht ... Seinen Mut zusammennehmend:

»Barre?«

»Ja?«

»Weißt du, wenn du deine Frau nun endgültig wegschickst, was ich an deiner Stelle täte, dann würdest du dich nicht weiter quälen. Und dann würdest du auch nicht deine Stellung in der Gesellschaft, der du angehörst, vergessen: die Beziehungen zwischen dir und deinen Verwandten. Sonst werden die Dinge – und das unterstelle ich in meiner primitiven Mentalität, auf meine Niggerart – für dich nie so aussehen, wie sie aussehen sollten ... und vielleicht geht sie ja auch noch ein bißchen weiter, bis zum Gipfel der Isolierung, vielleicht übt sie noch mehr Druck aus, verlangt mehr und mehr und saugt dich schließlich völlig aus. Und wenn ...«

Koschin verharrt ohne Bewegung.

»Wenn was?«

»Wenn das passiert ... tsssss!«

Koschin schüttelt hilflos den Kopf.

»Wenn was passiert?«

»... was ich vorher gesagt habe ...«

»Und was war das?«

»... daß das Leben ein Wirbel auf dem Meer der Existenz ist. Je mehr es zum Zentrum des Wirbels vordringt, desto eher verliert es seine Form ...«

»Hm?«

»... oder du stiehlst wie ein Zauberer deinem Patienten die Worte und tauschst diese Information später gegen Geld ein, was ziemlich gemein ist.«

»Hör mal, Koschin.«

»Ich bin ganz Ohr, Barre«, sagt Koschin und kommt näher.

»Pferd oder Sattel, eine gute Frau oder gar keine, ist es das, was du sagen willst?«

»Genau!«

Bewegt sagt Barre:

»Sie war mein Herzensschatz, mein Lebenselixier. Ich hab' von Glück geträumt, hab' geträumt, wir würden Kinder haben, gesunde Mitglieder der Weltgemeinschaft, aber die Ärzte meinen, wir bekommen keine. Ich hab' geträumt, und in diesen Träumen . . .«

»Martin Luther King hat auch einen Traum gehabt. Aber die Kugel seines Mörders, weißt du, war schließlich stärker als er.«

»Ja, ja, stimmt schon! Mildred hat getobt, ist rumgerast wie die Irre von Chaillot – und ich habe gemerkt, welchen fatalen Fehler ich in meiner Ehe gemacht habe. Einen nicht wiedergutzumachenden Fehler . . .«

»Jetzt redest du wie ein unglückseliger Mensch.«

». . . einen nicht wiedergutzumachenden Fehler! Mein Gott, mein Leben und meine Ehe sind vor die Hunde gegangen. Gib mir einen Rat, Koschin, ich brauche einen Rat. Und du tust gar nichts, beschimpfst mich nur, das ist alles, was du tust.«

»Ich sage dir, trottelige Ehemänner sollten aufpassen. Laß dich nie mit einer Verrückten ein.«

»Meine Frau ist bestimmt verrückt.«

»Wenn ein trotteliger Ehemann stirbt, wenn du stirbst, Barre, bin ich sicher, daß es für dich einen reservierten Platz in Form eines Grabes geben wird, und man wird einundzwanzig Schuß Salut schießen, um von da an den Tag des Guten Ehemanns zu feiern.«

»Einundzwanzig Schuß Salut sind für die Spitzen der Gesellschaft, und ich gehöre nicht dazu.«

»Einen Ruhmestempel gibt es für alle, die ihn verdienen.«

»Ich verdiene ihn nicht.«

»Meiner Meinung nach doch.«

»Nein.«

»Mi deludi.«

»Du weißt, daß ich kein Italienisch spreche.«

Koschin geht zum Tisch hinüber, nimmt eine Rasierklinge und schleift sie an einem Briefbeschwerer, der auf der Tischkante liegt. Langsam und hypnotisch sagt er:

»Mungo Park, weißt du, hat von dem Popanz erzählt, den die Eingeborenen – Betonung auf Eingeborenen – seiner Zeit benutzten, um sich ihre Frauen gefügig zu machen. Vielleicht solltest du dir hiernach die Dinge, die du beherrschst, einmal näher ansehen.«

Als Antwort sucht Barre Zuflucht bei einem somalischen Sprichwort:

»Wenn man den Kopf eines Burschen in deinem Alter rasiert, dann paß auf, daß du deinen auch einseifst.«

Koschin legt die Klinge neben den Briefbeschwerer und hebt dieses und jenes auf, so als wolle er Ordnung auf dem Tisch schaffen. Ein Lächeln huscht über seine Mundwinkel.

»Es gibt da allerdings einen Unterschied.«

»Und welchen?«

»Du hast deine Frau geliebt, als du geheiratet hast. Ich für meine Person habe Nancy nie geliebt, und wir haben auch nicht geheiratet. Liebst du sie?«

»Nancy heißt sie also?«

»Ja. Aber liebst du sie?«

»Wahrscheinlich.«

»Siehst du! Ich glaube, Liebe ist wie der Schmerz bei einer Geburt. Beide sind von kurzer Dauer, aber an beide erinnert man sich öfter als nötig.«

»Du liebst Nancy nicht?«

»Nein, jetzt nicht und früher auch nicht.«

»Warum kommt sie dann?«

»Wegen eines Versprechens.«

»Du hast ihr ein Versprechen gegeben, ihr einen Antrag gemacht?«

»Ja, mehr oder weniger.«

»Da hast du dich zum Verrat herabgelassen?«

»Nein, zur Ehrlichkeit.«

»Wie soll ich das verstehen?«

Koschin sitzt auf einem Holzstuhl und hat die Beine durch die Lehne hindurchgesteckt. Er beißt sich auf die Lippen:

»Ich habe ihr die Wahrheit gesagt: daß ich sie nicht liebte, aber nichts dagegen hätte, sie zu heiraten, wenn sie darauf bestehen sollte. Ich habe ihr gesagt, daß ich noch niemals jemanden geliebt hätte, und sie weiß das selbst nur zu gut. Wenn du deine Frau wie ich nicht geliebt hättest und die Dinge hätten sich in der Ehe dann so entwickelt wie jetzt, dann hätte sie, deine Frau, meine ich, sich bestimmt anders verhalten. Denn sie würde, wenn sich irgend etwas so Unwichtiges zwischen euch abspielt, ihre Erinnerung nicht an jene Tage klammern, in denen ihr Händchen hieltet, euch geliebt habt und euch leidenschaftlich und zärtlich küßtet.«

»So etwa wie die schmerzvolle Geburt eines toten Kindes?«

»Ja, so ungefähr in der Art, ja.«

Koschin erhebt sich.

»Da bin ich anderer Meinung.«

»Die Liebe ist eine Laune, stimmt das etwa nicht?«

Er steht über Barre gebeugt und lehnt sich an dessen Schulter.

»Nein.«

»Die Liebe ist eine Laune, die Laune eines Tages, einer Nacht, ein Gefühl, das nicht unbedingt garantiert ...«

»Das stimmt nicht!«

»Ein Gefühl, die Liebe ist ein Gefühl, gibst du mir da recht?«

»Nein, wie ich schon sagte.«

Koschin schweigt, richtet sich auf und klopft ungeduldig

mit den Fingern auf den Tisch. Er nimmt wieder die Klinge in die Hand und legt sie wieder hin.

»Warum bist du heute nicht in die Schule gegangen?« fragt Barre.

»Ich will kündigen.«

»Warum das denn?«

»Eine persönliche Sache.«

»Was heißt das?«

»Es ist ein völliges Durcheinander. Ich kann mich nicht dazu hergeben, bei einem solchen Schlamassel mitzumachen, denn etwas Anstand, egal wieviel, hab' ich, glaube ich, noch.«

Neugierig fragt Barre:

»Was geht denn da vor?«

»Ach, der Schulleiter!«

»Was ist mit ihm?«

»Er vergreift sich an unschuldigen Schülerinnen.«

»Das ist doch nicht dein Ernst?«

»Doch.«

Barre reibt sich die Hände:

»Warum bemühst du dich nicht, dieses Problem zu lösen, wo du in solchen Fragen so bewandert bist? Es kann doch nicht so schwierig sein, oder?«

Resigniert meint Koschin:

»Sag das nicht.«

Sarkastisch meint Barre:

»Der Bär friert trotz seines dicken Fells, nicht wahr?«

»Mal so, mal so, so ist das Leben.«

Die Sonne erscheint vom Innern des Zimmers aus wie verdunkelt, obwohl in den Zeitungen – Koschin hat noch gar keine gelesen – nichts von einer Sonnenfinsternis steht. Die Hitze draußen ist tödlich wie Gift, und Koschin und Barre sitzen da voller Sorgen, schweigend; sie rauchen und warten, daß das Gespräch weitergeht. Jeder ist in seinem eigenen Käfig gefangen. Sie bemühen sich zu akzeptieren, was und wer sie sind.

»Ich geh' jetzt«, erklärt Barre endlich und wendet sich zur Tür.

Koschin zittert innerlich und brütet über seinen Qualen, von denen er sich nicht befreien kann: Nancy, Barre und Mildred, die Revolution und Somalia, das Leben im allgemeinen, die Politik in Afrika – alles Tatsachen, bei denen er sich nicht hat aufhalten wollen.

Als Barre die Tür entriegelt, um zu gehen, sagt Koschin:

»Meere verbinden sich nur mit den Gewässern, die sie trennen.«

Dritter Satz

Koschin liest noch einmal seine autobiographische Skizze, liest sie ein drittes Mal und überfliegt dann die zwei Briefe. Er ist mit dem Geschriebenen zufrieden, streichelt seinen Spitzbart und lacht in sich hinein, als er an die Zeiten in Rußland denken muß, als Spitzbärte und französische Schnurrbärte von den zaristischen Behörden mit Argwohn angesehen wurden. Ich wäre vielleicht auch vor Gericht gestellt worden, und die anwesenden KGB-Bosse hätten die Anklage gutgeheißen ... Der Drachen wäre hoch in die Luft geflogen, denkt Koschin, und den Schlachter hätte man zu der Zeremonie bestellt. Begraben unter einer Rose würde ich liegen und dürfte zum Ausgleich gratis zu den Huris in eine himmlische Stadt schwimmen.

Er steht auf, streckt sich, sammelt alles Geschriebene, darunter auch seinen Kündigungsbrief, und legt es in eine Schublade, die er abschließt. Alles schön sicher da. Er summt eine Melodie, das Lieblingslied von Lool, der Schwester seiner Freundin, einem liederlichen Teenager, die sehr unordentlich ist und nur ein Interesse im Leben kennt: Tanzen. Sie schläft nicht mit Männern, sie läßt sie aber ihre Drinks bezahlen, das Taxi, alles, was zum Ausgehen gehört, dann lächelt sie süß, sagt, sie wäre heute abend etwas erschöpft und ob er – der jeweilige Mann – etwas dagegen hätte, sie zu ihrem Wohnheim zurückzubringen und sie vielleicht am nächsten Abend wieder abzuholen? Sie tanzt bezaubernd, diese Lool, besser tatsächlich als ihre Schwester, ihre ältere Schwester, meine Freundin Maryan, ein berufstätiges Mädchen, das auf die vierzig zugeht.

Koschin legt den Schubladenschlüssel wieder zwischen

die Falten seines Kopfkissens, steckt drei von Nancys Briefen, über die er nachdenken will, ein, überlegt, ob er das Bett machen soll, und entscheidet sich dagegen. Draußen verabschieden sich Faduma und die andere Frau fast herzlich voneinander. Sie haben sich zerstreut: Du sollst über die ganze Erde verstreut werden und Gottes Reichtum suchen, sagt der Koran! Und Koschin geht auf Zehenspitzen, so als wolle er die Gelegenheit beim Schopf ergreifen, aus dem Zimmer und schleicht sich unbemerkt nach draußen. Alxamdulillaah!

Ein regelrechter Polygamist, meine Güte! Geschieht ihm recht, diesem Bastard! Koschin sagt dies laut vor sich hin, er ist allein und fühlt sich innerlich durcheinander und schuldbewußt, weil er Barre und sich selbst den Tag verdorben hat. Im Gehen lauscht er etwas unaufmerksam dem Geplapper der Frauen auf ihren Türstufen und fängt Teile ihrer Gespräche auf. Eine der Frauen, sieht Koschin, hat so dünne Beine wie Trommelschlegel – ein verhextes Säugetier, diese Frau. Aber . . . ich habe mich zum Teil bei der Beurteilung von Barres Lage geirrt. Armer Kerl! Er kam zu mir, damit ich ihm einen Rat gebe, und ich habe ihn nur tyrannisiert. Das hätte ich nicht tun sollen. Schon an der Art und Weise, wie er redete, hätte ich begreifen müssen, wie sehr er meine Hilfe brauchte, meine moralische Unterstützung, was ja wohl das wenigste ist, was ich ihm anbieten konnte. Ich selber bin auch aufgeregt, aufgeregt vor Angst, daß Nancy kommt. Warum? Warum alles so schwierig machen? Worauf sind wir, die sogenannte Intelligenzia dieses Landes, aus, wenn wir wie Paris hinter fremden Weibern herlaufen, die in ihrem eigenen Land irgendwie zum Abschaum gehören und hier bei uns verachtet werden – worauf sind wir aus? Auf das, wovon Fanon spricht? Oder auf etwas noch Niedrigeres? Oder geschieht alles einfach nur so – zufällig? Warum geben wir uns nicht mit unseren eigenen Frauen zufrieden?

Er steht am Straßenrand, geht dann eilig auf die andere Seite, um ein Taxi zu bekommen.

Wie ich gehört habe, werden die mit Somalis verheirateten russischen Frauen von der Botschaft hier gemein behandelt. Sie müssen für einen Besuch in der UdSSR eine Sondererlaubnis haben, und um diese Erlaubnis zu bekommen, müssen sie bei der russischen Botschaft in Mogadischu mehrere tausend somalische Schilling hinterlegen. Außerdem dürfen sie niemals länger als drei Monate in der Sowjetunion bleiben und müssen sich in dieser Zeit täglich beim nächsten Polizeirevier melden. Sie können Verwandte, aber niemand anderen während dieses Aufenthalts in ihrer Exheimat, der geliebten Sowjetunion, besuchen. Was für eine Behandlung, mein Gott!

Koschin fühlt sich wie auf Mogadischu losgelassen, sein Bewußtsein ist wie einasphaltiert, er kann in diesem Schatz von zehn Jahrhunderten menschlicher Arbeit herumbummeln. Ich bin auf diese Stadt aus einem Langeweile-plus-Angst-Gefühl heraus losgelassen worden, ein Gefühl, das ich fast anfassen kann. Zweifellos langweilt mich das Leben, aber weiß ich denn wirklich, was Leben ist – oder auch nur Angst oder Langeweile, wenn ich beides einmal getrennt nehme?

Er lehnt sich gegen eine Akazie am Bordstein auf der gegenüberliegenden Seite der Hauptstraße, pflückt eine Blume, bei der gerade die Blütenspitzen zum Vorschein kommen. Ein buckliges Taxi, ein Fiat 600 D, oben rot, unten gelb, hält vor ihm, er winkt es fort. Zu unbequem. Ich stoße darin immer mit den Knien gegen die Tür oder die Sitze. Warum etwas Armseliges nehmen, wenn ich doch das gleiche dafür bezahlen muß. Ein anderes Taxi hält in der Nähe. Koschin beugt sich durchs Fenster zu dem Fahrer und fragt:

»Wohin fahren Sie?«

»Wohin wollen Sie?« fragt der Fahrer zurück.

»Zur früheren Assemblea Nazionale.«

»Nein, da fahre ich nicht hin.«

»Wohin dann?«

»Nach El-Gab.«

»Nein, danke«, sagt Koschin, und das Taxi fährt im ersten Gang weg.

Koschin zündet sich eine Zigarette an.

Da kommt schon das nächste Taxi und hält. Koschin beugt sich wie vorher hinunter. Der Fahrer meint, er solle einsteigen. Das Taxi ist beinahe voll. Drei Leute sitzen drin, zwei davon Frauen: ein Mann vorn neben dem Fahrer, die Frauen hinten im Wagen. Sie haben ihre Körper lässig über den ganzen Platz auf dem Rücksitz verteilt und starren zu ihm hinauf. Koschin zögert ganz offensichtlich einzusteigen.

»Ja, steigen Sie denn nun ein?« dringt der Taxichauffeur auf ihn ein.

»Richtung Scebelli«, sagt Koschin.

»Steigen Sie ein, habe ich gesagt.«

»Danke«, sagt Koschin unwillkürlich.

»Puuuuh!« Koschins Muskeln und Füße kommen mit den schwarz bedeckten Hüften der einen Frau in Berührung.

»Entschuldigung«, sagt er in den Fahrtwind hinaus. Die Sitzflächen der beiden Frauen kollidieren miteinander, als er die Wagentür zuzieht. Mit vollem Gewicht läßt er sich auf den ausgebreiteten Fleischmatten der Frauen nieder, obwohl er nicht im geringsten bereit ist, den Groll der verschleierten Eulen zu riskieren. Er stützt sich hoch und landet wieder mit seinem ganzen Gewicht auf einem Teil des raumfüllenden Hinterteils der dicken Berta neben ihm. Sie stöhnt jedoch nicht, beklagt sich auch nicht, es scheint ihr überhaupt nichts auszumachen. Vielleicht hat sie sich ein Kissen hinten reingesteckt, um ihr Hinterteil größer erscheinen zu lassen. Man sagt, daß Frauen aus dem Norden das tun.

»Entschuldigung«, sagt Koschin noch einmal und rückt weg. Keine der beiden Frauen schaut in seine Richtung, die dicke Berta scheint nicht interessiert zu sein und benimmt sich nicht so, als hätte irgend etwas sie gestört. Statt dessen beginnt sie, mit ihrer Begleiterin zu schnattern, die Koschin über die Distanz von Fleisch hinweg so vorkommt, als hätte sie Mumps, denn ihre Speicheldrüsen sind angeschwollen. Der Mund der neben ihm sitzenden Frau öffnet und schließt sich mit einer Geschwindigkeit, als hielte sie eine völlig entfesselte Rede mit zweihundert Worten pro Minute. Dann gähnt sie und schlägt sich die fette Hand vor den Mund. Ihre Zähne, denkt Koschin, sind fehlerlos häßlich, nikotinverfärbt und was weiß ich. Ihr Haar im Nakken ist verfilzt, und über ihrem einheimischen Dreß trägt sie eine Bluse. Ihre Hände sehen verkrüppelt aus, als wollten sie Widerspruch gegen den übrigen enorm riesigen Körper erheben.

»Sie haben nichts dagegen, wenn ich rauche?« fragt Koschin.

»Nein, nein, es macht uns nichts aus«, sagt die dicke Berta.

Im Gegensatz zu der Dicken neben ihm, denkt Koschin, ist die andere so sanft und ruhig, daß sie wahrscheinlich nicht einmal in der Lage wäre, ihre Fingerknöchel knacken zu lassen oder sich mit jemand über 30 Meter Entfernung zu unterhalten.

Er rückt unbewußt näher an die große Frau heran. Sie rückt nicht weiter, und er hat das Gefühl, als sitze er auf dem Weichteil eines Bandwurms. Was für eine Idee!

»Escusa me«, sagt er.

Ein kurzer Blick zu ihm, dann wendet sie sich wieder ihrer Begleiterin zu, die jetzt ihre schwarze burdah um ihren Kopf gelegt und einen Knoten um ihren mit Ketten geschmückten Hals geschlungen hat. Die dicke Berta plappert mit ihr in einem Pidgin-Kisuaheli, das man in Kismayo und Umgebung spricht. Koschin hat diese Papageiensprache verlernt und sinnt diesem Verlust mit Bedauern und einem bitteren Gefühl nach.

Der Fahrer und der Mann auf dem Vordersitz reden über Politik, sie loben und verdammen die Tätigkeit des Revolutionsrates in einem Atemzug. Der Fahrgast dreht sich in seinem Sitz herum, seine Augen begegnen ängstlich Koschins. Vielleicht hat er Angst, sich in die Nesseln gesetzt zu haben. Seine Augen sind so klein wie die einer Ameise, denkt Koschin, und er weiß nicht, wohin er blickt. Die zwei Frauen verfallen in einen somalischen Dialekt aus dem Süden und reden so entsetzlich laut, daß sie das Motorengeräusch des Fiat 124 übertönen.

Die dicke Berta erklärt mit großer Vehemenz:

»Die Dürre, die dieses Jahr in Kismayo geherrscht hat, ist die schlimmste, die ich je erlebt habe. Alxamdulillaah für alles!«

»Ich hab' davon gehört«, sagt die stille Frau und flüstert fast.

»Dank der Revolution. Sonst hätten wir dran glauben müssen.«

»Ja«, stimmt die ruhige Frau zu.

»Und dann dieser ganze Hunger, und keine Regierung hat man um Hilfe gebeten, und die Revolutionsregierung behauptet, wir müßten uns selbst helfen, müßten mehr anbauen und uns auf unsere Arbeitskraft verlassen.«

»Das stimmt«, erwidert die andere Frau.

»Natürlich, wenn die Amerikaner und die Deutschen weiter in Kismayo geblieben wären, gäbe es etwas mehr Geld und weniger Armut – aber diese ganze Prostitution, zu der ihr Geld die Frauen verleitet hat, mein Gott! Kismayo ist ein größerer Puff als Mogadischu. Stell dir vor, die Amerikaner, die Deutschen und die Russen, alle in so einer kleinen Stadt wie Kismayo, in so einer kleinen Stadt. Du hättest das mit eigenen Augen sehen müssen.«

»Ich weiß.«

»Mein Backsteinhaus war in der Berliner Straße, an der Kreuzung der zwei asphaltierten Straßen, von denen eine die Russen und die andere die Deutschen gebaut haben. Die deutschen Junggesellen haben mir im Monat mehr als tausend Schilling Miete gegeben.«

»Wie wunderbar!«

»Aber bevor diese Ausländer kamen, gingen die Mieten niemals höher als zweihundert. Und jetzt sind sie wieder weg, und ein Polizeimajor wohnt jetzt drin.«

»Wieviel bezahlt er?«

»Wieviel verdient er?«

»Wie soll ich das wissen?«

»Einhundertfünfzig Schilling.«

»Kaum zu glauben.«

»Aber die Mädchen in Kismayo ...«

Alle haben sich den Hunden angeschlossen, die am meisten bellen, beendet Koschin den Satz für sich selbst. Er klopft dem Taxifahrer auf die Schulter, der Wagen hält plötzlich an, Koschin bezahlt seinen Anteil von sechzig Cent und geht in Richtung Schule davon.

Auf den Tag genau vor zwei Monaten war Koschin nach Kismayo gefahren, um Zeuge des Dahinwelkens seines nicht sterben wollenden Onkels zu werden. Dieser Onkel war der Mann seiner Tante – Pardon! – seiner Mutter und über siebzig. Koschin hatte es ihm übelgenommen, daß er diese jugendliche Frau, seine Mutter, überlebt hatte, und ihr hatte er übel genommen, daß sie vor ihm gestorben war. Was bedeutete ein alter Onkel schon einem Mann, dessen Vorfahren in einem Stammeskrieg gestorben waren und dessen liebe Tante – noch einmal Pardon! – dessen liebe Mutter sich in einem einsamen Lehmhaus in einem so entlegenen Ort verbraucht hatte? Was konnte ein so alter Mann, noch dazu ein unfreundlicher Mann, der im tiefen Schlaf wimmerte, einem jungen Mann in den dreißiger

Jahren bedeuten, der gern in den Nachtstunden herumwandert und nach etwas sucht, auf das er Jagd machen kann? Trotzdem war Koschin aus irgendeinem menschlichen Instinkt heraus nach Kismayo gefahren, sein Gewissen hatte es ihm verboten, sich völlig zu distanzieren. Es war im September gewesen, als die Schulen nach Ende des Semesters geschlossen waren und er fünfzehn Tage frei hatte und seine Zeit außerhalb Mogadischus verbringen konnte, was Koschin verrückt gemacht hatte. Er hatte den Bus von der Station El-Gab in Mogadischu genommen. In Scialambot gab es einen kurzen Aufenthalt, einen etwas längeren in Gelib. Dort wurde er von Moskitos umschwirrt, und selbst noch im Bus und im Restaurant Republica, wo er sein mit Butter zubereitetes Essen einnahm, verfolgten sie ihn. Und dann war er in Kismayo, seinem Geburtsort, angekommen. Er liebte ihn immer noch, trotz allem.

Ich werde dich mitnehmen nach Kismayo, Nancy, ich bin sicher, daß es dir gefallen wird. Du mußt dir das für Mussolini gebaute Haus ansehen, dieses Gebäude, das mit der von den Eingeborenen gestohlenen Milch angestrichen worden ist.

In Kismayo war er an der Haltestelle in der Nähe des Hotels Enrico aus dem Bus gestiegen, das einzige anständige Hotel in der Stadt. Er hatte einen Straßenlümmel, der ihn belästigte, angeheuert, damit er ihm seinen Koffer trage – der war jedoch so schwer, daß der arme Straßenberber ihn nicht vom Boden hoch bekam. Er ging sofort ins Hotel und war gerade dabei, sich ins Gästebuch einzutragen – Nome e cognome, l'ultimo indirizzo usw. –, als er sich plötzlich in ein Gespräch mit dem Hoteldirektor verwickelt sah, der zu Koschins nicht geringer Überraschung beredt und mit Begeisterung über die wunderbaren Werke des Vorsitzenden Mao Tse-tung redete. Es sah ganz so aus, als wenn dieser Bursche den Vorsitzenden wie eine Gottheit verehrte. An der Wand hinter »dem Italiener« hing ein Gemälde von Picasso mit einer Frau neben einem Stuhl und den Augen eines Mannes im Hintergrund.

»Come mai ammiri questo uomo?« fragte Koschin.

»Troppo en gamba e un grande politicante del secolo«, antwortete der Italiener.

Koschin ging zu seinem Zimmer hinauf, das keine Nummer hatte und schwer aufzuschließen ging. Ein Kellner kam ihm zu Hilfe, er bedankte sich bei ihm, ging hinein und legte sich sofort ins Bett. Der Staub auf dem Umweg von Scialambot nach Gelib war schrecklich gewesen, und Koschin nieste sich in den Schlaf. Ungefähr eine Stunde später war er wieder wach, duschte sich, nachdem er die Wasserleitung vorher in Ordnung gebracht hatte, ging zurück in sein Zimmer und suchte, er wußte selbst nicht, warum, nach »The Interpreters«, seinem Lieblingsroman in diesem Jahr. Er las ein paar Seiten und überflog die einzelnen Kapitel, um Passagen über Sekoni zu finden. Seine Hand war unsicher, als er einige Zeilen unterstrich, und so ging er in die Halle hinunter, um eine Tasse Cappuccino zu trinken. Er stieß mit einem alten italienischen Bauern zusammen, der beim Hinausgehen mit seinem mächtigen Hinterteil wackelte. Koschin sagte:

»Italienischer Bastard!«

»Cosa hai detto?«

»Eh?«

»Cosa hai detto? Ti ho fatto male?«

»Niente«, schnitt ihm Koschin das Wort ab.

Mit dem niente noch auf der Zunge schwankte Koschin ins Restaurant, wo Männer vom gleichen Schlag ihre Zeit totschlugen, weil sie im Stadtzentrum nichts Besseres zu tun hatten. Die Büros waren geschlossen, die Kinos hatten noch nicht angefangen, und die Männer hatten sich frisch gemacht, sich sorgfältig angezogen, sich sorgfältig gekämmt, und nun war es an der Zeit, daß sie mit ihren gewienerten Schuhen und gebügelten, in Rom angefertigten Hemden die Stadt eroberten. Kismayo, mein offizieller Geburtsort, dachte Koschin, eine alte Stadt, günstig für diejenigen, die auf käufliche Lust aus waren; eine Stadt, in der Frauen kleine, versteckte Bars führten – an sich eine völlig falsche Bezeichnung – eine Bar, du meine Güte! Koschin flucht, während er den Hügel hinaufgeht. Gelassen saßen Männer in ihnen herum, die hofften, einer den anderen einfach durch langes Herumsitzen auszustechen, um dann das himmlische Vergnügen, die erste goldene Chance zu haben, kurz mit der Barbesitzerin mit den goldenen Zähnen oder mit der Kellnerin sprechen zu können; eine Stadt, in der der Amtschef, ob bewaffnet oder nicht, seine Wache zum Dienst schickte, damit sie ihm den geheiligten, den Gelassenheit bietenden Homo sapiens schützt; kurz, eine Stadt, die fast so alt ist wie Mogadischu und genauso verdorben.

Als Koschin jetzt den kleinen Hügel zur Schule hinaufgeht, hat er einige Sekunden lang das Gefühl, als würde er vor Atemnot sterben. Er bleibt stehen, um sich eine Zigarette anzuzünden, es ist die letzte im Päckchen. Er wirft es weg.

Mein Onkel! Ich muß meinen Onkel suchen, hatte er gedacht, als er ein zweites Mal die Treppe herunterkam – er hatte seine Brieftasche in der Hose, die er vorher getragen hatte, vergessen –, und ich muß ihn um jeden Preis finden. Doch erst einmal muß ich meine Magennerven beruhigen. So ließ er sich im Restaurant auf einem freien Stuhl mitten in einer Gruppe nieder, fragte gar nicht erst, ob es gestattet sei, rief einem der Kellner zu, er solle bitte noch einen Cappuccino und zwei Aspirin bringen. Aber er konnte nicht warten, die Bedienung war so langsam. So bezahlte er seinen Ablaß und ging in die Richtung, wo ihm die Verdammung nahe war. Das Denkmal, eine häßliche Imitation desjenigen in der Nähe der aufgelösten Nationalversammlung in Mogadischu, stand plötzlich vor ihm, und obwohl es noch gar nicht ganz fertiggestellt war, hatte er es abscheulich gefunden. Ich habe nie Plagiate irgendwelcher Art gemocht, und dies hier ist eins, hatte er gedacht.

Eine mit Lippenstift beschmierte Magdalena macht sich an ihn heran, Koschin schwitzt, sie bittet ihn um Feuer, seine Hand zittert, als er ihr sein Feuerzeug gibt. Früher war sie mal ein lustiges Mädchen, jetzt wird einem schlecht, wenn man sie nur ansieht, denkt er. Eine alte professionelle Prostituierte, die enggeschnürt der Senilität verfällt, weil alles Gesunde aus ihr herausgesogen ist. Sie gibt ihm sein Feuerzeug zurück und entfernt sich lahm mit einem Alexandrahinken – was weder sein Herz noch seine Augen anspricht.

Immer noch angewidert von dem Denkmal beschloß er, Meyran zu besuchen. Doch dann erklärten ihm die Schuhputzer und die Bettler von Alto-Giuba einen richtiggehenden Krieg. Es kam einer nach dem anderen, zupfte ihn an der Hose, belästigte ihn, redete ihm ein, daß entweder seine Schuhe geputzt oder seine Sünden verringert werden würden, wenn er den Notleidenden etwas gebe. Er sprach zu niemand aus den beiden Gruppen. Er schüttelte nur verächtlich den Kopf, selbst noch, als die meisten von ihnen ihn schon allein gelassen hatten. Ein Schuhputzer meinte: Der Kerl hat irgend etwas am Hals.

Vor meinem Onkel muß ich erst Meyran besuchen, hatte er gedacht. Meyran war eine der hübschesten Frauen, die Koschin gekannt hatte, ungefähr achtundzwanzig, mit einem Sohn, die viele Affären mit Männern in Mogadischu, der Stadt der Elenden, hinter sich hatte! Ihr Leben war völlig ruiniert gewesen, und sie hatte Mogadischu verlassen, entschlossen, niemals wiederzukehren. Dann hatte sie sich in Kismayo niedergelassen, arbeitete im Hafen als Büroangestellte und Schreibkraft, hielt ihren kleinen Sohn und ihre bescheidene mundul-Wohnung absolut sauber und sah die Sonne nur, wenn sie ins Büro ging oder zurückkehrte. Koschin trug in seiner Brusttasche für sie einen Empfehlungsbrief von einem Freund. Er fragte mehrere Leute, die er nicht kannte, wo er sie finden könne. Einer der Männer meinte, er könne ihn hinführen – Koschin hatte gesagt, sie wären miteinander verwandt –, und so ging er mit dem Mann.

St. Augustinus, dein Heiliger, Nancy, hat gesagt, daß man die Hurerei aufgeben muß, solange alles noch gut klappt.

Meyran hatte gerade ein paar Babysachen auf die Wäscheleine gehängt, als Koschin mit dem anderen Mann ankam, nachdem sie sich vorher angekündigt hatten. Sie gingen beide hinein, dann entschuldigte sich der Mann, und Koschin stellte sich vor, indem er ihr den Brief übergab. Sie konnte ihn nicht lesen, das war das Lustige daran, und so las er ihn ihr wahrheitsgemäß vor, ohne dabei das Lobende über sich wegzulassen.

»Komm herein«, hatte sie ihn begrüßt.

Koschin, der immer noch den Hügel heraufsteigt, zitiert vor sich hin:

»Midday this day I'm bound upon
I woke to destruction in a dark day
Where the right path is wholly gone!«

Sie hieß ihn von ganzem Herzen willkommen, sagte ein paar häßliche Dinge über den Mann, von dem Koschin den Empfehlungsbrief bekommen hatte, sagte jedoch auch, daß sie nett zu Koschin sein würde.

»Du bist fremd in dieser Stadt?«

»Ich bin hier geboren.«

»Wo?«

»In Kismayo, vor etwas über dreißig Jahren.«

Zu sich selbst hatte er gesagt, daß er sich nicht darum zu kümmern brauche, was andere denken würden – um ihr Gerede von Nächstenliebe gegenüber einem alten Onkel, der unfreundlich war und auf dem Sterbebett lag. Der kleine Mann des Hauses, der Sohn von Meyran, drehte sich im Bett um, und es beunruhigte Koschin entsetzlich, daß er sich zwischen Mutter und Kind gedrängt hatte. Nach langem Verhandeln schlief er dort bequem und behaglich, und gegen Anbruch der Morgendämmerung hörte er Frauen jammern. Meyran streifte ihren guntino über und ging nachsehen. Ein Kind war tot zur Welt gekommen, hatte sie berichtet.

Ganze neun Monate unterwegs, Nancy, ganze neun Monate unterwegs zu dem, was es immer gewesen war: ein unsichtbarer Mikroorganismus oder so ähnlich, zu klein, als daß man ihn mit bloßem Auge sehen konnte. Ganze neun Monate auf Reisen, und man kam nirgends an. Was für ein fruchtloses Unternehmen, welche maßlose Verschwendung von Zeit!

Als Meyran zurück war, schluckte sie eine ihrer zweiundzwanzig Monatspillen, Pillen, die dafür sorgten, daß kein Kind entstand. Pillen, die Unsterblichkeit der Moral von Mann und Frau garantierten. Koschin, der sich die Hose hochzieht, denkt, daß er jetzt seinen Spruch aufsagen sollte, so als befände er sich im päpstlichen Gerichtshof. Denn wenn ich erst einmal meine vorher ausgearbeitete, einstudierte und nicht zu ändernde Aussage gemacht habe, falle ich entweder durch, oder man übergeht mich.

Am nächsten Morgen – denkt von mir, was ihr wollt, ihr Monster, hatte er sich gesagt – hatte er den Bus zurück in die Stadt bestiegen –, und keine Meyran winkte ihm auch nur, als sich der Mercedes-Benz-Bus in Bewegung setzte.

Koschin hört, daß jemand seinen Namen ruft. Er beschließt jedoch, sich nicht umzusehen. Ein alter, grauhaariger Mann, bei dem zwei Vorderzähne mit jeder Bewegung der Zunge hin- und herwackeln und der einen Bart wie ein Maharadscha trägt, steht ihm im Weg.

»Nabad, Koschin.« Die wackelnden Zähne rütteln an seinem Erinnerungsvermögen.

Sehr unfreundlich antwortet Koschin:
»Ja, worum geht es?«
»Bist du so vergeßlich?« fragt der Alte.
»Ich weiß nicht.«
Oh, wer kann diesen alten Mann jemals vergessen? Er sammelt Beiträge von allen mit einer Anstellung gesegneten Mitgliedern von Koschins Klan, in den der Alte glücklich vor zwei Dritteln eines Jahrhunderts hineingeboren wurde. Er sammelt, weil er sich einer Hauptaufgabe des Islam entledigen will: des Besuchs des Heiligen Grabes in Mekka.
»Erinnerst du dich an mich?«
»Ja.«
»Wie heiße ich denn?«
»Komm, wir wollen uns nicht übereinander lustig machen.«
Der Sinn des Alten ist so auf diese Reise gerichtet, daß er manchmal tagelang aus Ärger streikt und sich mit seiner Schwiegertochter wegen ihrer Verschwendungssucht streitet. Wenn er sie zu ernähren hätte, sagt er dann, würde er nicht erlauben, daß ein einziges Stück Kohle im Haus seines Sohnes brennt.
Der Alte zittert vor Aufregung am ganzen Körper.
»Sag, wie ich heiße.«
»Afrah.«
»Aaaaaa? Du bist sehr gut. Gott segne dich.«
Wenn er nur ein Kankhan Mussa wäre, denkt Koschin. Vielleicht hätte er dann eine Begleitung von hundert Mann mitgenommen und die ganze Haddsch-Saison für den Stamm reserviert, den er nach Mekka fliegen würde. Ob der Alte nicht ...
»Wohin gehst du?«
»Zur Arbeit.«
»Wo arbeitest du?«
»In der Schule dort.«
Ob der Alte nicht einsieht, daß man es auch schon als

Sünde ansehen könnte, wenn man finanziell nicht in der Lage ist, die Reise zum Heiligen Stein zu bezahlen – vom Willen einmal abgesehen, natürlich!

»Willst du mir jetzt etwas geben?«

»Ich habe nichts.«

»Ich sammle noch immer Geld für den Haddsch.«

»Ich wünsch' dir viel Glück«, meint Koschin.

Der alte Mann schlurft davon, Koschin geht in die entgegengesetzte Richtung, schaltet hügelaufwärts seine Muskeln sozusagen in den ersten Gang, schnauft und grunzt wie ein Schwein.

Was kann aber jemand, der nur eine, nur eine einzige Kaurischale besitzt, einem anderen anbieten? Es ist wie bei dem Blinden, der einen anderen Blinden durch den Urwald von Malakka führt.

Koschin pfeift eine James-Brown-Melodie. An den Text kann er sich nicht erinnern, das kann er in der Regel nicht. Das Zitieren anderer gehört nicht zu seinen Charaktereigenschaften. Trotzdem stärken Stößel und Mörser seine Muskeln. Er ist ein Lehrer, der eigentlich noch auf die Schulbank gehört. Il maestro di coloro che non sanno niente! Oppure che sanne tutto!

Die Innenfläche seiner Hand ist weich wie eine Bananenschale. Ein überhitzter Ofen im Kopf. Lange Beine, ein großes, rundes Gesicht, ein lockiger Spitzbart. Koschin muß pinkeln; im Waschraum wird er, weil ihm ein anständiges Essen fehlt, ganz schwach. Und das alles, weil es an einer vernünftigen Planung fehlt – einer Planung, die auch Geld einbringt.

Dann gibt er sich einen neuen Anstoß, von geliehener Energie erfüllt. Die Hände sinken herab und heben sich dann wie ein Banner, das an Possarde erinnert, wie er durch die Straßen von Paris marschiert und bei der Rebellion seine Feinde einkesselt. Der Staub dringt ihm in die Augen, er kneift sie zusammen, wobei seine Zunge reflexartig vorzuckt. Er gleitet im Sand dahin, marschiert dann wie ein Nazi, um den Schmutz von seinen Schuhen zu schütteln, die dringend Creme brauchen. Dann imitiert er die Begrüßung der Black Panther, um sich vor dem Staub und dem Sonnenschein zu schützen. Er hustet beim Rauchen und sieht irgendwie besorgt aus. Plötzlich bleibt er stehen, zieht ein paarmal tief an seiner dänischen Zigarette und . . .

Er zupft das Hemd aus der Hose – der Hemdrücken flattert hin und her, was an einen kleinen Landbesitzer erinnert, der den Arbeitern auf seinem Hof die letzten Anweisungen gibt. Der Meister der Meister von schlecht funktionierenden Gesellschaften! Der Diener der Diener Gottes. Er geht jetzt etwas schneller, so wie Gautama, als er von seinem Bo-Baum zurückkehrte und seinen Brüdern und Schwestern die gesegnete Nachricht brachte, daß er zum Buddha geworden war. Oder vielleicht wie Leda, als sie von dem Schwan gejagt wurde. Oder wie Noah, der um sein Leben läuft, weg von dem verstörenden und quälenden idealamerikanischen Sodom und Gomorrha.

Er überlegt: Ich bin ein Affe, der schmatzend eine Banane ißt: Das ist eine undichte Stelle im See des Triumphes!

Cut out my cane
And the crossing-out is complete!

Koschin atmet den Straßengeruch ein, poltert, ist ausgelassen, seine Beine geben beinahe unter ihm nach. Von rechts hört er ein Trommeln. Eine willkommene Abwechslung, muß ich sagen. Bin wohl doch nicht ganz bereit, heute morgen in Unterrichtslaune zu kommen – oder ist es schon nachmittag? Hör doch, was der Wind sagt, hör dir an, was er allen zu sagen hat.

Er zögert. Alles geht besser mit Coke! kommt ihm in den Sinn. Er denkt anders. Ich kann jetzt nicht unterrichten. Ich bin nicht in der Stimmung dazu. Vielleicht wenn ich genug gesehen habe. Er wendet sich nach rechts. Ein paar Schritte von der Hauptstraße entfernt hat er ein Tor vor sich. Da ist auch ein bekanntes Gesicht: ein Gesicht, das ganz bedächtig aus den Seiten von Moravias »Die Römerin« herauszutreten scheint. Sie sagen beide hallo, sie zeigt ihm den Weg. Gut gepolstert ist sie, und beim Gehen klingeln alle möglichen Dinge an ihren Gliedern – und zusammen klingt das wie ein großer Gong von der Kathedrale eines Heiligen in einem heidnischen Land.

»Für wen ist das Trommeln?«

»Für meine Freundin.«

»Wer ist das?«

»Dr. John Abdis Frau.«

Kein Wunder. Sondererlaubnis für einen Doktor – der Titel hypnotisiert denjenigen, der die Entscheidung trifft, wirklich kein Wunder. Sonst . . .

»Hat die Feier gerade begonnen?«

»Nein, sie geht schon seit dem frühen Morgen.«

»Schade.«

Die Zigarette ist ihm ausgegangen. Sie schaut darauf, und er wirft sie weg.

»Komm herein.«

»Nein, ich muß weiter.«

»Wohin?«

»Ich bin schon zu spät dran zur Schule.«

Koschin kehrt zur Straße zurück. Die Sonne blendet ihn, ertränkt ihn in ihrer starken Glut. Er bleibt stehen, um sich zu räuspern, spuckt Schleim aus, nachdem er ihn gekostet hat. Ah! Menschlicher Abfall aus Mund und Hintern, so unangenehm und so schwer, ihn loszuwerden. Dreißig Meter bergan liegt die Schule mitten in einem Dorf, das sonst ganz und gar nichts Anziehendes an sich hat. Ein schönes Gebäude, eine Oase inmitten der häßlichen Wildnis des Orts. Sie hat sechzehn Klassenzimmer, von denen nur zehn wirklich genutzt werden. Es gibt weder ein Laboratorium noch eine Toilette mit fließendem Wasser. Eine feine Schule!

Eine schlanke, ziemlich große Frau in einem guntino kommt auf Koschin zu und stößt absichtlich mit ihm zusammen. Koschin bleibt ärgerlich stehen und sieht ihr nach. Die Frau dreht sich um.

Warum muß ich um Himmels willen heute alle Hexen von Mogadischu treffen? Die Frauen sind mein Untergang – sie sind es, ob ich nun will oder nicht. Sie sind auf jeden Fall mein Untergang.

»He, du!« Die amerikanische Masche.

Sie spricht ihren Namen sehr verschieden aus – Mary, Merriam, Maria –, man nennt sie auch bei all diesen Varianten, und sie reagiert darauf je nach Laune. »Hallo, Museumsstück«, sagt Koschin.

Eine inoffizielle Liebesgöttin, tabu in einem bestimmten Kreis, steht ihr Name ganz unten auf der Liste von ungefähr sechzehn Mädchen, die die sogenannte kultivierte Jugend von Mogadischu als Partymädchen bezeichnet. Diese sechzehn Mädchen gehen von Hand zu Hand und werden zum Tee, zu einem Cappuccino und einer Brioche in der Azan Bar auf der Skid Road eingeladen. Die Skid Road ist von den kürzlich aus dem Yankeeland zurückgekehrten Somalis so getauft worden.

»Wie geht es dir, Koschin?« fragt Mary in einem Mary entsprechenden Ton.

»Sehr gut.«

»Wo hast du dich in letzter Zeit versteckt?«

»Nirgends, Museumsstück!«

Eine Trinkerin und Kettenraucherin, versorgt mit allem möglichen, das sie von ihren Bewunderern bekommt. Eine richtige Standpauke von ihrem Vater hat sie nicht ein bißchen gerührt: Vielmehr ist sie zu einem Junggesellen ins Auto geklettert und hat den Mann, den man um sein Geld betrogen hat, als er sich Mitte der sechziger Jahre um einen Sitz in der Nationalversammlung bemühte, nicht geheiratet. Auf diesen Mann hatte ihr Vater gesetzt, aber sie hatte sich geweigert.

»Gehst du heute abend zu Dulmars Party?« fragt Koschin.

»Ich bin nicht eingeladen.«

»Du kannst trotzdem kommen.«

»Ich komme nie ohne Einladung.«

Koschin war ihr bei einer Party begegnet, die von Barbara und Mohammed gegeben wurde, und diese Merriam verließ ihn an jenem Abend keinen Augenblick. Sie folgte ihm überall hin und überredete ihn schließlich in Barbaras Gegenwart, den Regen den trockenen Graben befeuchten zu lassen. Bei dieser Gelegenheit behauptete sie auch, sich geistig einigen großen Männern sehr verbunden zu fühlen – Joyce zum Beispiel, sagte sie. »Finnegans Wake« lese sie jeden Abend vor dem Einschlafen, vor allem, nachdem sie erfahren hatte, daß Koschin an seiner Doktorarbeit über diesen Dichter arbeitete. Und all dies nur, weil sie an einer eingebildeten Schlaflosigkeit leidet. An jenem Abend trug Koschin die Schuld Parnells auf seinen Schultern.

»Ich komme zu spät zur Schule.«

»Weißt du, wie spät es ist?«

Koschin hält ihren Arm fest, um auf ihre Uhr zu schauen, von der sie erzählt, sie sei »ein Weihnachtsgeschenk von dem Ersten Sekretär einer afrikanischen Botschaft in Mogadischu«.

»Laß mich mal sehen«, sagt er.

»Kannst du denn die Uhr lesen?«

Die Armbanduhr scheint plötzlich stillzustehen, beide Zeiger stehen auf einer früheren Zeit. Dann hupt ein Auto hinter ihnen, das vom Hügel herunterkommt. Hinter dem Steuer sitzt eine Frau, die nach Koschin ruft. Maria verschwindet auf der staubigen Straße und winkt der Dame im Wagen ebenfalls zu.

Vierter Satz

Eine gutgelaunte Dame der Oberschicht macht Koschin ein Zeichen, doch »bitte zu kommen«, als er durch das Haupttor der Schule tritt. »Komm doch, Koschin«, sagt sie, lächelt süß und erhitzt und beugt sich nach vorn, wobei ihr ganzes Gewicht auf dem Lenkrad liegt. Koschin dreht sich um und überlegt, bevor er sich für eine Richtung entscheidet, denn auch der Schulleiter wartet gegen eine Säule gelehnt hinter der Treppe auf ihn. Was für ein schrecklicher Tag, geht es Koschin durch den Kopf, und er bleibt stehen. Nancys Tag, ein Frauentag. Frauen sind der Hauptgrund für das Verhängnis, den Untergang des Mannes. Er lächelt der Frau zu, lächelt ihr über die Entfernung hinweg zu und steht mit zitternden Händen, Füßen und Beinen da, will mit keiner der beiden Seiten Kontakt haben. Ich werde vielleicht in den Armen einer Frau sterben, die mir erklärt, wie sehr sie mich liebt, eine Erklärung, an der man gut ablesen kann, was ich bin. Oder vielleicht sterbe ich in dem Wirrwarr eines schludrigen administrativen Systems als Opfermahl für die Verdammten, die beten und mechanisch plappern ...

»Koschin«, ruft der Schulleiter laut.

Er dreht sich halb um. Mit einem aalglatten, nichtsnutzigen, schnurrbärtigen Gesicht und in einer merkwürdigen Khakiuniform raucht der Schulleiter diesen italienischen Dreck Nigrina. Er pafft in die Luft, als Koschin auf ihn zukommt.

»Sie sind heute morgen nicht erschienen«, sagt der Schulleiter.

»Das weiß ich.«

»Warum nicht?«

Nachdem er sich als Versager im Ministerium erwiesen hatte, war der Schulleiter als Mann von hohem Ansehen, der für die Revolution eingetreten war, hierher versetzt worden. Vor der Revolution hatte er sich mit fast allen Bossen im Ministerium angelegt. Er kritisierte an ihnen, daß sie den Studenten die Gelehrsamkeit nicht auf dem richtigen Tablett servierten.

»Was geht das Sie an?« fragt Koschin und schaut sich um, als wolle er sicher sein, daß die Frau noch da ist.

»Eine schöne Frau, die da auf Sie wartet.«

»Wie steht's denn mit den Schulgören?«

»Passen Sie auf, was und zu wem Sie etwas sagen.«

Tatsächlich hatten sich der Schulleiter und Koschin eine Woche nach seinem Amtsantritt in den Haaren gelegen: Der erstere hatte eine Schülerin nach den normalen Lehrstunden in ein Nebengebäude der Schule eingeladen, und das arme Ding hatte sich am nächsten Morgen bei Koschin beklagt, sie hätte die Schularbeiten nicht machen können, weil der Schulleiter sie davon abgehalten hätte. Das war im Klassenzimmer, wo er das Mädchen natürlich nicht weiter ausfragen konnte. Die anderen wurden neugierig, und so rief er die Schülerin später zu sich.

»Ich weiß, was ich sage.«

»Sie vergessen, daß ich der Leiter der Schule bin.«

»Ich vergesse es nicht.«

Die Schülerin sagte ihm, der Schulleiter sei ein frecher, alter Mann. Auf eine entsprechende Frage von Koschin antwortete sie, er hätte sie verführen wollen.

Hast du ...? hatte Koschin gefragt. Das Mädchen schluchzte und nickte mit ihrem tränennassen, frischgewaschenen Gesicht.

»Ich werde Sie bei der Behörde melden ...«

»Tun Sie das.«

»Und ich werde dafür sorgen, daß Sie zum Comitato di Disciplina kommen ...«

»Es wird mir ein großes Vergnügen sein.«

». . . und außerdem werde ich betonen, daß Sie gegen die Revolution sind und so viele unerwünschte Dinge über unseren sozialistischen Staat sagen.«

»Ja, Sir.«

Koschin geht die Treppe hinunter, den Rücken dem Schulleiter zugewandt, und tritt aus dem Tor. Er beugt sich zum Wagenfenster hinunter, die Frau öffnet ihm die Tür, sagt kein Wort und entführt ihn schweigend in den westlichen Teil der Stadt. Beim Schalten berührt ihre Hand seine Knie, er schrickt zurück, kriecht gleichsam in sich zusammen, um ihr mehr Platz zu machen. Sie lächelt ihn an, sagt mehrmals »Entschuldigung«, hält vor ihrer Wohnung, die auf allen Seiten von einer Mauer umgeben ist, und hupt. Ein Hund bellt, ein Boy läßt die Dame im Wagen und ihren Begleiter hereinfahren.

Sie steigen aus. Sie betrachtet Koschin, lächelt diesmal verdrießlich und gibt ihm die Hand, die er sich jedoch weigert zu ergreifen.

»Warum hast du mich zu deiner Wohnung entführt, Barbara?«

»Schschschsch!« Sie legt den Zeigefinger auf die Lippen.

Barbara ist um die dreißig, sie hat eine eingedrückte Mundpartie, die aussieht wie der Spann eines Nilpferdes, dunkles Haar, das sie erst vor kurzem noch dunkler gefärbt und ordentlich geschnitten hat, und sie trägt Badepantoffeln, die kaputt sind und die sie mit Nadeln zusammengesteckt hat. Ihr Rock ist entsetzlich kurz – »Mein Hauskleid, ich fühle mich darin so wohl, und darauf kommt es schließlich an« –, und Koschin wünschte, sie würde sich etwas anziehen, um diese halbe Nacktheit zu bedecken.

Noch verstört und etwas nervös öffnet Koschin ihr die Tür. Der Boy ist zurück in die Küche gelaufen, denkt er. Bedachtsam folgt er ihr – bin ich denn Barbaras Vertrauter? –

und bewegt seinen langsam reagierenden Körper zögernd und angestrengt nachdenkend. Barbara zieht die Vorhänge zum Wohnzimmer zur Seite, und Koschin schiebt sich hinein, darauf bedacht, nicht den Zorn seines Beschützers auf sich zu lenken. – Wie ich diese Kreaturen verabscheue. Er erinnert sich an seine Erfahrungen in London: Sie waren nicht gerade erfreulich. Barbara folgt ihm.

»Nimm diesen Sessel, Koschin«, sagt sie und zieht sich die wollene Strickjacke aus.

Koschin fällt zum ersten Mal auf, daß sie eine Hühnerbrust hat.

»Zu Diensten, Madame.« Er setzt sich auf den hohen, schaumstoffgepolsterten Lehnstuhl.

»Bin gleich zurück«, meint sie.

Das Wohnzimmer hat ein Bullauge als Fenster, das den ganzen Tag bei jedem Wetter offensteht. Es ist so hell, denkt Koschin, daß es aussieht, als habe Mithras sich hier niedergelassen. Der Raum mißt sechs mal zehn Fuß und enthält ein leidlich großes Bücherregal aus Teak, das mit dicken Büchern, meist Jahrbüchern, vollgestellt ist. Koschin erhebt sich mühsam, um die Titel zu überfliegen. Mit den Händen auf den Hüften und gesenktem Kopf entdeckt er einen Band über die Rituale der Leviten, der ihn interessiert. Eine Reihe von Büchern über Afrika, einige aus der African Writers Series, die nach dem Erscheinungsdatum geordnet sind. Ein Brotbackbuch neben einem über die Black Panther, auf dessen Umschlag Cleaver abgebildet ist, der mit einem Schwert Holz hackt. Ein anderes Buch behandelt die Hymnendichtung der Ungarn, ein anderes stammt von einem Dichter aus Polen mit einem Namen auf -ski, der zur Zeit im Exil in Paris lebt. Eine für die Bibliothek angefertigte Liste von Büchern über Architektur und Astronomie hängt an der Wand. An der gegenüberliegenden Wand steht ein weiteres Bücherregal aus verwitterter Eiche, das, nach dem Zettel auf der rechten Seite zu urteilen, in Nairobi von einem gewissen Singh angefertigt worden ist.

Die Armen lassen sich scheiden, Nancy, und die Reichen heiraten mehrmals oder halten sich so viele Mätressen, wie es ihnen beliebt. Ich bin gefühlsmäßig reich, was eigentlich zählen sollte. Und ich wünschte, ich könnte mir eine so reichhaltige Bibliothek leisten, Nancy.

Koschin hört Barbara ins Wohnzimmer zurückkommen. Er zieht sich zu seinem Sessel zurück . . . und . . . »Was kann ich dir anbieten?« sagt sie.

Ein Befehl plus Bitte plus Angebot ist das, denkt er. »Nichts.« Er setzt sich.

Fast genau auf den Tag vor zwei Jahren war Barbara nach Somalia gekommen, um den Bruch in ihrer Ehe mit ihrem früheren Mann Baldwin zu überbrücken. Er war von Nairobi hierher geflogen, und sie nahm den nächsten Flug.

»Kein Bier, wie immer.«

»Wie immer.«

»Dann Zitronenlimonade.«

»Ist recht, danke.«

Sie klatscht in die Hände, der Boy schreit freundlich, er habe verstanden – aus der Anrichte, aus der Vorratskammer oder hinter der Schwingtür zur Küche hervor.

»Bring einen Becher Zitronenlimonade für den Herrn«, sagt sie.

In Mogadischu hatte sie ihre Hoffnung, sich zu versöhnen, aufgegeben. Er hatte ihr erklärt, daß er nicht daran interessiert wäre, eine Ehe wieder aufzunehmen, die von Neid, Eifersucht und Mißverständnissen gespeist würde. Trotzdem hatten sie sich in getrennten Schlafzimmern im gleichen Hotel eingerichtet, im Hotel Savoia. Am Heiligabend folgten sie einer Einladung des USIS-Direktors in Mogadischu, die an sie als Amerikaner gerichtet war – die Einladungskarten wurden ihnen getrennt in zwei weißen, handbeschrifteten Umschlägen zugesandt –, und bei dieser Gelegenheit liefen sie sich in der Halle des Hotels über den Weg, beide mit dem Besten bekleidet, was die Koffer hergaben. Sie begrüßten sich, schließlich waren sie noch verheiratet, und dann sagte Barbara, sie habe es bereut, es täte ihr leid, und könne er, Baldwin, ihr nicht bitte verzeihen? Baldwin sagte, er wäre einverstanden und würde ihr verzeihen unter der Bedingung, daß sie ihn in Zukunft in Gegenwart von anderen nicht mehr erniedrigen würde.

Barbara hat sich jetzt auch gesetzt, sie schlägt die Beine übereinander, dabei sieht man ihre weiße Unterwäsche, schlüpft aus ihren Pantoffeln und heckt offensichtlich etwas aus. Sie meint:

»Wir haben uns lange nicht gesehen.«

»Kein Grund, warum wir einander hätten suchen sollen, nehme ich an.«

»Das letzte Mal, als ich dich sah, war bei der Party hier, und du warst nicht gerade gesellig.«

Nachdem das Reuebekenntnis angehört und Verzeihung offeriert worden war, nahmen Barbara und Baldwin als Mann und Frau zusammen ein Taxi und meinten, eine Einladungskarte für die Party würde reichen. Er zerriß seine in kleine Stücke, streute sie in den Wind, und beide waren mehr als beglückt, daß sie sich endlich verstanden.

»Warum hat man dich so selten gesehen?«

»Ich hatte zu tun.«

»Schreibst du über die Revolution?«

»Ich wünschte, ich könnte.«

»Was dann?«

»Die Schule kostet mich viel Zeit.«

Unterwegs zu dem Ort, wo die Party stattfinden sollte – an die Einladung war ein Zettel geheftet mit einer Lagebeschreibung des Hauses, es war keine private Adresse –, sagte Baldwin, er wolle kurz einen Freund besuchen. Barbara erwiderte, sie hätte »die Schnauze voll von seinen

Freunden«, und der Vorfall, der zu ihrem Streit geführt hatte, wurde wieder aufs Tapet gebracht.

»Nur die Schule?«

»Ja.«

»Keine anderen Sachen?«

»Ich hab' keine anderen Sachen.«

Barbara hatte eine Affäre mit Baldev Singh in Nairobi gehabt, Baldwins Geduld wurde aufs äußerste strapaziert, und dann platzte er. Baldev, Sohn eines reichen ostafrikanischen Inders, arbeitete als Journalist, und Barbaras und seine Wege kreuzten sich häufiger als Barbaras und Baldwins. Sie hatte nämlich ganz Ostafrika für Reuter übernommen, und Baldev machte dasselbe für AFP; so reisten sie zusammen per Bahn überall hin, nahmen zu Pressekonferenzen entweder seinen oder ihren Wagen, hoben einen zusammen und ...

»Wo ist Mohammed?« fragt Koschin.

»Er ist noch nicht zurück.«

»Wie geht es ihm?«

»Ganz gut, danke.«

... Baldwin hatte gleich im Taxi einen Wutanfall bekommen und hätte ihr beinahe an Ort und Stelle eine heruntergehauen. Statt dessen hatte er sich jedoch kühl gegeben, hatte gemeint, er würde eben allein zu seinem somalischen Freund gehen, »wenn sie nichts dagegen hätte«, und sie würden sich später im Hotel treffen. Sie wollte davon nichts hören; sie stiegen aus dem Taxi, er ging voran, und irrtümlich – sie verfehlten den richtigen Eingang – spazierten sie in Mohammeds kleinen Schlafraum über dem Garagenanbau. Von da an bezeichneten Barbara und Baldwin sich gegenseitig niemals mehr als Mann und Frau.

Barbara ist jetzt aufgestanden und geht, ohne ein Wort zu sagen, aus dem Zimmer; Koschin wünscht, er könnte den ganzen Stadtteil zusammenschreien, um sie loszuwerden. Nach noch nicht einmal einer Minute ist sie zurück

– Miriam-Makeba-Gang: »Kratz mich doch wieder!« – und sagt:

»Weißt du, warum ich dich hierhergeholt habe?«

»Ich wünschte, ich wüßte es.«

»Dann will ich alle Formalitäten beiseite lassen.«

»Tu das, bitte.«

Ich wünschte bei Gott, sie würde mich zufriedenlassen und mich nicht mit ihren Angelegenheiten belästigen. Wie ich das, was sie darstellt, hasse.

»Ich hab' das komische Gefühl, weißt du . . .« Sie zieht die Worte hin.

»Ja?«

»Ich hab' das komische Gefühl, daß du mich nicht leiden kannst.«

»Warum?«

»Intuition.«

»Vielleicht.«

»Warum, Koschin, warum nur? Warum kannst du mich nicht leiden?«

Am nächsten Freitag flog Baldwin ab und kehrte dorthin zurück, was Barbara als »das Land, die Republik von Kenyatta« bezeichnete, während sie »in dem Land der fünfundzwanzig Askaris, die sich selbst den Status von Verwaltungsdirektoren verliehen hätten«, wie sie sagte, blieb.

Sie wiederholt:

»Warum?«

»Das solltest du wissen.«

»Warum? Weil ich ein unverbesserlicher Feind Somalias bin?«

»Wahrscheinlich.«

Die Getränke kommen. »Mahadsanid«, sagt Koschin leise zu dem Boy, trinkt dann einen Schluck und stellt das Glas auf den Teppich. Ein Perser oder ein Kaschmir, Koschin ist sich da nicht sicher.

»Warum hast du mich hierher entführt?«

»In erster Linie, damit du mich und meinen Mann mit deiner Gegenwart beehrst, mein lieber Koschin – oder sollte ich sagen, mein lieber Schwager?«

»Ich bin nicht dein Schwager.«

»Davon kannst du mich nicht überzeugen.«

»Dafür braucht's keine Beweise. Ich bin nicht der Bruder deines Mannes.«

»Jeder Somali ist entweder mein Schwager oder meine Schwägerin, je nach Geschlecht selbstverständlich. Glaub mir oder laß es sein.«

»Ich bin es nicht, habe ich gesagt.«

»Es hat keinen Sinn, wegen dieser Kleinigkeit Haarspalterei zu treiben«, antwortet sie und setzt sich.

Koschin stellt fest, daß er wütend wird. Was hat sie nur vor, frage ich mich. Was? Ich wette, es hat etwas mit meinem Freund Mohammed zu tun, mit ihrem Mann.

»Ich bin es nicht.«

»Was?« fragt sie.

»Böse.«

»Wer hat das denn behauptet?«

»Ich bin auch nicht dein Schwager.«

»Nun, tut mir sehr leid dann.«

»Trotzdem bin ich gerührt.«

»Wofür ich dir sehr dankbar bin.«

Was hat diese Frau vor? »Lächle!« befiehlt er sich und lächelt.

»Ich erniedrige mich vor dir, mein lieber Schwager, meine Knie berühren den Teppichboden, ich bin ganz versessen drauf, und da sitzt du, Koschin, mit diesem Mephistopheleslächeln und lehnst diese kleine Bitte von mir ab, hereinzukommen und einfach einen Augenblick friedlich bei uns zu bleiben, in dieser bescheidenen Wohnung eines Einsiedlerpärchens, das sich entschieden hat, was es mit seinem Leben anfangen will.«

Mir könnte der Kopf platzen vor Wut, denkt Koschin. Er trinkt einen zweiten Schluck, zeigt, daß es ihm schmeckt, indem er es ganz langsam herunterschlürft. Barbara beobachtet ihn. Darauf sagt er:

»Was für eine Entscheidung habt ihr getroffen?«

»Das ist geheim.«

»Hm?«

»Du wirst davon erst erfahren, wenn du diese bescheidene Wohnung der zwei Einsiedler heute mit deiner unerläßlichen Gegenwart beehrt hast und ein bißchen länger bleibst; wenn du zum Essen bleibst und versprichst, uns öfter zu besuchen.«

Inzwischen hat der Boy, da er keine besonderen Instruktionen hat, eine Flasche Bier für die Dame des Hauses gebracht.

»Woher hast du den?«

»Hab' seine Dienste von einem Angehörigen der amerikanischen Botschaft übernommen, den man verscheucht hat. Er war zur Persona non grata erklärt worden.«

»Er ist gut, und gutes Englisch spricht er auch.«

»Ja wirklich, er spricht besser englisch als einige deiner Kollegen in der Schule.«

»Du meinst die russischen Lehrer?«

»Und die ägyptischen.«

»Nun, wem kann man da die Schuld geben?«

Ein nachdenkliches Schweigen überkommt beide. Koschins Augen wandern durchs Zimmer und bleiben an einer ungewöhnlich schönen Batik hängen, die mit deutscher Unterstützung in Merca entstanden ist. Irgendwie kommt sie Koschin bekannt vor, sie erinnert ihn an die Zeichnung eines Emigranten von den Antillen, die die Trimurti darstellte und die er in einer Londoner Ausstellung gesehen hat. Nur hat diese hier im Wohnzimmer in Mogadischu nicht alle drei Köpfe im Hintergrund.

»Von wem ist das?« Koschin deutet auf das Gemälde.

»Von uns, natürlich. Warum sollten wir es sonst aufhängen?«

Bei sich denkt Koschin: fehlende Kommunikation zwischen Materie und Geist.

»Ich wollte wissen, wer das gemalt hat?«

Sie schiebt die Lippen vor und sagt:

»Weiß ich nicht.«

Aus einem für Koschin unersichtlichen Grund steht sie auf. Ihre Beinmuskulatur hat sich zu runden, vertikalen Wurstrollen verknotet, und die Muskeln stehen hervor, wo ihr Kleid aufhört.

»Euer Geheimnis, kann ich es jetzt erfahren?«

»Du bist doch noch nicht lange genug hier.«

»Oh!«

Sie wendet sich von ihm weg und fragt:

»Hast du Barre heute morgen getroffen?«

»Das hat wohl etwas mit dem Geheimnis zu tun, nehme ich an«, sagt er zu sich selbst und antwortet:

»Ja.«

Sie wendet sich ihm wieder zu.

»Habt ihr über seine Frau gesprochen?«

Nur weiter so, und ich werde dein Geheimnis sicherlich bald kennen, denkt er bei sich selbst.

»Ja.«

»Und über mich?«

»Ja.«

»Was hast du gesagt?«

»Wie soll ich mich daran erinnern können?«

Er unterdrückt ein Lächeln, natürlich, ich sagte, du wärst eine Hexe.

»Du kannst es.«

»Eine Hexe bist du, habe ich gesagt«, sagt Koschin zu sich selbst.

»Ich bin ganz sicher, daß du dich erinnerst. Nur Mut!«

Laut sagt er:

»Ich habe gesagt, daß man sich nicht auf dich verlassen kann.«

»Wobei?«

»Bei den Angelegenheiten anderer.«

»Warum?«

»Warum was?«

»Warum kann man sich bei den Angelegenheiten anderer nicht auf mich verlassen?«

»Im Fall von Barre, meinte ich.«

»Und warum nicht bei Barre?«

»Weil du voreingenommen bist, deshalb.«

Und das Spektrum der schillernden Schönheit Bhais drängt sich zwischen sie, schafft eine Kluft, die sie vorher nicht empfunden haben. Der Wind macht sich in der Stille des Raumes bemerkbar, bläst zwischen ihre nachdenklich gesenkten Lider, und sie blinzeln schnell und unrhythmisch mit den Augen.

Überzeugt, daß sie falsch eingeschätzt worden ist, wiederholt sie die Frage:

»Was hast du gesagt?«

»Ich habe gesagt, du wärst voreingenommen.«

»Was hast du sonst noch gesagt?«

»Was habe ich sonst noch gesagt?« fragt er sich.

»Ich habe gesagt . . .«

»Ja, Koschin?«

»Ich habe gesagt, er solle sie nach Haus schicken.« Gemessenen Schritts kommt Barbara auf ihn zu, das Bier in der Hand, barfuß. Ihr Gang betäubt etwas in Koschin. Er fühlt sich hypnotisiert und macht Anstalten aufzustehen. Barbara sagt:

»Warum willst du ein Heim zerstören?«

Koschin sitzt wieder ziemlich ruhig, als verkörpere er einen Yogi in der geheiligten Meditation, erstarrt, unfähig zu antworten, die richtige Antwort zu geben, Gebete gen Himmel schickend mit der Bitte um Vergebung seiner Sünden.

»Warum willst du Barres Heim zerstören?«
Mit der Halsstarrigkeit des Somalis:
»Das tue ich nicht.«
Und zu sich selbst: »Kleb dir deine Klappe zu, Weib, oder ich besorge das für dich.«
Sie schweigt, setzt sich auf einen Lehnstuhl neben ihn. Dann meint sie:
»Koschin, ich bin jetzt über ein Jahr, oder sind es mehr als zwei Jahre? in diesem Land. Und ich würde sagen, ich habe mich völlig an die hier herrschenden Verhältnisse angepaßt, an Verhältnisse, die jede Frau aus allen Teilen der Welt abschrecken können. Ich nehme nichts mehr übel. Es hat zwischen mir und Mohammed Streit gegeben, sicher, das stimmt, und ich streite es auch nicht ab. Aber ich habe die wichtigsten somalischen Vokabeln für eine Unterhaltung gelernt.«
Koschin nimmt noch einen Schluck von seinem Getränk. Sie nimmt auch einen Schluck von ihrem, zündet sich eine Zigarette an und wirft ihm das Päckchen zu. Auch er zündet sich eine an.
»Ich bin aus einem anderen Grund nach Somalia gekommen: um darüber zu schreiben, um in einer Zeitung in meiner Heimat darüber zu berichten.«
». . . und um mit Geoffrey Harmsworth das Grab zu teilen.«
»Wer ist das?«
»Ein Journalist. Der erste, der überhaupt hierherkam, so in den zwanziger Jahren, glaube ich.«
Sie geht darauf nicht ein und fährt fort:
»Ich habe Mohammed in einer trunkenen Nacht getroffen und mich sofort in ihn verliebt. Und meine Liebe ist seitdem immer so betrunken geblieben, und immer wenn ich eine Flasche oder ein Glas Bier in der Hand halte, erinnere ich mich an diese Nacht, diese weit entfernte trunkene Nacht, in der ich von Baldwin, meinem früheren Mann,

Abschied nahm und Mohammed umarmte und in trunkener Weise liebte. Damals habe ich gedacht, es sei alles ein Traum: meinen Mann von einem Tag auf den anderen zu verlassen und mich zu entschließen, mit Mohammed zu leben, den ich nur durch eine trunkene Unterhaltung von einigen Stunden kannte. Es war alles Zufall, insofern als ich nicht . . . als ich nicht . . .«

»Du bedauerst es?«

»Ja«, mit einem Nicken.

»Nun, warum erzählst du dies alles gerade mir?«

»Warte nur«, sagt sie und macht eine kleine Pause.

Dann:

»Noch mehr Limonade?«

»Nicht für mich, danke.«

Im Erzählton:

»Jetzt haben wir eine Tochter, eine hübsche Tochter aus unserer Zufallsehe, aus dieser betrunkenen und fast mißlungenen Ehe. Wir haben Glück gehabt, das muß ich sagen. Koschin?« Sie hat den Tonfall geändert.

»Was ist?«

»Du warst nicht hier, als wir geheiratet haben?«

»Warum?«

»Zumindest erinnere ich mich nicht, daß er deinen Namen genannt hat, aber trotzdem . . .«

». . . Ein später Eindringling?«

»Du hättest die Stimmung erkannt, diese aus Verzweiflung, Schmerz und Pein gemischte Stimmung in mir, wenn du hier gewesen wärst. Nein, du bist kein Eindringling. Ich bin im Gegenteil froh, dich zu kennen.«

»Vielen Dank«, er hebt seinen Drink, um ihr zuzuprosten. Sie hebt ihr Glas ebenfalls und fährt fort:

»Und dann haben wir allem zum Trotz geheiratet. Und ich habe Träume für ihn gesponnen und er für mich, für das Land, für die Chance, an der Entwicklung von etwas Greifbarem teilzunehmen. Träume über Träume, die sich niemals verwirklichten. Vor die Realität sahen wir uns gestellt, und zum Schluß haben wir monatelang Tag und Nacht gekämpft. Selbst mit der Zunge und mit den Zähnen haben wir gekämpft – so heißt, glaube ich, ein somalisches Sprichwort.«

»Laba isu dhow wey dirirta; carab iyo daan koley tahay«, zitiert Koschin.

»Und so weiter und so weiter. Damals, in dieser erbärmlichen Zeit unserer Ehe, habe ich einige Bosheiten begangen, um mich an ihm zu rächen, und ich Idiot, der ich war, habe nicht einen Moment darüber nachgedacht, daß ich mir selbst mehr geschadet habe als ihm. Das war in der Zeit, als ich mit Barre geschlafen habe, ja, ich hab's getan, die Vorstellung von Rache hat mir Spaß gemacht. Meine Tochter war gerade einen Monat alt, und es passierte, als Mohammed irgendwo weg war und Somalia, ich glaube, es war in Senegal, bei einem Seminar vertrat.«

Koschin verzichtet darauf, etwas zu sagen.

Sie meint:

»Barre hat dir erzählt, daß wir in Quindici hinten im Wagen zusammen geschlafen haben?«

»Ja.«

»Er prahlt damit, ich weiß«, sagt sie als Kommentar und redet weiter:

»Aber wie steht's mit etwas anderem?«

»Womit?«

»Würdest du deine Frau schlagen?«

»Ich habe jetzt keine Frau.«

»Und wenn sie hier wäre?«

»Sie ist es aber nicht.«

Der Hund spaziert plötzlich gemächlich herein, klettert zu seiner Herrin auf den Lehnstuhl, leckt ihr das ganze Gesicht, die Füße und die Schienbeine, legt ihr die Pfoten auf die Brust und schlägt einen Purzelbaum; dann kratzt er sich mit den Hinterpfoten die Ohren und versucht, mit ihr zu spielen. Sie läßt ihn eine Weile gewähren. Dann setzt sie das Tier ziemlich grob ab. Es läuft japsend wieder zurück.

»Würdest du deine Frau schlagen?« Sie säubert ihr Kleid.

»Kommt drauf an.«

»Worauf, Koschin?«

»Ich weiß es nicht.«

»Barre hat seine Frau geschlagen.«

»Wer hat dir das erzählt?«

»Beide.«

»Dasselbe?«

»Nein, aber im wesentlichen schon.«

Kälte und Angst steigen in Koschin hoch. Angst vor Selbsterniedrigung?

Barbaras Hand bedeckt einen Fleck, den der Hund mit seinem Lecken gemacht hat, und meint:

»Barres eitle Frau hatte natürlich in den ersten Monaten hier einen Widerwillen gegen die Leute. Bei den ganzen Verwandten, denen gegenüber man sich loyal verhalten muß, bei den ganzen ungeschriebenen Gesetzen, mit denen sich eine Ausländerin hier abfinden muß, dem langweiligen Leben, zu dem man verurteilt ist, den strengen Bräuchen dieser Nation von Nomaden, bei Barres Widerwillen und ihrem Wunsch, zusammen ins Kino zu gehen! Und hinzu kommt, daß sie einfach nicht mit ihrer Schwiegermutter und Barres mehr als zehn Geschwistern zusammenleben konnte. Als ich Mohammed geheiratet habe ...«

»Wo ist er jetzt?«

»Er ist mit einer Freundin einkaufen gegangen.«

»Oh!«

»Weißt du ... Zum Beispiel interessiert Mohammed nichts, außer hochgestochenes Zeug zu lesen und der Bücherkritik der BBC bis spät in die Nacht zuzuhören. Er raucht alle zwei Minuten eine Zigarette und verlangt alle fünf Minuten eine Tasse Tee. Aber ich muß mich nur an ihn, nicht an einen ganzen Stamm gewöhnen, wenn du verstehst, was ich meine.«

»Ja, ich verstehe.«

»In unserer schlechten Zeit kam Mohammed gewöhnlich spät vom Kartenspielen nach Hause, öffnete leise die Tür, zog seinen Sarong an und blieb dann auf, um das letzte Programm von der BBC oder VOA mitzubekommen und auf jeden Fall bei beiden die letzten Nachrichten zu hören. Und ich drehte mich gewöhnlich im Bett um, wenn er zurückkam, und wartete darauf, daß er käme, mich wärmte und hätschelte, mich küßte, umarmte und mich liebte. Doch jetzt kenne ich ihn. Ich gehe zu ihm und höre mit ihm zusammen die Nachrichten an, die er schnell satt bekommt, und dann gehen wir schlafen. Aber Barre, der überläßt das arme Ding dem Stamm, von dem keiner ein Wort Ingrisi spricht. Was soll sie da tun?«

Eine Reihe von Gedanken, die durch dünne Fäden miteinander verbunden sind, viele Vorstellungen, über die er sie befragen könnte, rangieren in Koschins Kopf hin und her. Sein Dilemma ist, welche Waggons er be-, welche er entladen soll. Schließlich kommt ihm alles wie eine Sisyphusarbeit vor, wie der unwirksame und unproduktive Versuch eines Narren. Barbara wiederholt ihre Frage:

»Was soll sie also tun?«

Die völlig vage Antwort:

»Ich weiß es nicht.«

Sie sagt:

»Barre kam heute morgen her. Wir tranken ein Bier zusammen, und er erzählte mir alles, was du ihm gesagt hast. Ich war ziemlich schockiert, daß das von jemand wie dir stammte, denn ich hatte geglaubt, daß du anders wärst als deine Landsleute. Mein Gott, was für einen Eindruck hatte ich vorher von dir!«

Koschins Gesicht wird zur Maske, er streicht sich wie eine Katze schnell übers Gesicht und sagt:

»Vergieß keine großen oder kleinen Tränen um mich. Ich brauche niemandes Mitleid, schon gar nicht wegen eines Rates, den ich einem Freund gegeben habe, der wegen einer sehr wichtigen Sache zu mir gekommen ist.«

»Zweifellos hat sich Barres Frau schrecklich benommen, und ich behaupte nicht, daß sie eine Heilige ist. Ganz und gar nicht. Sie trägt die Schuld. Warum muß sie ihren Streit in die Öffentlichkeit tragen? Warum, zum Teufel, hat sie zwanzig, oder waren es dreißig?, Tabletten genommen, um sich umzubringen?«

»Pure Feigheit.«

»Alle bewaffneten Propheten haben Eroberungen gemacht, und ihre Hauptwaffe war die Geduld, das habe ich schon immer gesagt . . .«

»Und ich sage: Eine Nadel dringt heute leichter durch Al-Kaswas Auge als zu Lebzeiten des Propheten . . .«

». . . Und der Himmel zwinkert nur, wenn er schwanger ist.«

». . . Und es sind die Frauen, die kein Staatsmann in seine Rechnung einbezieht, und immer wieder werden sie ihm zum unvorhergesehenen Verhängnis.«

Sie schweigen beide. Koschin beginnt als erster wieder:

»Davus sum, non Oedipus! Somalia ist hier, nirgendwo sonst. Und Somalia ist das Elysium, in dem selbst die Toten noch ihre Dividende verlangen. Die ausländischen Frauen sollten daran denken. Die Ahnenverehrung spielt, auch wenn sie von der Religion nicht betont wird, hier eine Rolle, die weder von den Bettlägerigen noch dem Direktor eines Entbindungsheims abgestritten wird.«

»Entschuldige, aber du hast noch immer nicht meine Frage beantwortet.«

»Welche Frage?«

»Hast du Nancy jemals geschlagen?«

Koschin verliert seine Ruhe und würde sie am liebsten in einem Stück verschlingen – damit sie mich innerlich abkühlt, denkt er –, die Wand hochgehen, alle Schränke, Türen, alle wertvollen Souvenirs, Fenster, Fensterscheiben, alles, was aus Holz und Glas besteht, zertrümmern. Er beginnt, mit dem Saum seiner Hose herumzuspielen, und unbewußt und nervös trennt er ihn ganz mechanisch auf und zerreißt die Fäden, mit denen er angenäht ist. Sein Herz schlägt schneller, er steht auf, setzt sich wieder, die Zigarette fällt auf den Teppich und brennt ein Loch hinein – Barbara stürzt herbei, um sie zu löschen –, und die rosige Gestalt, die wegen der Zigarette auf ihn zustürzt, kommt Koschin obszön vor – ich bin farbenblind, ja, ich bin farbenblind, sagt er sich –, und dann setzt er sich wieder.

»... Nancy ...?« wiederholt sie.

Er erinnert sich an sein gequältes Gemüt, sein geschundenes, erschöpftes Hirn, das in jener weit zurückliegenden Nacht keine Herausforderung von Nancy ertragen konnte. Er hatte unsichtbare, bittere Tränen in der dunklen Einsamkeit seines Zimmers im Wohnheim der Universität vergossen; in jener Nacht war er ziellos bis zur Morgendämmerung herumgelaufen, seine Hand konnte die Zigaretten, die er anzündete und doch nicht rauchte, nicht halten, seine Zunge war zu schwer, um sich bei Nancy zu entschuldigen, und sein Mund zu verschlossen, um sie um Verzeihung zu bitten. In jener Nacht hatte er sie geschlagen, und er machte die Tatsache dafür verantwortlich, daß er auf dem Land aufgewachsen war, in einer Atmosphäre, in der Gewalttätigkeit zwischen Mann und Frau zum Alltäglichen gehörte. Wie ein Film drängte sich ihm eine Vision von seinem Vater auf, der seine Mutter erbarmungslos geschlagen hatte, nur einen Schritt von dem Platz entfernt, wo Koschin im Alter von nur fünf Jahren schlief.

»Koschin?« ruft Barbara ihn.

Er antwortet nicht. Als Nancy ein oder zwei Tage nach dem Streit nach ihm rief, hörte er seinen Namen wie ein Echo. Er hatte sich taub gestellt und war weitergegangen in die Cafeteria, als hätte er sie nicht gehört. Sie folgte ihm. Bei einer Tasse Kaffee hatten sie sich, ohne auch nur ein einziges Wort über die Auseinandersetzung zu verlieren, gegenseitig verziehen – telepathisch, könnte man sagen.

»Koschin, ich rede mit dir«, sagt Barbara.

Sie steht wie ein Turm vor ihm. Ich frage mich, warum Frauen mich beherrschen, denkt er bei sich etwas ernüchtert. Warum bin ich voller Haß, wenn man Nancys Namen erwähnt? Der Rosenkranz . . .

»Nancy ist . . .« Barbara quält ihn mit ihrem Namen. Mit einem Druckmesser oder irgendeinem anderen Spürgerät würde man feststellen können, daß er seine zurückliegende und unmittelbare Vergangenheit aufrollt und mit seiner Gegenwart verschmilzt. Wenn er alle diese Erinnerungen komprimiert, sind sie weniger als die Butter, die man aus der Milch von zehn Kamelen gewinnt. Für sich selbst summt er ihr Klagelied:

»Woe to thee woman
There will never be a heaven
For you and the like
And no free hitch nor hike.«

Als sie jetzt weiterspricht und es ihr offensichtlich gleich ist, ob Koschin es hören will oder nicht, klingt Barbaras Stimme wie aus weiter Entfernung an sein Ohr:

»Vielleicht liegt all dies, daß man unglücklich ist, meine ich, an der Armut. Doch da wir die Situation verstehen: daß die Armut nämlich nur temporärer Natur ist, eine Übergangssituation für zwei Menschen, die die ganze Zukunft in ihren Köpfen haben, ihre Zukunft, die vor ihnen liegt, angesichts dieser Lage könnte man zumindest etwas tun. Aber ich bezweifle es. Ich bezweifle, daß all dies an der Armut liegt. Es ist Mangel an Vertrauen. Barre vertraut nicht darauf, daß sie ihn liebt . . .«

Barbaras und Mohammeds Tochter fängt an zu heulen, und der Mutterinstinkt reißt sie von Koschin los ins Schlafzimmer, aus dem das Geschrei kommt. Sie geht, wie Koschin bemerkt, ohne eine Entschuldigung hinaus, ihre hochhackigen Schuhe – sie hat sie gerade beim Hinausgehen angezogen – wiederholen den dumpfen Herzschlag Koschins.

Sie geht wie unbewußt sofort hinaus, er singt leise – die Worte haben nicht eingerastet –, singt seinen und Nancys Hochzeitsgesang – diesmal für beide.

Nancy, Nancy . . . würdest du dich nicht besser verhalten als Barbara? Ich könnte darauf wetten. Aber wer ist denn diese Barbara eigentlich, diese Frau, die ihrem Kind das Recht verweigert hat, an ihrer Brust zu saugen?

Für Koschin ist die Brust einer Frau ein Symbol des Lebens. Sie stellt das Leben dar. Das Leben erhält seine Substanz nirgendwo anders her als von diesem milchigen Weg, dieser Straße, diesem Pfad in den Himmel, zu den Sternen, an denen vorbei der Tod von den barmherzigen Engeln in die Trughölle verschleppt wurde. Das einem Kind vorzuenthalten . . .

Nancy, das ist das scheußlichste Verbrechen, das man jemals an einem menschlichen Wesen verüben kann. Ein Verbrechen, Nancy.

Barbara kommt wieder herein und hat das Kind, ein fünf Monate altes Mädchen, im Arm und wiegt es wieder in Schlaf. Während sie das Kind gleichmäßig hin- und herschaukelt, sagt sie:

»Die Überlegenheit des Somali, das hört nie auf, nicht? Die Iren Afrikas hat sie Sir Richard Burton im 19. Jahrhundert genannt. Hört dies denn nie auf, ganz gleich, wie aufgeklärt man ist?«

»Vielleicht doch«, sagt Koschin.

Für sich selbst zitiert er: »Infandum, regina, jubes renovare dolorem.«

Barbara schaut sich das Gesicht ihres Kindes sehr genau an und sagt:

»Eine somalische Frau gehorcht den Befehlen ihres Mannes, sie erwartet von ihm keinen Gutenachtkuß, kein Es-tut-mir-leid-Liebling, kein Eingehen auf ihre eigene Meinung. Die normale somalische Frau stört das nicht einmal. Die Frauen bleiben zu Hause, die Männer gehen aus und kommen nach Hause zurück, wann es ihnen paßt – das ist die Norm. Ich kenne eine Frau ...«

Das Kind bewegt sich in ihrem Arm.

Sie schweigt und wiegt es wieder hin und her und versucht, es durch leises Summen zum Schlafen zu bringen. Mit gedämpfter Stimme fährt sie fort:

»Ich kenne ein oder zwei gebildete Frauen, die in Europa die Universität besucht haben. Ihre Ehen funktionieren nicht. Und was einige Partymädchen betrifft, mit denen ich mich unterhalten habe, so meinen sie, sie wüßten, wie man sie einschätzt. Die Männer denken, sie wären für Parties und zum Beischlaf gut, aber nicht für die Ehe. Was sind die somalischen Frauen deiner Meinung nach?«

»Sklaven der Gesellschaft.«

»Nichts weniger, bestimmt.«

»Als Somalis mögen sie es so.«

Und zu sich selbst:

»And they being what they are, superior Somalis
May scorn the speech you may use!«

Blöderweise sagt Barbara:

»Würde Barre sich mehr aus ihr machen, wenn sie einverstanden wäre, dieselbe Rolle wie ihre somalischen Geschlechtsgenossinnen zu spielen?«

»Vielleicht.«

»Und vielleicht auch nicht.«

»Das Dickicht kann sich möglicherweise in einen himmlischen Zufluchtsort verwandeln.«

»Und das Irrlicht treibt uns voran.«

Koschin erhebt sich, räuspert sich, als wolle er einen langen, wichtigen Vortrag halten:

»Ich glaube, ihr weißen Frauen solltet euren Narzißspiegel für euch behalten, solltet ihn bedeckt halten, damit ihr nicht vorzeitig verblüht. Auf jeden Fall glaube ich ...«

Koschins Stimme verebbt, als er seinen ehemaligen Freund Mohammed, Barbaras Mann, hereinwanken sieht. Er hält sich den Nacken, Blut tropft zwischen gespreizten Fingern hindurch, und einige Sekunden starren Koschin und Barbara Mohammed wortlos an. Mit dem Kind auf dem Arm eilt Barbara ihrem geliebten Mann entgegen, bleibt dann erstarrt stehen, weil sie nicht weiß, wie sie sich angesichts eines so unerwarteten Unglücks verhalten soll. Mohammed kommt ins Wohnzimmer herein, der Hund folgt ihm und bellt freudig zur Begrüßung. Voller Sorge wegen des Kindes auf Barbaras Arm und wegen des Bluts, das von Mohammeds Nacken läuft, will Koschin der Untätigkeit seiner Freunde zu Hilfe eilen und stößt dabei sein halb ausgetrunkenes Glas Limonade um.

»Barbara, gib mir das Kind«, ruft er.

Sie sieht ihn an und bewegt sich nicht.

»Gib mir das Kind«, sagt er noch einmal.

Sie gibt es ihm noch immer nicht.

»Es ist nicht aus Porzellan, und du kannst es in den El-Gab-Läden nicht für Geld kaufen«, sagt er verwirrt, als Barbara Mohammed umarmt. Das Kind ist zwischen ihnen und wacht aus seinem leichten Schlaf auf.

Barbara dreht sich um und gibt ihm mißtrauisch ihr Kind. Als er das Baby sicher im Arm hat, sagt er:

»Was ist los, Mohammed? Was ist mit deinem Hals passiert?«

Bevor Mohammed antworten kann, fragt Barbara außerdem:

»Wo ist Nancy?«

Als sich Barbara und Mohammed jetzt liebevoll umarmen, läßt Koschin das Baby fallen, seine verschränkten Hände gehorchen ihm nicht mehr. Das kleine Ding schreit, seine Eltern wenden sich um: Barbaras Mutterliebe regt sich, Mohammeds Vatergefühle erstarren zu statuenhafter Ruhe. Barbara hebt das Kind auf, drückt es fest an sich, küßt es am ganzen Körper und meint dann:

»Es ist nicht aus Gummi, weißt du.«

Gedemütigt, voller Angst und Scham läßt Koschin sich wieder nieder und kaut an seinen Fingernägeln und überträgt so den Sturm in seinem Innern nach außen. Er versucht sich zu beruhigen, um mutig der Versuchung zu widerstehen, den Versuchungen eines solchen Ansturms, der ihn in einen ewigen Aufruhr stürzen könnte. Eine ganze Welle von Dingen stürmt auf ihn ein – eine Mutter, ein Vater und Verwandte, die alle den Wölfen im Lande ausgeliefert sind, die genußvoll und teuflisch zugleich dem Machthunger verfallen sind. Und in unzensiertem Geplapper werden Lügen erzählt.

Barbara geht mit dem Kind auf und ab, wiegt es, bleibt stehen, um Koschin anzusehen, wiederholt das Ganze. Mohammed steht schweigend da und hält sich noch immer seinen Nacken.

»Was ist passiert, Liebling?«

»Ich war beim Friseur.«

»Und?«

»Er wollte beim Rasieren prüfen, wie scharf das Messer ist.«

»Mit Absicht?«

»Ja. Ich habe etwas über die Revolution gesagt.«

»Etwas Häßliches?«

»Ja.«

Koschin erinnert sich daran, wie er sich bockig an der Brust verhalten hatte, die ihm von einer anderen Frau als seiner Mutter geliehen worden war, an der Brust, die er mit einem ungefähr eine Woche älteren Kind teilte, erinnert sich an die Nahrung, die vor ihm andere Kinder aus derselben Quelle bezogen hatten, und die Nahrung, die der verlassene Liebhaber dem Kind, das eigentlich mit seinem Geld abgetrieben werden sollte, gab. Assoziationen, die selbst die Toten in ihren Gräbern schmerzlich berühren müssen, Assoziationen, die ihm zu jeder anderen Zeit selbst exotisch vorkommen würden, bestürmen Koschin. Mit meinen eigenen Waffen bin ich geschlagen worden, getötet und begraben in der Erde, die ich selbst gegraben habe. Schaufle nie ein so tiefes Loch, daß du hineinfallen könntest.

»Wo ist Nancy?« fragt Barbara.

»Bei der britischen Botschaft.«

»Warum?«

»Zur Anmeldung.«

Dann wird er in seiner Vorstellung von einzelnen Kennzeichen bestürmt, von Miss (?) Stonegraves besonderen Kennzeichen, und er fügt diese einzelnen Kennzeichen zu einem kompletten Bild zusammen, als wollte er eine polizeiliche Fahndungsvorlage zusammenstellen.

»Wo ist sie?« fragt er leise, als spräche er mit sich selbst.

»Bei der britischen Botschaft, hörst du denn nicht?« sagt Mohammed.

»Entschuldige.«

»Schon in Ordnung, mach dir nichts draus.«

Von irgendwo aus der Nachbarschaft hört man »The Boxer« von Simon und Garfunkel spielen. Die Worte werden deutlich und klar herübergetragen.

Er stellt sich selbst als den Boxer, den Kämpfer vor, als einen kahlen Baum unter vielen anderen in der Ferne, von Natur aus ohne Laub, nackt in allen Jahreszeiten und Epochen, während an anderen Bäumen Blüten aufbrechen und befruchtet werden. Er leidet an dem, was Geistesgeographen vielleicht als »Auslöschen des Bewußtseins« bezeichnen würden. Aber wenn er den Mut hätte, dann hätte er Barbara und Mohammed gefragt, ob sie alles über diese Stonegrave wüßten. Über die Nancy, die ich kenne.

Barbara stößt halbblind vor Haß gegen einen Lehnstuhl und fällt beinahe hin. Mohammed eilt zu ihr, um Kind und Frau zu helfen, und Koschin geht langsam über den Teppich. Ein ungeduldiges Knurren, das mit seinen Gefühlen nichts zu tun hat, kommt über seine Lippen. Die Kakerlaken am Morgen, die Tatsache, daß Nancy kommt, die Revolution . . . Er stellt fest, daß es ihm gleich ist, wieviel sie von Nancy wissen, und ganz sicher wissen sie nichts von der Ratte, die sich am Morgen auf seiner Stirn an der Kakerlake gütlich tat, und ich, Koschin, möchte nicht die nackte Nadel sein, die die Kleider für andere näht und selbst nackt bleibt.

»Setzt euch, Kinder«, schlägt Mohammed vor.

»Ich muß das Kind hinlegen.«

»Hat sie geschlafen?«

»Ja, gut.«

Barbara geht leise aus dem Zimmer, wobei sie sachte auftritt, damit die Kleine nicht wieder aufwacht.

Mohammed, der einzige Sohn jenes früheren, sehr wohlhabenden Politikers . . .

»Warya Koschin?«

»Wa mahai?«

»Maha ku helai?«

»Mahad aragtai?«

. . . Der Sohn dieses sehr wohlhabenden Expolitikers, der mit vier anderen zusammen die SNL in der Nordregion gegründet hat, der Mitglied der Delegation aus dem Norden zur Frage der Einheit in jenem lang ersehnten Juli 1960 gewesen ist, später Parlamentsmitglied – das muß zu seiner Ehre gesagt sein – und Minister ohne Portefeuille in der Regierung Abdirazak . . .

»Nervousnimada wa mahai?« fragt Mohammed.

»Wahba.«

»Auf mich machst du einen gequälten Eindruck.«

»Tatsächlich?«

»Ja.«

Mohammed, dem der Vater als Geschenk zu seinem fünfundzwanzigsten Geburtstag, dem Tag seines Examens, versprach, daß er ihm ein ganz anderes Mädchen als die, mit denen er im Land der Weißen verkehrt hatte, kaufen würde, ein Mädchen aus dem Busch, geradewegs aus dem Busch und eine entfernte Verwandte seines Vaters, eine Verwandte mütterlicherseits . . . Mohammed belegte dieses Arrangement mit vielen Namen, an einen erinnert er sich heute noch: »Beraubung meiner Freiheit als Mann von Ehren – bei hellichtem Tag.« Aber . . .

»Ich finde, Nancy ist ein süßes Geschöpf.«

»Meinst du?«

»Ja.«

»Bist du mit Barbara glücklich?«

»Ich könnte mir nicht mehr wünschen.«

. . . er hatte das Mädchen nicht getroffen. Sie war schon länger als einen Monat in Mogadischu. Er hatte während dieser ganzen Zeit seine Eltern nicht besucht und sich ein Zimmer über einer Garage gemietet. Dann erklärte er seine Bedingungen in einem Brief, in einem offiziellen Brief; er schrieb seinem Vater, an die Adresse der Nationalversammlung; seine genauen Bedingungen lauteten: »Ich will nichts von dir, Vater, ich will nichts von dir, als daß ich die Last deines Namens meinem Vornamen bis zum Tod hinzufügen kann.« Und in einer versoffenen Nacht . . .

»Was möchtest du trinken, Koschin?«

»Ich hab' schon etwas gehabt.«

»Dann trink noch etwas.«

»Limonade habe ich getrunken.«

»Etwas mehr wird dir nicht schaden.«

Und in einer versoffenen Nacht kam Barbara mit ihrem Baldwin, den sie wieder zurückerobern wollte, und Mohammed wurde die Ehre zuteil, der absolut erste Somali zu sein, der in Mogadischu eine Ausländerin heiratete; monatelang war er das Gesprächsthema Nummer eins. Obwohl sein Vater und er nicht mehr miteinander sprachen, schickte ihm der Vater über seinen Chauffeur die Nachricht, daß er bereit wäre, einen beträchtlichen Teil der Hochzeitskosten zu übernehmen. Dann rief man Scheich Ali Salad – »Es ist stilvoll, wenn man sich von Scheich Ali Salad trauen läßt«, hatte Mohammed an jenem Abend zu Barbara gesagt. Etwas später am Abend fand im Circolo Ufficiale ein Empfang statt, zu dem mehr als dreihundert Personen geladen waren. Die ganze modebewußte Jugend Mogadischus war dort versammelt, der Circolo war gerammelt voll – »Auch das ist Stil, Barbara«, meinte er –, und danach gab es noch spät abends eine Party in der eigenen Wohnung, bei der sie die Tanzfläche mit einem glänzend getanzten Foxtrott, den sie vorher geübt hatten, einweihten. Dazu spielte die Band Gemini Sette von Jerry und Nagi.

»Wo ist Nancy?« fragt Koschin.

Ruhe nach dem Sturm!

»Sie wird bald zurück sein.«

Barbara kommt wieder ins Zimmer und geht zu Mohammed hinüber, der mit übereinandergeschlagenen Beinen dasitzt.

»Soll ich dich verbinden, Liebling?«

»Was?«

»Deinen Nacken.«

»Es hat aufgehört zu bluten. Ich werde mich nachher waschen.«

Barbara sucht ihren Drink und setzt sich dann.

»Es tut mir sehr leid, daß ich das Baby fallengelassen habe«, sagt Koschin zu ihr gewandt.

Sie sagt nichts.

»Hinfallen ist eher gut als schlecht für sie, finde ich«, bestimmt Mohammed.

»Laß das, Liebling«, erwidert Barbara.

»Susan schläft erst, wenn sie eine Stunde lang geweint

hat. Sie hat geweint, nachdem sie gefallen ist, und wird jetzt fest schlafen.«

»Susan, Maxaad oogu bixisay Susan?«

»Heshiis baa naga dhxaeeyay aniga iyo Barbara.«

»Muxuu ahaa?«

»Gabar haddii ay dhalato magac Gaaleed ...«

»Wiil-na?«

»Magac Somaliyeed.«

Barbara schaut von einem zum anderen, öffnet den Mund, als wolle sie etwas fragen, besinnt sich aber, schweigt und trinkt einen Schluck.

»Ja, Barby?«

»Worüber habt ihr gesprochen?«

»Nichts Wichtiges.«

»Du hast Susan erwähnt.«

»Ich habe gefragt ...«

»Mit dir rede ich nicht, Koschin. Sondern mit meinem Mann.«

»Bleib ruhig, Barbara.«

Schweigen.

Koschin zappelt nervös auf seinem Sessel, fährt sich mit der Hand über den Kopf und grübelt über den Ausgang des Ganzen nach. Wie werd' ich am besten damit fertig? Es besteht kein Grund mehr, warum ich meine Gefühle verbergen sollte. Ich habe mich schon in größere Verlegenheit gebracht.

»Was war nun das Geheimnis, Barbara?«

»Was für ein Geheimnis?«

»Dessentwegen du mich hierhergebracht hast.«

»Nancy.«

Koschin knirscht mit den Zähnen und fühlt sich verlegener und betretener als vorher. Ein Geheimnis, das man mir vorenthalten hat: Nancy – ein Geheimnis. Was für ein Witz, was für ein schöner Witz.

»Wie habt ihr ...«

Mohammed fällt ihm ins Wort:

»Wir trafen sie am Flughafen, wo wir Freunde abholen wollten, die aber nicht gekommen sind. Sie stand völlig verlassen ohne Führer da«, erklärt Mohammed und fährt in vertraulichem Ton fort: »Die Verlobte unseres Freundes – sollten wir die etwa ganz allein lassen in diesem Polizeistaat?«

»Maxay kugu tiri?«

»Lama aanan hadlin aniga.«

»Yaa lahadday?«

»Barbara.«

Um ihren Ärger zu zeigen, daß sie sich in einer Sprache unterhalten, die sie nicht ganz verstehen kann, erhebt sich Barbara langsam.

»Wo willst du hingehen?« fragt Mohammed.

»Nirgendwohin.«

»Dann setz dich bitte.«

Sie gehorcht.

Koschin läuft herum wie eine in die Falle gelockte Taube. Er meint:

»Es ist natürlich unangenehm, daß Nancy Gravestone und ich uns hier in diesem Haus treffen müssen, in dem ich – und dafür gibt es genug Beweise – genauso unwillkommen bin wie viele andere, die ich gar nicht erwähnen möchte. Das muß eine Verordnung des Höchsten sein, eine dieser Verordnungen, die er nur höchst selten herausgibt. Gravestone und ich, um das mindeste zu sagen, Gravestone ...«

»Stonegrave!« korrigiert ihn Barbara.

»Pardon?«

»Stonegrave, bitte!«

»Ich habe sie immer Grave genannt.«

»Warum?« fragt Mohammed.

»Weil ich sie immer mit dem Tod in Verbindung gebracht habe.«

Barbara starrt Koschin an. Er reagiert nicht, sondern fährt fort:

»Sie wird euch erzählen, und ich habe nicht die Absicht, ihr zu widersprechen, daß ich merkwürdig, kompliziert und schwierig zu behandeln bin. Unsere Begegnung unterscheidet sich in nichts von eurer, außer daß wir uns in ihrem Land getroffen haben und ihr hier. Ich glaube, ihr gebt mir recht, wenn ich sage, daß das die Situation verändert.«

Er hält inne, um Atem zu schöpfen.

»Das tut es nicht«, meint Mohammed.

Koschin fährt fort:

»Wir haben uns zufällig in einem überfüllten Pub in London getroffen. Sie hatte dort nach ihrem Freund gesucht und erzählte, daß sie sich an diesem Tag treffen wollten, um sich über ihre weitere Beziehung klarzuwerden. Aber dieser Feigling war nach drei Stunden noch immer nicht aufgetaucht. Sie hat exzessiv getrunken, wie eine Verrückte, und kurz bevor sie gehen wollte, noch einen Drink bestellt. Sie bekam ihn. Ich hatte vor ihr auch noch etwas bestellt. Und als ich merkte, daß sie mit dem, was sie in ihrem mexikanischen Strohtäschchen hatte, nicht bezahlen konnte ...«

Koschin unterbricht sich. »Hat es geläutet?« fragt er.

»Nein«, antwortet ihm Mohammed. »Hast du etwas gehört, Barbara?«

»Nein, ich auch nicht.«

»Egal ... man würde sie zur Polizei und dann vor ein Gericht bringen, hörte ich den Barbesitzer sagen. Es war am Monatsende, Juni oder Juli, das weiß ich nicht mehr genau, und ich hatte gerade das Geld von meinem Stipendium bekommen. Meine Geldbörse war mit Pfundnoten gespickt. Außerdem hatte man mir das Honorar für fünf kurze Sendungen für den somalischen Auslandsdienst der BBC geschickt. Eigentlich wollte ich mir von diesem Geld eine Bahnfahrt nach Nordengland leisten, aber als ich hörte, was der Mann mit der langen Nase, was dieser Barbesitzer zu dieser unschuldigen, betrunkenen Frau sagte, dachte ich, mein Gott!, du solltest deinen Ausflug nach Nordengland sofort vergessen und der jungen Dame helfen. Ich fragte, ich fragte ...«

»Was ist, Abdi?« unterbricht Mohammed mit einer Frage an den Boy.

»Man verlangt nach Madam, Sir.«

»Was ist denn?« fragt Barbara.

»Die Eierfrau, Madam.«

»Was ist mit ihr?«

»Sie will Geld.«

»Sag ihr, sie soll morgen wiederkommen, Abdi.«

Koschin spürt die angenehme Nachmittagswärme, atmet tief ein und fährt fort:

»Ich fragte, ob ich die Rechnung mit ihr teilen dürfe. Mit englischem, weiblichem Stolz lehnte sie geradeheraus ab. Ich blieb hartnäckig. Sie wehrte sich. Ich bezahlte die Rechnung, sie sagte einfach nur danke und ging. Ich bin ihr nicht gefolgt.«

Mohammed hält ihm die Packung Zigaretten entgegen:

»Möchtest du eine?«

»Danke.«

Koschin zündet sich die Zigarette an.

»Ich hatte gerade eine kleine Affäre mit einer Frau beendet und war nicht im geringsten daran interessiert, mich mit einer anderen einzulassen. Diese frühere Bekannte hatte mir bei einem Ferngespräch aus einer Telefonzelle in Edinburgh erzählt, daß sie von mir schwanger wäre. Und der Apparat drohte – der Apparat, versteht ihr?, ich kann Frauenstimmen nämlich niemals unterscheiden –, der Apparat also drohte, daß ich gerichtlich belangt werden würde, wenn ich den Tatsachen nicht ins Auge sehen wollte.«

»Was passierte dann?« fragt Barbara.

»Sie hat schließlich Selbstmord begangen.«

Koschin raucht und schweigt. Der Boy kommt herein und sagt, daß das Mittagessen fertig sei und ob Barbara bitte helfen wolle.

»Entschuldigt mich, Leute«, sagt sie und entfernt sich.

Mohammed hustet, wischt sich mit dem Handrücken den Mund und meint:

»Dieser verdammte Husten.« Pause. Dann: »Und danach?«

»Einige Tage später trafen Nancy und ich uns wieder zufällig bei einer Jam Session in der Diskothek bei der Uni. In unserer Verwirrung stellten wir uns einander vor, und in ihrer Verlegenheit sagte sie, ihr Verlobter habe sich diesmal wieder verspätet. Wir lachten beide darüber.«

Mohammed steht auf, die Zigarette in der Hand, und fragt:

»Ja, was ist? Willst du einen Aschenbecher?«

»Ja, bitte.«

»Wirf sie doch irgendwohin.«

»Auf den Teppich?«

»Ja, warum nicht. Mach deine Zigarette nur aus da.« Koschin geht zur gegenüberliegenden Wand und drückt sie da aus, mit einem Lächeln, als wollte er sagen, so ist's besser und ordentlicher, und erzählt weiter:

»Dann kam eine Affäre mit einer anderen Frau dazwischen. Es vergingen drei oder vier Monate, und diese Frau mußte auch abtreiben. Ich dachte damals, daß mein ganzes Leben wohl nur noch aus Abtreibungen bestünde. Damals rief mich Nancy dann an. Wir trafen uns. Nachdem wir ein paarmal zusammengewesen waren, schlug sie vor, daß wir heiraten sollten.«

»Und du warst einverstanden?«

»Im Prinzip.«

»Und warum verbindest du die Vorstellung an sie mit dem Tod?«

»Ihr Name...«

»Sonst nichts?«

»... Alpträume, die mich im Schlaf verfolgen, wenn sie neben mir liegt, und die abgetriebenen Kinder, meine abgetriebenen Kleinen, die mich überkommen, sich an mein Bett setzen und mich zum Weinen bringen. Und ihre zwei Freunde, die gestorben sind, der eine in einer Revolution in Latinia.«

»Wo?«

»Lateinamerika.«

»Schrecklich.« Mohammed muß wieder husten. »Dieser verdammte Husten!«

»Meistens ist sie still. Sie redet selten mit mir. Aber wenn ich sie liebe, dann zitiert sie seltsame Hymnen aus dem zehnten Jahrhundert – jedenfalls hat sie gesagt, sie stammten aus dem zehnten Jahrhundert. Aber, weißt du, ich glaube, sie sind während der Kreuzzüge entstanden. Schrecklich und düster sind diese Hymnen. Ich hab' sie gebeten, mir zu erklären, was sie da zitierte.«

»Und was sagte sie?«

»Kopf oder Wappen.«

»Wie bitte?«

»Kopf oder Wappen, auf jeden Fall verliere ich.«

»Nur das?«

»Dann holt sie ihr Kreuz hervor.«

»Ein Kreuz?«

»Ja, sie hat ein T-förmiges Kreuz in der Hand, wenn wir uns lieben. Es ist ein ganz altes Stück, das ihre Urgroßmutter von ihrem Großvater bekommen hat. Es ist wirklich uralt, und sie hält das Kreuz ganz fest in der Hand.«

»Warum hast du sie eingeladen zu kommen?«

»Eine vorübergehende Laune.«

»Du hast dir dein Leben versaut, ja wirklich, Koschin.«

Schweigen.

Mohammed zündet sich eine neue Zigarette an und fragt, ob Koschin auch eine wolle. Koschin schüttelt den Kopf. Er fragt:

»Hat sie etwas über uns gesagt?«

»Sie sagte, ihr würdet heiraten.«

»Sonst nichts?«

»Das reicht ja wohl.«

»Hat sie gesagt, sie sei meine Frau?«

»Ja.«

»Daß sie mich liebte?«

»Schrecklich.«

Barbara ist wieder da und pfeift. Beide schauen auf.

»Der Tisch ist gedeckt.«

»Komm, Koschin.«

»Nein, vielen Dank.«

Mohammed erhebt sich, geht zu Koschin und führt ihn am Arm ins Eßzimmer. Fast stößt er ihn voran. Er drückt seine Zigarette auf dem blanken Fußboden aus und nimmt dann wieder Koschins Arm.

»Kein satyghri?«

»Nichts dergleichen.«

Er lacht Koschin ins Gesicht:

»Dann komm, um Himmels willen!«

»Ich habe kürzlich an einer Gehirnverstopfung gelitten. Ich glaube nicht, daß Essen mir guttut.«

»Das ist doch alles Quatsch. Komm.«

Händchenhaltend wie zwei Marokkaner folgen Mohammed und Koschin Barbara, die noch einiges auf dem Tisch richtet, den ihr »gehorsamer Diener, Madam, ganz zu Ihrer Verfügung« gedeckt hat. Sie zeigt Koschin, wo er Platz nehmen soll, Mann und Frau sitzen sich gegenüber. Der Platz gegenüber von Koschin bleibt frei.

Koschin schaut hinüber.

»Nancys Platz«, sagt Barbara.

Koschin hält sich sein Messer dicht vors Gesicht, als ob

es ein Spiegel wäre. Er sieht einen kleinen dunklen Fleck, der die Bewegung seines Kopfes mitmacht. Er reibt das Messer an der Kante des Eßtisches, prüft mit der Hand, ob es scharf ist, sieht sich wieder darin an. Doch jetzt hat sich der kleine dunkle Fleck mit der metallischen Substanz seines Denkens vermischt, und er kann nichts mehr sehen. Seine Augen tränen, und wie aus weiter Ferne hört er vom Tisch her ein Murmeln, das er jedoch nicht versteht.

»Suppe«, hört er schließlich. Es ist Barbara, die spricht. Er lächelt gezwungen und unterdrückt dann ein Grinsen.

»Was?«

Barbara reicht ihm die Suppe.

»Was ist das?«

Barbara sieht ihren Mann an, bevor sie antwortet.

»Fleischbrühe.«

Koschin bedient sich und schiebt die Schüssel zu dem leeren Platz weiter. Mohammed erhebt sich halb und reicht Barbara die Suppe.

»Gib Koschin Brot und Butter«, sagt Barbara.

»Ich möchte nur Suppe, vielen Dank.«

Der Löffel zittert in seiner Hand und schlägt gegen die Suppenschüssel, er schluckt die Suppe ziemlich geräuschvoll herunter. Dann zieht er leise den Stuhl nach vorn und stößt mit seinen Füßen an Barbaras. Das ist wie ein elektrischer Schock, und um ein Haar kippt er seinen Teller um.

»Entschuldige, das sind meine Füße.«

Leise zieht er seinen Stuhl wieder zurück und sagt:

»Verzeihung.«

Sie essen ziemlich schweigsam ihre Fleischbrühe.

»Dieser Metallbehälter, den Nancy hat«, unterbricht Barbara das Schweigen, »wozu dient der? Sie behält das Ding bei sich, selbst wenn sie schläft.«

»Er gehörte ihrem Vater. Er hielt ihn in der Hand, als er im Krieg starb.«

Da legt sich ein Schatten über sie, Nancys Schatten. Sie

hat das Haus leise betreten, keiner hat es gemerkt, und ist auf Zehenspitzen wie ein Dieb hereingekommen. Koschin sieht es an Mohammeds und Barbaras Blicken. Er wendet sich um.

Koschin verschlägt es die Sprache. Sein Herz ...

Nancy steht sehr aufrecht vor ihnen.

Mohammed erhebt sich und weist ihr mit der rechten Hand ihren Platz zu. Dann setzt er sich wieder.

Barbara nimmt den Suppendeckel ab und schiebt die Schüssel zu dem noch leeren Platz hinüber, sie kaut an ihrem eingetauchten Brot und schweigt wie die anderen.

Und Koschin gräbt verzweifelt in den Windungen seines drangsalierten Hirns und muß feststellen, daß diese Frau nicht im geringsten dem Bild der Nancy ähnelt, an die er sich erinnert, die er zu kennen glaubte und der er versprochen hat, sie zu heiraten. Dann fragt er sich – wie weit kann Gemeinheit eigentlich gehen: ein nicht zensierter Gedanke dies! –, ja, er fragt sich, ob dies tatsächlich Nancy ist, diese Frau, die so groß vor ihm steht. Nancy lächelt strahlend, man sieht die Silberfassung ihrer Backenzähne. Die Erinnerung torpediert Koschins gekentertes Schiff des Bewußtseins, und es fällt ihm ein, daß er ihr immer wieder gesagt hat, sie solle nicht auf diese Weise lächeln. Er klopft mit den Fingern auf den Tisch, um die lastende Stille auszufüllen, und sagt dann:

»Hallo, Grave!«

»Überrascht?«

Nancy setzt ihre Handtasche auf den Boden und öffnet ihre Arme für eine ganz spontane, herzliche Umarmung. Koschin ist halb aufgestanden, und ihr Kinn stößt liebevoll gegen seine Rippen. Sie bietet ihm eine Liebe an, die tief in ihrem Herzen brachgelegen hat, und ihre nassen Augen verweilen auf seinen starren Augen, als er sie auf Armeslänge vor sich hält. Sie trägt ein zweiteiliges schwarzes Nylonkleid, eine dunkle Jacke und dunkle Schuhe: und dies

. . . ein Pakt mit der Dunkelheit des Todes, mein Gott!

»Wie geht es dir, mein lieber Koschin?« fragt sie und umarmt ihn wieder.

Er macht sich frei:

»Mittelmäßig, Nancy.«

Barbara unterbricht:

»Setz dich doch, Nancy. Das Essen wird kalt.«

In sachlichem Ton meint Nancy:

»Ich brauche nichts zu essen, wenn ich nur Koschin ansehen kann.«

Graves Augen flehen um eine Antwort. Bekommt sie die ersehnte Antwort von dem Mann, zu dem sie »nach langer Abwesenheit in dem trockenen Land zurückgekehrt ist«? Jedenfalls zieht Nancy ihn wieder von seinem Sitz hoch, umarmt ihn und flüstert in sein Ohr:

»Ich liebe dich sehr, Koschin.«

»Ich weiß, Nancy.«

»Sag es mir!«

»Was, Grave?«

»Bist du glücklich?«

»Später, Nancy. Setz dich jetzt und iß. Alles andere kommt später, Nancy.«

Ein leises »Also gut«, Koschin kann sich wieder frei bewegen, und Nancy setzt sich auf den Stuhl gegenüber Koschin, den Mohammed ihr angewiesen hat. Platten werden hin und her gereicht, Salz und Pfeffer ebenfalls, Messer stoßen klirrend an Löffel, Löffel tauchen in die Speisen ein, und dann fragt Mohammed:

»Hast du keine Schwierigkeiten gehabt hierherzufinden?«

Nancy ißt einen Löffel Suppe und antwortet dann:

»Ich mußte mich durchfragen. Ich bin mit dem Taxi bis zu dem Brunnen bei dem Hotel gefahren, wie heißt es doch gleich.«

»Hotel Hamar«, hilft Barbara.

»Genau das.«

Um auch etwas zu sagen, meint Koschin:

»Was für einen Eindruck hast du von unserer hypermodernen Stadt?«

»Ganze Vogelschwärme flogen unerschrocken neben unserem Flugzeug her und begrüßten uns oben in den Wolken. Das ist ein Symbol für Ewigkeit. Ich bin noch nie so glücklich gewesen.«

Ein neidisches Lächeln auf Barbaras Gesicht. Aber sie sagt:

»Ich freue mich so sehr für dich, Nancy.«

Koschin rollt seine Spaghetti sehr geschickt auf, zerkleinert eine Banane auf dem Haufen eßbarer Würmer, und Mohammed belädt einen Teller für ihren Gast Nancy. Barbara ist beinahe mit dem Essen fertig, sie wischt sich ihre soßenverschmierten langen Fingernägel zuerst mit einer Serviette ab und säubert sie dann mit einem Zahnstocher. Sie fragt:

»Wie war deine Stadtbesichtigung?«

Statt zu antworten, entschuldigt sich Nancy, daß sie die schrecklichen Würmer auf ihrem Teller nicht so ordentlich essen kann wie Koschin:

»Ich habe Spaghetti noch nie richtig essen können.«

»Das ist der italienische Einfluß in unserem Land«, kommentiert Mohammed.

»Gilt der auch für die Verwaltung?« fragt Nancy.

»Die Verwaltung?« wiederholt Barbara.

Ich bin Lokmaan, der bei seiner eigenen Versklavung anwesend ist, denkt Koschin, Lokmaan, dem das Sehvermögen fehlt, ich bin eine Lerche, die sich in den See des Lebens stürzt und keinen Fisch findet, schnell wieder in die Luft steigt, um noch einmal vergeblich in die Tiefe des Sees einzutauchen. Frag nicht . . .

Mohammed erhebt sich, zieht seinen Stuhl zurück und stößt beinahe alles um.

»Tut mir leid«, sagt er.
Alle schweigen.
Dann fährt er fort:
»Die Verwaltung in Somalia hat alle möglichen Übergangsphasen bis zu einer Verschlechterung durchlaufen. Jetzt befindet sie sich im Prakmestadium. Und weißt du, warum dieses Prakmestadium sein muß, Nancy?«
Sie wischt sich den Mund mit der Serviette.
»Ich kenne noch nicht einmal dieses Wort.«
»Das macht nichts. Aber es wird hundert Jahre dauern, bis in unserem Verwaltungssystem eine Revolution stattfinden kann – das weiß ich.«
»Und die Revolution?«
»Soldaten.«
»In der Regierung gibt es auch Zivilpersonen«, sagt Koschin.
Mohammed entgegnet mit Überzeugung:
»Das sind die letzten, die etwas ändern werden.«
»Da stimme ich dir nicht zu«, meint Koschin.
»Wie kommt das?« fragt Nancy.
»Was auch immer er Gutes getan haben mag – hat deswegen irgend jemand das Recht, diese Nation dazu zu zwingen, einen Menschen zu vergöttern?«
»Wovon redest du?«
»Ich meine etwas, das uns alle angeht. Ich spreche von Personenkult. Sie vergöttern ...«
»Was tun sie?« fragt Barbara.
»Sie vergöttern den Alten Mann, loben ihn in alle Himmel. Sie machen ihn zu einem Gott.«
»Aber was hast du im einzelnen gegen ihn?«
»Da gibt es tausend Dinge. Der Alte Mann ist anständig und ehrlich, er möchte, daß sein Name nach seinem Tod noch geschätzt wird, und er möchte etwas für das Land tun – aber was hat er vor seinem Amtsantritt gemacht? Zum Beispiel streitet er ab, an dem mißlun-

genen Coup während der Regierung Egal-Sharmarke beteiligt gewesen zu sein. Er hat es geschworen, müßt ihr wissen, dieser Alte Mann hat geschworen, daß er damit nichts zu tun gehabt hätte. Aber die Geschichte beweist das Gegenteil. Jetzt wäscht er seine Hände in Unschuld und will etwas tun. Aber schaut euch seine Untergebenen an!«

Nancy schiebt ihren Teller zurück, von dem sie noch nicht einmal ein Viertel gegessen hat, und auch Koschin schiebt seinen von sich. Sie sehen sich beide an. Nancy lächelt. Koschin starrt sie ausdruckslos an. Barbara fragt als Gastgeberin, ob jemand eher an einem Nachtisch als an Politik interessiert sei.

»Ich nicht«, sagt Mohammed.

»Ich auch nicht«, sagt Koschin.

»Mit mir brauchst du auch nicht zu rechnen«, meint Nancy.

Im Aufstehen sagt Barbara:

»Schaut auf die Uhr, dann werdet ihr sehen, wie euch beim Politisieren die Zeit davonläuft. Ich muß den Tisch abräumen, ihr Lieben, wenn ihr nichts dagegen habt.«

»Bevor du gehst, Barbara ...«, fängt Koschin an.

»Ja?«

»Das Geheimnis?«

Sie stellt die Teller zusammen.

»Was für ein Geheimnis?«

Koschin beißt sich nervös auf die Lippen.

»Das Geheimnis, dessentwegen du mich entführt hast.«

Sie lächelt ihm zu, und ein Blick in Nancys Richtung scheint eigentlich zu reichen. Aber Koschin ist nicht zufrieden.

»Das Geheimnis sitzt leibhaftig vor dir, Koschin.«

»Oh!«

Er schweigt. Bei sich selbst denkt er: Ein Mann, der im Regen spazierengeht, macht sich sowieso keine Gedanken darüber, daß er naß wird. Barbara, die Herrin des Hauses, klatscht in die Hände. Der Boy kommt eilig herein, die Teller sind schon zusammengestellt, und der Boy wartet auf ein Zeichen von Barbara, daß er Nancys Teller nehmen kann.

»Bist du fertig, Nancy?«

»Ja.«

Die Teller finden kaum Platz auf dem Arm des Jungen, er stolpert, fängt sich jedoch wieder und fragt vor dem Hinausgehen:

»Ist noch etwas, Madam?«

»Seid ihr sicher, daß ihr keinen Nachtisch wollt?« fragt sie die anderen.

Koschin antwortet für alle:

»Nein.«

Der Boy erwartet keine weiteren Befehle von seiner Herrin und geht unter Höflichkeitsbezeigungen, sich verbeugend und bedankend, hinaus.

»Was macht deine kleine Wunde?« fragt Barbara Mohammed.

»Die ist in Ordnung, danke.«

»Hast du dich verletzt?« meint Nancy.

»Ja, beim Rasieren.«

Koschin räuspert sich, er hat das Gefühl, daß das Gespräch etwas einschläft. Er fragt sich, ob es an ihm und Nancy liegt oder ob Barbara und Mohammed einfach selten miteinander sprechen, auch wenn sie allein sind.

»Ich glaube, wenn ihr nichts dagegen habt, werden mein Mann und ich uns ein wenig hinlegen. Ihr könnt das Gästezimmer, in dem Nancy geschlafen hat, benutzen, ich denke, es ist ganz bequem. Wenn ihr noch irgend etwas möchtet...« Mohammed ergänzt:

»... klatscht in die Hände, dann kommt der Boy.«

»Du frecher Kerl«, sagt sie liebevoll.

»Danke, mein kleiner Teufel.«

Die beiden gehen hintereinander hinaus, die Hände liebevoll ineinander verschränkt. Sie blicken kurz zu Nancy und Koschin hinüber.

»Macht's gut«, sagt Mohammed.

»Merkwürdig, alles ist so merkwürdig, findest du nicht?« fragt sie.

»Was denn?«

»Die Tatsache, daß ich dir nicht geglaubt habe. Ich dachte, du hättest mich auf den Arm genommen.«

Koschin erinnert sich: Nancy tat ihren ersten Schrei vor ungefähr fünfundzwanzig Jahren im sonnigen Spanien in der Stadt Sevilla. Sie kam wie ein Gottesgeschenk für ihre Eltern, die sich sehr eine Tochter gewünscht hatten. Es war die Karwoche, für die Spanier seit jeher eine heilige Woche, eine Woche der Gebete, des Pomps und der Schau, wie sie erzählt hatte, und Nancy trank die gesegnete Milch einer getauften Kuh, der Oberpriester salbte ihren Kopf, der Oberpriester der Kirche Francos und gleichzeitig Direktor der Schule, an der ihr Vater unterrichtete. Sie wurde mit allen katholischen Riten getauft, es wurde gefeiert, und für ihren kleinen Fuß wurde ein kleiner Ring geschmiedet und ...

»Mir erschien es als ein El Dorado!«

»Was?«

»Somalia. Stell dir vor ...«

»Was soll ich mir vorstellen?«

»Stell dir Nancy vor, wie sie strahlt in diesem dunklen Erdenwinkel. Komm, laß uns ins Gästezimmer gehen, das inzwischen schon mein Zimmer geworden ist.«

»Wie du willst.«

Als Tochter eines englischen Vaters und einer spanischen Mutter glaubte Nancy die Haßliebe ihrer Eltern für das

Francospanien im Einvernehmen mit dem Heiligen Geist. Ihr Vater unterrichtete an einer Dorfschule im Auftrag einer katholischen Organisation mit Sitz in Belfast Englisch. Ihre Mutter war gerade ein Jahr über ihren Mittelschulabschluß hinaus, als sie heiratete, aber sie war die Schönste im Dorf und die Tochter eines berühmt gewordenen Schusters. Nancys Großvater mütterlicherseits war Republikaner, gegen Franco eingestellt, und der arme alte Anti ...

»Hübsches Zimmer, nicht?«

»Oh ja.«

»Eine Siesta?«

»Könnte einschlafen.«

»Das wäre kein Verbrechen. Aber ob du es nun glaubst oder nicht, ich bin tatsächlich hier.«

»Wenn du mir nur Zeit ließest.«

»Zeit wofür?«

»Ich habe es beinahe vergessen, weißt du.«

»Was, Liebling?«

»Sag nicht jetzt schon Liebling zu mir.«

»Was hast du beinahe vergessen?«

»Dich.«

»Oh!«

Und der arme alte Antifaschist verschwand eine Woche vor Nancys Geburt spurlos. Nancys Großmutter ließ sich nicht unterkriegen, genausowenig ihre Eltern: Nach Tradition des Dorfes wurde ein Falke geschlachtet, ein fetter Falke in Erinnerung an den verschwundenen alten Schuster, in Erinnerung an den verschwundenen Mann der Großmutter und außerdem aus Anlaß der Gottesgabe eines Enkelkindes ...

Nancys Hände streicheln Koschins Gesicht, und er hat das Gefühl, Hamadryade, jene Nymphe in der griechischen Mythologie zu sein, von der es heißt, daß sie mit dem Baum lebt oder stirbt ... Aber früher oder später, denkt er, früher oder später ...

»Liebst du mich?«

»Hm?«

»Tust du es?«

»Was?«

Sie küßt ihn, zieht ihn ganz eng an sich heran. Ich kann nichts daran machen, nichts. Und dann lösen sich allmählich seine Angst, seine Skepsis, sein Mißtrauen, seine Zurückhaltung und sein Somalitum in seinem Speichel auf, den er ihr in einem langen, in einem unnötig verlängerten Kuß weitergibt. Nichts trübt jetzt mehr sein Gemüt. Seine Hände ...

»Jetzt nicht, Liebling.«

»Warum nicht?«

»Periode, Liebling.«

»Wie schade.«

Koschin setzt sich eilig wie ein Verrückter auf, dem es gelungen ist, die herumliegenden Perlen eines Rosenkranzes zu zählen. Er macht ihr den Reißverschluß wieder zu. Eine verrückte Sache nach der andern, denkt er. Sie sollten sich gegenseitig ausgleichen. Sie kitzelt ihn. Er reagiert nicht.

»Ein Biest wie immer.«

»Warum?«

»Keine Reaktion.«

»Das bin ich immer gewesen.«

»Was?«

»Ein Biest.«

Koschin neigt den Kopf nach vorn und versucht sich vorzustellen, wie es sein wird, wenn sie zusammenbleiben, wenn Nancy und er, Koschin, als Mann und Frau zusammenleben ... Kann ich das denn überhaupt aushalten? Mein ganzes Leben lang mit einer Frau? Und dazu noch mit einer Weißen?

»Sag mal!«

»Ja?«

»Wo wohnst du?«

»In einem Haus wie ein Mauseloch.«

»Schlimmer als die Hütte, in der ich geboren wurde?«

»Keine Ahnung.«

Die Dorfleute nannten sie eine vorbildliche, nette katholische alte Dame, und von Nancy, ihrer Enkelin, sprachen sie wie von einer göttlichen Erscheinung. Sie war so streng und fromm katholisch, daß sie sich ständig mit ihrem Rosenkranz abgab und sich nach dem frühzeitigen Verschwinden ihres geliebten Schusters nur noch schwarz kleidete – deswegen trage ich auch immer schwarz, sagte Nancy. Dann hatte man innerhalb eines Jahres ...

»Zwei in einem.«

»Hm?«

»Duität, Liebling. Du und ich.«

»Was ist das?«

»Duität wie Trinität. Ich bin der Heilige Geist, hast du das vergessen?«

»Wie könnte ich?«

Innerhalb eines Jahres hatte man Nancys Großvater in seinem Versteck, einer Höhle in der Nähe des Ortes Cadaques an der Costa Brava, mit Hilfe von Francos Guardia Civil entdeckt. Er wurde zusammen mit einigen sogenannten Revolutionären geschnappt und zum Tode verurteilt. Man steckte ihm einen Schuh in den Mund, er stöhnte und wimmerte, und dann warf man ihn in das Alem Beqa des Generalissimos. An einem schönen Dienstagmorgen fanden sie seine Kleider auf der Schwelle zum Haus von Nancys Eltern – es war Sommer, Nancy war ein Jahr alt und hatte gerade ein paar Worte Spanisch gelernt –, und niemand wußte, warum sie, im Namen der Heiligen Jungfrau Maria, die Sachen dorthin gelegt hatten. – »Entsetzlich«, weinte Nancy, als sie Koschin die Geschichte in einem Café in London erzählte. – Und die vorbildliche alte Dame ...

»Revolutionen und Diktaturen, weißt du ...«

»Ja?«

»... erinnern mich an Franco und an den Tod ... und außerdem, weißt du ...«

»Ja?«

»... an den Tod meines ersten Verlobten.«

»Bob?«

»Ja. Er war noch ganz jung und starb für eine Revolution in Buenos Aires.«

Nancy hält seine beiden Hände in ihren Händen, drückt sie nachdenklich und küßt sie. Ein ganz leichter Kuß auf die Stirn, ein Schmetterlingskuß, ein noch zarterer, als er sich zurücklehnt, dann eine heiße, leidenschaftliche Umarmung. Tränen steigen ihr in die Augen. Sie sieht ihn schweigend an. Dann legt sie ihren Kopf auf seinen Schoß und gibt ihm mit offenen Augen in liebevoller – nicht liebenswerter, meint Koschin! – Art zu verstehen, daß sie umgehend einschlafen wird, wenn es nicht zu unbequem für ihn ist.

»Ich bin schwer im Vergleich zu einem schlanken Somali, nicht wahr?«

»Nein.«

»Meine Mutter sagte immer, ich sei schwer.«

»Oh!«

»Bevor meine Großmutter starb. Und außerdem war ich gesund.«

Durch Geschwätz erfuhr die vorbildliche alte Dame von den Kleidern auf der Schwelle zum Haus von Nancys Eltern. Sie flehte gerade in ihrer Lieblingskirche den Segen Christi, der Heiligen Jungfrau Maria und des Heiligen Geistes auf sich herab. Sie erlitt einen Schock und starb auf der Stelle, als sie sich an der Balustrade in der Kirche auf ihrem Weg zur Beichte festhielt. Ironie des Schicksals: Es war dieselbe Kirche, in der sie zur Melodie einer an das Hämmern von Schuhen erinnernden Hymne vor etwas über vierzig Jahren getraut worden war.

»Ja.«

»Es tut mir leid.«

»Ich verstehe.«

Sie schweigen. Mit einer Hand hält er ihre beiden Hände und vertreibt mit seiner Berührung die Traurigkeit aus ihnen. Ihre Augen leuchten auf, sie senkt den Kopf und unterdrückt den Gedanken, ihn küssen zu wollen.

»Barbara und Mohammed sind glücklich.«

»Woher willst du das wissen?«

»Man sieht es ihnen an.«

»Barbara ist eine frinata, wenn du weißt, was das ist.«

»Ich glaube nicht.«

Wieder herrscht Schweigen, und Tränen rollen ihr übers Gesicht. Sie beißt sich auf die Lippen.

Die Glocke, die über ihnen angebracht ist, durchbricht die Stille, klingt direkt in ihre Ohren: ein aufrührerischer Ton, der dieses Reich der Ruhe stört. Als wenn er auf ein frommes Versprechen, auf irgendeinen Vorwand reagierte, erhebt sich Koschin langsam, macht sich von Nancy frei und tut so, als wolle er zur Haustür gehen. Er schaut zur Glocke hoch.

»Es war einmal ein Schlafzimmer. Jetzt benützen sie es für Gäste«, erklärt Nancy.

»Oh!«

Mohammed geht inzwischen eilig an der Tür vorbei und sagt, er würde öffnen.

Schweigen.

Nancy verscheucht die Spannung, indem sie sagt:

»Geiz ist die Mutter der Lieblosigkeit.«

»Geiz . . . Lieblosigkeit! Was meinst du?«

»Du bist geizig mit deiner Liebe.«

»Das wußte ich nicht.«

Man hört Barbaras Stimme, die Mohammed, ihren Mann, ruft, die eins, zwei, drei, vier, fünf, vier, drei, zwei, eins ruft. Mohammed antwortet mit Roger, Roger, Sinus-Minus-Löwin, ich komme, Liebling, Ebla ist hier! Er schließt die Tür.

»Ebla, die Ladenbesitzerin, Barbara. Sie will ihr Geld«, sagt er, als er an Koschins und Nancys Zimmer vorbeikommt.

»Wieviel?«

»Siebenhundert.«

»Sag ihr, sie soll ihre Tochter schicken. Ich habe kein Bargeld. Muß morgen zur Bank.«

»Das habe ich ihr bereits gesagt.«

Mohammed geht noch einmal an ihrer Tür vorbei, Koschin fragt ihn, ob er Zigaretten übrig hätte.

»Ja, habe ich.«

»Kann ich eine haben?«

»Ich hol' dir eine.«

»Mahadsanid!«

Mohammed entfernt sich, das Baby beginnt zu weinen, und Koschin setzt sich neben Nancy.

»Frauen und Zigaretten sind meine Laster.«

»Es gibt niemanden, der nicht ein Laster hätte.«

»Stimmt das?«

»Kein Vorsitzender ohne Laster.«

»Mit Ausnahme des Vorsitzenden Mao?«

Sie schweigen.

Mohammed kommt zurück und wirft Koschin von der Tür aus ein noch fast volles Päckchen Zigaretten zu. Koschin fängt es auf.

»Guter Torwart.«

»Und schlecht beim Punktesammeln.«

Er zündet sich eine Zigarette an. Mohammed geht.

»Eine billige Ware, ja, eine billige Ware bin ich – bei dieser langen Reise hierher«, klagt Nancy.

Koschin antwortet nicht.

Nancy ergreift seine freie Hand und drückt sie.

»Du bist eine Prinzessin!« sagt er.

»Das glaube ich nicht.«

»Du solltest es aber.«

Stille.

Koschin gibt ein schnalzendes Geräusch von sich, Nancy zieht die Falten an ihrem Kleid zurecht, er erhebt sich und sieht unglücklich auf sie hinunter.

»Wie meine Landsleute betrachte ich Frauen nicht als eine überflüssige Dimension in dieser über Druckknöpfe kontrollierten Ära. Ich bitte dich nur zu warten.«

»Was wird dann passieren?«

»Ich werde mich daran gewöhnen, daß du bei mir bist.«

Sie bricht in Schluchzen aus. Koschin beruhigt sie, indem er ihr die Hand auf den Kopf legt.

»Und weißt du, daß ich dir mit Beethoven bespielte Tonbänder mitgebracht habe?«

»Wie?«

»Tonbänder mit Beethoven und Bach ... es war schwierig, sie aufzunehmen. Ich hab' sie aus BBC-Sendungen und anderen.«

»Du bist ...«

»Nein, bin ich nicht. Es stimmt. Öffne nur diesen Koffer da.«

»Herrlich! Ein Wunder! Beethoven!«

Plötzliche Zeichen von Glück auf seinem Gesicht, seine Augen lächeln, seine Miene hellt sich auf. Er läßt sich neben sie fallen, hält Nancy eng umschlungen, küßt sie, schiebt eine herabfallende Haarsträhne aus ihrer Stirn und küßt auch diese Stelle.

»Eine süße Person mit einem so großen Herzen wie eine Heilige.«

»Eine komische Nummer!« sagt sie.

»Du Böse!« Seine Zunge sucht die ihre.

Sie küssen sich endlos.

»Es muß einen guten Grund geben, warum eine Fliege um einen Platz herumsurrt«, sagt er. »Den muß es einfach geben. Denn sonst wäre ja jeder beliebige Platz ihr recht.«

»Und ein Fisch im Wasser braucht sich nicht zu waschen, denn wenn er das müßte . . .«

». . . würde es ihm nicht einmal in der Sintflut gelingen.«

»Daran erinnerst du dich?«

»Sicher.«

Sie schweigen.

»Hast du wirklich nichts dagegen?«

»Wogegen?«

»Daß mein Kopf da liegt.«

»Nein.«

Koschin rutscht danach hin und her, lehnt sich zu einer Seite.

»Liebst du mich, Koschin?«

Was für eine Frage, denkt er. Und antwortet sich selbst: Eine Frage, die ich erwartet habe, seitdem wir uns wieder getroffen haben, eine Frage, von der ich nicht weiß, wie ich sie beantworten soll.

»Ich weiß es nicht.«

Sie setzt sich auf, schluchzt leise, reibt ihren Kopf an seiner Schulter und sagt:

»Du weißt es.«

»Nein, ehrlich gesagt.«

Die Frage zwingt sein in kleine Felder aufgeteiltes Bewußtsein in eine Art Kampf, und die Fasern seines Gehirns ticken wie eine Uhr. Er vergißt alle Fakten und Zahlen, erinnert sich an nichts mehr aus Nancys Schulzeit, oder aus ihren Jahren in London, oder den Jahren an der Universität in Bath, wo sie sich getroffen und miteinander geschlafen haben. Er kann sich selbst keine weiteren Informationen über Nancy liefern.

Nancy weint.

»Was tust du?«

»Nichts.«

»Warum weinst du?«

»Ich höre auf, ich verspreche es.«

»Versprichst es?«

»Ja. Ich weiß, wie sehr dich das verletzt.«

Sie wischt die Tränen fort.

»Ein Opfer?«

»Was?«

»Das Weinen?«

»Für wen?«

»Den Schmerz!«

»Als Dank für dein reizendes Geschenk werde ich mit dir einen langen Spaziergang durch Mogadischu machen.«

»Wie schön!«

»Gehen wir!«

»Ja, gehen wir!«

Fünfter Satz

»Ich glaube, es wäre eine gute Idee, dich in unserer wundervollen Stadt Mogadischu herumzuführen und dir die Schätze und verborgenen Schwächen dieser alten afrikanischen Siedlung zu zeigen. Vielleicht sind wir aber beide schon müde, bevor wir viel gesehen haben. Ich muß nämlich noch zu einer Freundin hineinschauen. Ich stelle mir vor, doch, ja, ich nehme bestimmt an, daß du sie sofort gern haben wirst. Wenn du willst, aber nur wenn du willst, kannst du bei ihr übernachten.

Diese Freundin ist Mulattin. Wie ich sie kenne, wird sie sich richtig freuen, dich über Nacht aufnehmen zu können.

Zu mir kann ich dich nicht mitnehmen, ich kann es einfach nicht. Ich wünschte wirklich, ich müßte es nicht sagen: In meinem kleinen Zimmer hausen Geckos gleich neben den Geistern meiner Ahnen, die mich am frühen Morgen und am Abend heimsuchen. Der häßliche Anblick der weißen und schwarzen Ameisen, ihre langsamen Bewegungen an den Wänden hoch und runter, die mit ihren Exkrementen bepflastert sind, das Hinabstoßen der Geckos auf die Fliegen, die sich in den Spinnennetzen an den kahlen Wänden verfangen haben – all dies, liebe Nancy, würde dir, fürchte ich, mehr als einen Alptraum verursachen. Die Moskitos natürlich nicht zu vergessen, diese fetten, frechen Moskitos, die einem ins Ohr schwirren.

Wenn ich Besuch habe oder eine Verabredung, wenn ich mich mit jemand treffen will, mit jemand, der soviel Geschmack hat wie du, Nancy, dann gehe ich mit ihm woanders hin, das heißt, ich bringe ihn auf jeden Fall woanders unter.

Und so seltsam es für dich klingen mag: Meine ganze

Habe ist in einem einzigen Koffer verpackt. In einem ordentlichen Koffer mit einem Etikett der Alitalia: Rom – Mogadischu. Er ist sozusagen noch ungeöffnet, so wie er war, als ich hier mit dem Flugzeug ankam. Ja doch, ich habe daran gedacht, woanders hinzugehen; aber wohin, steht noch nicht fest. Oh! Paß auf deine Knie auf, Nancy.«

»Wohin willst du gehen?«

»Irgendwohin.«

»Wozu, Koschin?«

»Mogadischu fällt mir auf die Nerven.«

»Es ist die größte Stadt des Landes, oder?«

»Paß noch mal auf . . . und die einzige Großstadt in der Republik.«

»Puh!«

»Meine Freundin, Nancy, ja, sie ist meine Freundin! Margaritta, eine Mulattin – ich nenne sie übrigens Mag – ist zur Hälfte somalisch, von der anderen Hälfte weiß man nichts. Selbst ich weiß nichts, obwohl wir uns schon jahrelang kennen. Nach allem, was ich gehört habe, könnte sie eine halbe Engländerin sein oder eine halbe Spanierin wie du – ich weiß, du bist keine halbe Spanierin, du bist Engländerin, eine echte Engländerin, Pax-Britannia, du hast mir das mehr als einmal gesagt –, aber sie könnte auch eine halbe Griechin sein, denn Mitte der vierziger Jahre kamen griechische Seeleute nach Mogadischu, gingen im Hafen vor Anker und hurten hier fast zwei Wochen herum. Aber meine Mulattenfreundin ist unter der Obhut der katholischen Mission der Republik aufgewachsen. Man hat sie beschenkt, sie war mit der benedetta und benevolenza der geborenen Witwe gesegnet, ging in Regina Elena zur Schule, war dann auf dem italienischen Lyzeum in Mogadischu und gehört zu den wenigen Mulatten, die die Mittelschule geschafft haben.«

»Ist sie deine Geliebte?«

»Um Gottes willen, nein.«

»Was denn?«

»Wir lieben uns platonisch.«

»Platonisch?«

»Sie ist einfach eine Freundin, die ich besuche, wenn ich jemand brauche, bei dem ich Zuflucht finde.«

»Oh?«

»Sie ist sehr hübsch und liebenswert.«

»Auch sehr schön, könnte ich mir vorstellen.«

»Schokoladenbraun, langes, dunkles Haar, gleichmäßige Zähne, große, feuchte Augen.«

»Die Madonna persönlich?«

»Ja, so ungefähr. Aber ...«

»Dräng mich nicht, Koschin!«

»Komm, Nancy, komm bitte, und laß uns zusammen das Elend, die äh ... Ewigkeit dieser Stadt entdecken, die eine Göttlichkeit eigener Art besitzt. Laß uns über den Hadrianswall klettern, damit wir sie uns mit Muße näher anschauen können. Laß uns über Mogadischu sprechen, über diese Stadt, deren schöner Name sowohl die Fremden wie die Einheimischen fasziniert hat. Wir werden herumwandern und uns Zeit lassen, wir werden herumschauen und Pausen machen, wenn es uns gefällt, wir werden uns von anderen die Dinge erklären lassen, über die ich nichts weiß. Und wenn wir hungrig sind, gehen wir in eine Snackbar, und zurück nehmen wir ein Taxi. Oder wir gehen, wenn du es lieber hast, zu Fuß zurück, das heißt, wenn wir noch genug Zeit haben vor der Party, zu der uns Mohammed und Barbara eingeladen haben. Gib mir deine Hand, Nancy, gib sie mir um Himmels willen, laß mich deine Hand halten, ich führe dich durch das Tor und beschütze dich vor dem Hund, vor Barbaras Hund, der bei Sonnenuntergang aus seinem Schlaf aufwacht. Wie ich Hunde gehaßt habe, die die Frauen vor ihren eifersüchtigen Männern beschützten, Hunde, die vor den Toren angebunden waren, nicht um den Besitzer zu schützen oder die eifersüchtigen Instinkte eines Ehemannes zu besänftigen, sondern um die erotischen Instinkte der Don Giovannis abzutöten. Als ich in London war, hat mich ein Hund ins Bein gebissen, und seitdem bin ich verdammt ängstlich geworden. Ja, gib mir deinen Arm. Dein Herz, Frau, öffne dein Herz! Krempel dich ganz um und lächle in die junge Dämmerung, und – bitte – sieh dir alles mit Vergnügen an, dankbar gegenüber den Göttern, beobachte mit sehr viel Liebe das herausgesaugte Blut der Toten dieses Tages im blauen klaren Himmel im Westen. Zwischendurch werden wir im Innersten unseres Herzens zusammen klagen, uns dem Wehklagen der stillen Trauernden anschließen. Steh auf, ich kann dich nicht hochziehen, weil du so schwer bist, Nancy. Steh selbst auf.«

»So.«

»Gut!!«

»Wenn meine Freundin nicht zu Hause ist, Nancy, gehen wir zu ihrer Mutter ...«

»Danke, Koschin.«

»Nichts zu danken, meine Liebe.«

»Du bist so nett.«

»Nun hör aber mal.«

»Wirklich, du bist nett.«

»Wenn ihre Wohnung abgeschlossen ist, werden wir zu ihrer Mutter gehen, ich meine nur in diesem Fall. Und wenn sie dort auch nicht ist, suchen wir sie eben bei ihrem Freund. Wenn sie jedoch auch dort nicht ist, müssen wir wohl den Versuch, sie zu treffen, endgültig aufgeben, denn sie spielt abends auf den Plätzen des Italia-Hauses Tennis. Doch vorher lade ich dich zu einem schön gekühlten Bier ein, wenn du willst, du kannst aber natürlich auch eine Fanta trinken. Sie ist sehr gut hier, hat einen typisch somalischen Geschmack: wahrscheinlich für dich etwas zu süß, denn wir hier in Somalia stehen sehr auf süße Sachen. Ein Kilo Zucker auf eine Tasse Tee. Fanta, Coca-Cola und Nadifa werden alle hier im Land hergestellt. Wenn du Lust hast, können wir sogar die Fabrik besichtigen, denn Abdullahi, ein guter Freund von mir, ist dort Aufsichtsratsvorsitzender. Oder stellt ihr keine Getränke her? Wir haben sie – mit Ausnahme von Nadifa, die hier entstanden ist, eine einheimische Erfindung sozusagen, die man nach einer Dame der High-Society benannt hat – bis vor ungefähr einem Jahr importiert. Woher, könnte ich dir jedoch beim besten Willen nicht sagen. Aus Nairobi oder aus Addis Abeba, oder vielleicht aus Daressalam. So, nun laß uns ganz leise durch diese Tür hinausgehen. Ich muß dich warnen: Schau nicht zurück, damit du nicht dasselbe erlebst wie Lots Frau. Erstarrte zur Salzsäule, weißt du, weil sie gegen den Befehl des Herrn zurückgeschaut hatte. Nach dir, meine Liebe. Ladies first, heißt es, dann die Unterlegenen. Weißt du, warum man die Damen vorgehen läßt? Als Ausgleich für ihren zweiten Platz in der Schöpfungsverordnung, der Schöpfungsordnung, meine ich. Für ihren zweiten Platz, denk daran! Ich will nicht unterstellen, daß Gott ungerecht ist und die Europäer einen Sinn für Fairneß haben. Nein, ganz und gar nicht. Jetzt ... jeeeetzt ... kommt der Hund schnüffelnd, schnuppernd, knurrend auf uns zu ... geh ruhig weiter, als ob ... Gott sei Dank, er geht zu seinem Platz zurück ... Hier, Ladies first, uuuups! Dieser Krach, hast du dir den Fuß verletzt? Nein? Gut! Warte, laß mich ...«

»Diese Mulattenfreundin von dir.«

»Ja, Nancy?«

»Identifiziert sie sich mit den Eingeborenen?«

»Eingeborenen?«

»Das sollte keine Beleidigung sein.«

»Sie spricht nicht einmal die Sprache.«

»Welche denn?«

»Italienisch und etwas Englisch.«

»Und wie behandeln die Somalis die Mulatten?«

»Sie empfinden sie als Zeitvertreib.«

»Entsetzlich!«

»Hmmmm! Wie ...«

»Dann werde ich sie auf jeden Fall besuchen.«

»Wir werden zu Fuß zu ihr gehen, Nancy, werden unsere Untersätze benützen und ermüden. Und vielleicht gelingt es uns, den Segen der Unbefleckten Füße von Fatima zu erreichen. Ich erreiche ihn mit großer Wahrscheinlichkeit nie, aber wenn ich meinen Willen einsetze, könnte ich es immer wieder versuchen, und vielleicht eines Tages, irgendwo, Nancy, könnte ich dem Segen näher kommen. Ich weiß natürlich, wie unangenehm es für dich ist, durch diesen Haufen von Sand und Staub, der an den Schuhen kleben bleibt, zu laufen. Aber es gibt ja immerhin die Schuhputzer, und gleich um die Ecke ist eine richtige, geteerte Straße, die man mit der Unterstützung des Prinzen vom Kaabaland gebaut hat. Nur ein paar Tausend Meter Straße sind in dieser Stadt asphaltiert, der Rest, das Zehnfache dieser Strecke, ist nicht befahrbar. Aber um einer Sache willen bewundere ich die Revolutionsregierung: Sie versucht, soweit es ihr mageres Budget erlaubt, so viele Straßen wie möglich in der Stadt zu pflastern. Außerdem hat sich die Regierung bei der Straßeninstandsetzung usw. Lorbeeren verdient. In der Geschichte wird man dies und viele andere Dinge, die für sie sprechen, sicher registrieren.«

»Kommen wir noch einmal in Barbaras Wohnung zurück?«

»Du meinst, Mohammeds Wohnung?«

»Ja.«

»Wann?«

»Bevor wir auf die Party gehen?«

»Brauchst du denn irgend etwas?«

»Nichts Besonderes, oder jedenfalls nichts Wichtiges.«

»So?«

»Make-up und so.«

»Schwitzt du?«

»Ich kann doch nicht zu der Party gehen, ohne ...?«

»Du brauchst dir keine Gedanken zu machen.«

»Brauche ich nicht?«

»Nein, bestimmt nicht!«

»Nun, gut.«

»Was ich sagen wollte, ist: Diese Regierung ist die beste, die Somalia je gehabt hat, und zwar in vielerlei Hinsicht: Das betrifft die Stabilität des Staates, die Tatsache, daß es überhaupt ein Staat ist, neutral, aber nicht unter den Neutralisierten: Das strahlende Somalia hat sich glänzend herausgemacht am erniedrigten Horn von Afrika. Es ist ein Staat, der sich entschlossen hat, auch ein Staat zu bleiben. Und Somalia als Land steht im Dienste Afrikas, ob nun West oder Ost, und unterhält freundschaftliche Beziehungen zu allen freiheitsliebenden Völkern, darunter einige westliche Nationen.

Hier sind wir am Ende einer sandigen Straße, und die nächste beginnt, Nancy. Aber wer weiß schon, was der Strauß im Sand sieht, in den er seinen Kopf steckt? Und wer weiß schon, was der Wind sagt, wenn er mit dem Sand spricht? Oder wer weiß, was weit hinter dem Schweigen der Dämmerung vor dem ersten Hahnenschrei liegt? Wer weiß, wer weiß ...«

»Da winkt dir jemand zu, Koschin.«

»Ja?«

»Ich glaube, die Frau winkt dir zu.«

»Die mit der Sonnenbrille?«

»Ja.«

»Wo?«

»Weiter oben, schau.«

»O, Mulki, die Hosteß im Club Verdi. Schön, was?«

»Das kann ich auf diese Entfernung nicht beurteilen.«

»Sie ist schön. Weißt du ...«

»Ja, Liebling!«

»Nenn mich nicht Liebling.«

»Tut mir leid, Liebling!«

»... als wir heranwuchsen, glaubte mein Onkel, wir würden heiraten. Sie war jung damals, ich natürlich auch, und wir waren Nachbarn. Man pflegte uns zu hänseln, und sie zog sich dann zurück, sie war ein ganz reizendes Ding. Als ich im Ausland war, hat sie geheiratet, und einen Monat, bevor ich aus England zurückkam, hat sie sich scheiden lassen. Sie ist wirklich ein süßes Ding.«

»Aus dieser Entfernung gesehen, geht sie wie eine Giraffe.«

»Man nennt sie so, Mulki-Giraffo!«

»Wie phantasievoll!«

»Oh, Nancy, da ist der Siegesbogen, durch den man das eigentliche Mogadischu betritt. Leute, auf die man sich verlassen kann, haben mir erzählt, daß man ihn mit dem Gewinn aus den Einnahmen des Hafens von Merca aus dem letzten Jahr gebaut hat. Man muß die Revolutionsregierung für die Verschönerung und Modernisierung der Stadt loben: Es gibt Monumente für die Toten, ein würdiges Leben für die Lebenden, Brot für die Witwen und Waisen und Straßen für die motorizzati. Natürlich muß die Regierung viele Menschen entwurzeln, ihnen dabei ihr Zuhause nehmen, denn die halbverfallenen Häuser, Arishes und Hütten müssen verschwinden – für die neugierigen Augen der Touristen verschwinden, die niemals etwas übersehen, das sie bekritteln können. Da, sie winkt wieder. So ein süßes Ding und so eine unschuldige Frau. Aber Unschuld wird nach einem Dekret des Herrn mit Armut bezahlt. Entschuldige, Nancy, ich habe mir angewöhnt, in Rätseln zu sprechen, die ich selbst nicht verstehe.

Ja, Nancy, dies ist so ungefähr die einzige zweispurige Straße in Mogadischu. Sie führt mitten durch die Stadt von einem Ende zum anderen. Im Auto fährt man bei normaler Geschwindigkeit eine halbe Stunde. Die Via Appia für Mogadischu ist jedoch im Bau, und wenn sie fertig ist, wird man hoffentlich nicht mehr so hin- und hergerüttelt werden. Hast du etwas dagegen, wenn wir jetzt etwas schneller gehen, meine Liebe? Da hat ein Wagen gehalten. Ich kann den Mann hinter dem Steuer winken sehen ... und seine Frau. Das Ehepaar Hagi und Cindi. Weißt du, immer wenn ich sie sehe, schäume ich wie eine wild aufgewühlte See an einem Freitag im Juli. Ich kenne sie gar nicht besonders gut, hab' sie vielleicht ein dutzendmal zusammen gesehen und nur gelegentlich mit ihnen geredet. Wie gesagt, gut kenne ich sie nicht, aber man hat mir ein Geheimnis berichtet. Wahrscheinlich lohnt es sich nicht, daß ich es dir erzähle ...«

»Der Mann spricht mit dir.«

»Wer?«

»Er redet.«

»Er fragt, ob er uns mitnehmen kann, willst du, Nancy?«

»Ich laufe lieber.«

»Ich auch.«

»Dann schick ihn weg.«

»Mache ich, meine Liebe.«

»Jetzt, wo sie weg sind: Was ist das für ein Geheimnis?«

»Laß mich deine Hand einen Augenblick halten. Äußerer Schein und Affentheater. Hier hast du es, nur Schein, und das im Atomzeitalter, das Gesicht muß man wahren, genormte, stabile, ungetrübte Beziehungen vorweisen, trotz unerwünschter Tatsachen, wenn du verstehst, was ich meine, Nancy. Ja, man hat mir, wie gesagt, ein Geheimnis erzählt. Diese Cindi macht nachts ins Bett, obwohl sie ihrem Hagi schon zwei Kinder – in einer Lieferung – geboren hat. Außerdem, Nancy, möchte ich nicht völlig eingeklemmt wie ein verschnürtes Paket in diesem Seicento sitzen. Ich hasse das Gefühl, in das Spielzeug eines Erwachsenen eingezwängt zu sein. Man erzählt sich, daß es komisch war, als sie heirateten, Nancy: Sie machte gleich in der ersten Nacht ihre Matratze naß. Der arme Hagi dachte: Mein Gott, das muß aus Angst passiert sein, denn es tat ihr ganz schön weh, als er mit ihrer Einwilligung ihre Passage mit einer Klinge öffnete. Warum er das tat? Ganz einfach! Weil er mit seinem erschöpften äh ..., du weißt schon, nicht in die hacienda eindringen konnte, er mußte erst einmal schlafen, bevor er zu solchen Taten fähig war. Danach hielten sie zusammen wie Pech und Schwefel. Keiner gab offiziell die kleine Geschichte preis. Doch als sich ihre Hochzeitsgefühle verflüchtigten und er sie öfter belauschte, wenn sie mit ihren Jugendgefährten klatschte, entfremdeten sie sich schließlich. Er fühlt sich betrogen, sitzt allein zu Hause herum, zerbricht sich den Kopf wegen einer Lösung und liest alles nur Erdenkliche über die Kunst zu lieben. Einem Freund von mir hat er erzählt, daß sie nackt häßlich aussieht, und nur ein Grübchen in der Nähe ihrer Scheide hilft ihm, seinem selbst erfundenen Märchen entsprechend zu leben.«

»Wer ist das, Koschin?«

»Den ich gerade gegrüßt habe?«

»Ja.«

»Laß mich nachdenken.«

»Übrigens, das ist Tre Piano, und dies gegenüber ist die Botschaft der Republik Kenia. Tre Piano hat übrigens lustigerweise noch nicht einmal drei Stockwerke. Oh, dieser Mann. Ja, doch, das ist der Sohn eines Mannes in der Polizeitruppe eines Stammes. Seine Mutter backt Maiskuchen für ein kleines Restaurant. Er hat alle angeblichen gesellschaftlichen Zwänge und Schranken hinter sich gelassen und ist gerade zum Boß eines wichtigen Ministeriums ernannt worden. Aber er hat eine Schwäche dafür, Tore und Türen mit grellen Farben zu verzieren, und hat, wie man sagt, in dieser Umbruchzeit unnötigerweise einen enormen Haufen von Regierungsmitteln darauf verwendet, alle

Tore, Decken und sonstigen Flächen im Ministerium mit importierten farbigen Gemälden aus Sansibar auszuschmücken. Vielleicht schmeißt man ihn raus. Nebenbei: Er ist ein entfernter Verwandter von Abdirashid Shamarke, dem ersten und einzigen afrikanischen Präsidenten, der an einer erbärmlichen Kugel starb. De mortuis nil nisi bene, natürlich.«

»Wer hat ihn umgebracht?«

»Den früheren Präsidenten? Seine eigene Leibwache.«

»Machst du Spaß?«

»Ein Polizist aus seiner eigenen Leibwache. Kein Spaß.«

»Mein Gott!«

»Ja, Nancy, dein ...«

»Weich dem Esel aus, Nancy, paß auf. Weich dem Esel aus. Und ich? Nein? Leider mußte ich es. Entschuldige. Ich wollte dir nur helfen. Entschuldige vielmals. Eigentlich hätte ich dich vorher warnen sollen: vor diesen Wassermännern mit ihren Eseln, diesen Eselmännern, die völlig pervers sind und außerdem genauso dickköpfig wie ihre Tiere. Sie stimmen ein närrisches Katzenkonzert an, wenn du auch nur zufällig mit ihren Eseln zusammenstößt. Und wenn du den Mund auch nur ein bißchen aufmachst, beschuldigen sie dich gleich aller sieben Todsünden. Der Verkehr auf den wenigen geteerten Straßen stoppt, wenn sie vorbeiziehen. Sie lassen sich immer ganz schön Zeit, wenn sie von einer Seite zur anderen gehen, und pfeifen oder summen eselige Melodien, ganz gemächlich summen sie vor sich hin und halten zum Schein einen Stock hoch in die Luft, sie würden das Tier nicht einmal foppen, damit es sich bewegt. Manchmal kommt es zu großen Verkehrsstauungen. Mogadischu wurde in den guten alten Zeiten, in den allerersten Zeiten – das hat jedenfalls ein Engländer geschrieben, ich weiß allerdings nicht, ob es wahr ist – von einer Dynastie regiert, die ein Wasserträger begründet hatte.«

»Warum gibt es diese Männer mit ihren Eseln?«
»Man braucht sie.«
»Wie steht's denn mit der Wasserversorgung?«
»Es gibt keine Leitungen, und wenn es welche gibt ...«
»Ja?«
»... dann nur in den bevorzugten Wohngebieten.«
»Wie heißt dieses Viertel?«
»Hodan.«
»Brechts Sezuan.«
»Ja, der Wasserverkäufer.«
»Besteht denn irgendeine Hoffnung, daß man Wasserleitungen legt?«
»Die Hoffnung der Pandora!«
»Das ist die Bar Warder, die man, ich weiß nicht, warum, nach einer kleinen, aber wichtigen Stadt im unter äthiopischer Verwaltung stehenden somalischen Gebiet benannt hat. Anderthalb Millionen Somalis leben unter äthiopischer Herrschaft. Sie werden beraubt, ermordet, ihre Frauen werden vergewaltigt, und politisch haben sie nichts zu sagen. Ja, es stimmt, Nancy, sie haben nichts zu sagen. Und diese Bar Warder, die man nach dieser kleinen Stadt auf den Ebenen Äthiopiens benannt hat, ist so ungefähr die ... äh ... bekannteste Teestube in der Stadt. Sie ist bekannt wegen der ausgezeichneten einheimischen Musik, die sie zur Unterhaltung ihrer Gäste spielen. Niemand trinkt hier mehr als höchstens eine Tasse gewürzten Tee, und die meisten sitzen die ganze Nacht hier und reden gemütlich über die Politik im Mittleren Osten und in Vietnam oder vielmehr über jede politische Panne, die irgendwo auf der Welt passiert. Und das ist ...«
»Was ist dies?«
»Der Palast des Proletariats.«
»Und das Emblem?«
»Das des Proletariats.«
»Interessant.«

»Er ist gerade vor einem Monat fertig geworden.«

»Eindrucksvoll.«

»Und das ist das Teatro Somalia, das hauptsächlich indische Filme zeigt und vor allem Frauen und Kinder anspricht; sie lieben hier indische Filme über alles. Manchmal werden auch koreanische, ostdeutsche oder russische Filme in englischer Synchronisation oder mit englischen und italienischen Untertiteln gezeigt. Insgesamt gibt es, glaube ich, fünfzehn Kinos in der Stadt, und alle zeigen Cowboyfilme oder, wenn es hoch kommt, Streifen von grobschlächtigen Räubern à la Al Capone. Hinter diesem Kino ist das bekannte große Bordell von Mogadischu. Ääh... in Kismayo, Nancy, denken die Menschen liberal, sie sind ein bißchen frivoler und ... ja, sie genießen die kleinen Freuden des Lebens, wenn du weißt, was ich meine. Erinnerst du dich überhaupt, daß ich einmal über Kismayo gesprochen habe? Ja, wundervoll: Du erinnerst dich. Es ist mein Geburtsort. Schade, daß ich dort wahrscheinlich nicht auch begraben werde, aber meinem Gefühl nach werd' ich wohl kaum da sterben. Egal: Jedenfalls war ich vor zwei Monaten in Kismayo, und da war mir der Ort verhaßt. Zuviel ausländischer Einfluß. Die Mädchen sind dort wie in Mogadischu alte Jungfern, bevor sie zwanzig sind, sie rasen geradezu ihrem Untergang entgegen. Und dann wollen sie noch über ihre Erfahrungen berichten, sie machen eine Legende daraus und erzählen sie dem Staub, zu dem sie wieder werden. Die Prostitution in Somalia, liebe Nancy, ist überall: Kleine Dirnen, die noch ihre Milchzähne haben, werden auf Autositzen genommen; man liest die Grünschnäbel kostenlos am Straßenrand auf – alles, was sie kriegen, ist vielleicht eine Packung *Bensel & Hodges* und eine Fahrt im Auto, die die aufgebrachten Nerven beruhigen soll. Gott verfluche uns alle, Amen!!«

»Und der Grund für die Prostitution?«

»Verschiedene Dinge.«

»Was zum Beispiel?«

»Scheidungen, die Unsicherheit des Stadtlebens, Armut, der Wunsch dabeizusein usw. usw.«

»Und auf dem Land?«

»Völlig unbekannt.«

»Und massenhaft Geschlechtskrankheiten, wette ich.«

»Idi Amin, weißt du ... Er hat einmal gesagt: In dieser Zeit sind Geschlechtskrankheiten, das sage ich euch, ein imperialistisches Übel! Wir haben sie von der Regierung Obote geerbt ...«

»Abscheulich!«

»Bist du jetzt müde, Nancy? Warum? Du gehst so, als wärst du müde. Nein? Gut zu hören, das erleichtert mich. Laß uns den Hügel von Hodan hinunter und dann ins Zentrum und über die Alleen gehen, dort ist es ruhig, in dem auf Karten verzeichneten Teil von Mogadischu, kartographisch aufgenommen seit den Tagen, in denen die Italiener das Land wie ein Bordell führten, genaugenommen seit Anfang des zwanzigsten Jahrhunderts, seit 1936, einer Zeit, an die ich mich wegen eines ereignislosen Ereignisses erinnern sollte. Was das für ein Ereignis war? Kümmer dich nicht drum, Nancy. In der Zwischenzeit ... es war das Jahr, in dem ich geboren wurde, Nancy! Vorwärts!

Das Meer schlägt plätschernd gegen die Sanddünen und weiß nicht, wie schön und reizvoll es aussieht; der Einwanderer in Südafrika, Nancy, stürzt sich in das assegailose Land in der Vorstellung, er könne für sich, seine Kinder und Kindeskinder genügend Rands verdienen, um sich ein Stück des Kaffernbesitzes zu kaufen. Der elfenhafte Somali jedoch plappert den alten Arabern die Gebete nach und weiß nicht, daß die im feierlichen Gebet erhobene Hand den Strom der Armut speist und – perpetuiert, sagt man so? – den Strom der Armut, der in den Ozean mündet, der mehr als den vierten Teil der Dritten Welt bedeckt. Vom höchsten Gipfel bis zum niedrigsten Felsen in der Tiefe sind

Hände ausgestreckt oder erhoben: Entweder bitten sie um Almosen von den Überentwickelten oder flehen die überirdischen Mächte, die sie nicht kennen, um Hilfe an. Und, Nancy!! Der Siamese ist ohne seine Katze ...«

»Überentwickelt?«

»Ja, oder überirdisch.«

»Hmmmmmm!«

»Und aus der Jakobsleiter sind die Sprossen von den Würgern der Menschheit gestohlen worden, die Leiter liegt jetzt flach auf dem Boden, unbrauchbar und nicht mehr zu reparieren. Und der Siamese ist ohne seine Katze, der Araber ohne seine Gasse, der Hindu ohne Farbe auf seinem Tempel, und der Afrikaner, der es müde ist, die Trompeten für andere zu blasen, sitzt zusammengekrümmt vor Hunger da, er hat nichts zu essen. Der Mexikaner hat seine Mädchen an den Gringo verloren, der auf dem Rücken seines weißen Pferdes in sein mit einer Lehmmauer umgebenes Dorf geritten ist, und der Brasilianer beobachtet – und freut sich an einem Traum, der niemals Wirklichkeit werden wird –, er beobachtet einen vom Himmel herabhängenden Ball. Der Somali, hier Hauptgegenstand unserer Analyse, zieht es vor, sich mit einer mißbilligenden, geheimnisvollen und sehr zynischen Aussage zufriedenzugeben, die von niemand anderem als dem Übersetzer von Tausendundeiner Nacht und dem Kamasutra von Vatsyana stammt, von Sir Richard Burton, der meinte: ›Die Somalis sind die Iren Afrikas‹.«

»Ich habe immer geglaubt, du wärst Araber.«

»Wir wollen uns doch nicht gegenseitig beleidigen.«

»Schau dir doch die Gesichter dieser Menschen an, ihre Gesichtszüge. Da ist nichts Negroides ...«

»Blödes Weibsstück!«

»Vergib mir, Nancy, denn Vergeben ist eine Schwäche, die seit diesem schwachen Heiligen, wie hieß er doch gleich, seit dem heiligen Franz von Assisi, hoch angeschrieben ist. Gib mir eine Chance, bitte. Und sag jetzt nichts mehr. Wenn es dich nicht stört, werden wir noch einmal auf das zurückkommen, was ich gerade gesagt habe, das heißt, nur, wenn du es nicht zu langweilig oder zu hochgestochen findest. Und außerdem habe ich sowieso vergessen, dir einiges unterwegs zu zeigen, weil ich so in meine eigenen Gedanken versunken bin. Irren . . . wie hieß doch dieser englische Spruch, oder vielmehr dieser lateinische, wie? . . . Irren heißt, um Vergebung bitten, weil die Menschlichkeit sich mit der Göttlichkeit verbindet, wenn man denen vergibt, die eigentlich Bestrafung verdienen. Habe ich recht? Du bist nicht meiner Meinung, Nancy!«

»Wäre es nicht besser zurückzugehen?«

»Warum, Nancy?«

»Zu anstrengend und zu langweilig, das Ganze.«

»Das Gebäude zur Linken ist das Hotel Dabka, das nach einer großen politischen Partei unter dem Vorsitz eines früheren Premierministers von Somalia benannt ist. Vor der Revolution, vor dieser gesegneten Revolution, Nancy, gab es mehr als sechzig politische Parteien in diesem Land der Merkwürdigkeiten. Die meisten von ihnen entstanden, als es zum ersten Mal allgemeine Wahlen gab, und sie hörten auf zu funktionieren, als in der aufgelösten Nationalversammlung die Sitze neu verteilt wurden. Jeder größere Stamm hatte eine nach ihm benannte Partei, jede größere Partei wurde umgekehrt von einem größeren Stamm unterstützt, der sie finanzierte und für sie stimmte. Und jede Partei segelte unter dem Namen von Demokratie und Fortschritt. Einige kleinere, aber einflußreiche Stämme hatten mehrere Parteien. Und dann gab es da die unter dem amerikanischen Schirm der Demokratie lebenden Parteien und diejenigen, die durch Liebe-zu-Befreiungsbewegungen des progressiven russischen Kommunismus inspiriert waren, nicht die zu vergessen natürlich, die sich in dicker Freundschaft an den chinesischen Maoismus anlehnten. Die religiösen Partisanen hatten auf ihren Namen eine oder zwei Parteien laufen: die Brüderschaften Geilani bzw. Saleh.«

»Und die Opposition?«

»War jede Partei mit Ausnahme der Regierungspartei.«

»Welche war das?«

»Die SYL.«

»Und die anderen Parteien verhielten sich wie eigennützige Cliquen?«

»Ja, und wie Propagandamaschinen ausländischer Regierungen.«

»Auf jeden Fall tödlich viele Wahlmöglichkeiten!«

»Und hier wieder zur Linken ist die Teestube Aga-Weine, in der abends genauso wie bei Warder die Klatschbasen der Stadt ihre unsauberen Zungen wetzen und über Nixon und den Fernen Osten, Sadat und den Mittleren Osten und Numeiri und sein, wie manche es nennen, Abschlachten der Intellektuellen schwätzen. Dies, Nancy, sind Gentlemen der Straße. Sie trinken billigen Bandaranaike-Tee, einen bräunlichen Tee, und hören sich Platten an, die es in den normalen Radiosendungen nicht gibt.«

»Und sag mal: Welches ist das wichtigste Massenmedium?«

»Das Radio natürlich.«

»Nicht das Fernsehen?«

»Es gibt kein Fernsehen.«

»Wie langweilig.«

»Die Straßen, die sich hier treffen, die Verkehrskreisel und alle Gärten hier in der Gegend sind Leistungen der Revolutionsregierung. Das großartige Gebäude vor dir, das noch nicht fertiggestellt ist, ist die Volkshalle. Man hat hier kürzlich eine Konferenz abgehalten, Nancy, bei der der Alte Mann sich mit anderen älteren Männern aus Afrika traf. Sie haben dabei ihre Zeit vertrödelt und sich einem Traum hingegeben, aus dem sie, als sie sich vom internationalen Parkett Mogadischus verabschiedeten, sofort wieder aufgewacht sind. Der Bau wird von der italienischen Regierung finanziert, es gibt da einen Vertrag mit der früheren Zivilregierung. Ja, mit Entwicklungshilfegeldern baut man hier, mit technischer Hilfe, wie das so schön genannt wird – mit geistig sehr niedrig motivierter Hilfe, wenn du mich fragst, denn du kannst ja deinem Herrn und Meister nicht sagen, er solle sich um seine eigenen Sachen kümmern und uns bauen lassen, wie wir wollen, wenn er das Geld stellt, oder? Nach dem ursprünglichen Vertrag sollte dies übrigens erst das Gebäude der Nationalversammlung werden. Jetzt wird es eben die Volkshalle. Wenn ich allerdings nur einen Tag lang Präsident wäre, würde ich die Räume der Staatsuniversität von Somalia anbieten, denn die ist sehr schlecht untergebracht. Aber ich bin nun einmal nicht in der Revolutionsregierung. Einige Freunde von mir und ich haben tatsächlich überlegt, ob wir den Behörden nicht etwas dergleichen vorschlagen sollten. Allerdings wollten wir auch vorschlagen, daß die katholische Kathedrale konfisziert wird, denn sie wird das ganze Jahr über weder von den Heiligen noch von den Teufeln der christlichen Gemeinde in Mogadischu benutzt.«

»Eine Kathedrale konfiszieren, Koschin?«

»Was ist eine Kathedrale schon? Wir haben alle Privatschulen verstaatlicht, die, die von den Botschaften, und die, die von Privatpersonen geführt wurden.«

»Ein Gotteshaus!«

»Und was ist eine Universität?«

»Ein Haus des Wissens, denke ich doch.«

»Denkst du?«

»Auf meine katholische Art, ja.«

»Gegenüber der Volkshalle steht, wie du siehst, Nancy, eine Statue für die Märtyrer, für die gefallenen Söhne und Töchter des geliebten Somalia. Das Opfertier ist mit einem starken Seil an der Marmormauer festgebunden und so gestellt, daß es sich nicht bewegen kann. Die Vorderfüße zeigen nach oben, und das Messer mußte es mit dem Beginn der Revolution 1969 treffen: Aber ob die Söhne sich erheben werden und das Tier leiden muß – das müssen wir noch in Erfahrung bringen.

In meinen Augen, Nancy, symbolisiert diese griechisch-römische Statue die somalische Einheit. Merkwürdig!

Ja, das ist Marmor, genauso wie beim Tadsch Mahal, dem teuersten religiösen – oder nicht religiösen? – Bauwerk im ärmsten Land der Welt. Wie hießen doch gleich die Sieben Weltwunder? Das Tadsch Mahal, die Katakomben von Kaf, die Détentestatue in Alexandrien, die Begrüßungsmauer in China, der Schiefe Turm von Pisa, der Porzellanturm von Ho Tschi Min in der Nähe von Havanna und die Hagia Sophia. Zuerst hatte man sich überlegt, dieses Denkmal für die Märtyrer Somalias, La Caduta, als das erste Weltwunder auf dem afrikanischen Kontinent zu bezeichnen. Aber wir müssen der Tatsache Rechnung tragen, daß Somalia bis vor kurzem auf diesem Kontinent gar nicht so viel bedeutet hat. In Afrika gibt es viele Wunder – ganz anders als in Chile und Peru, wo man die Frechheit besitzt, sich gegenseitig den Krieg zu erklären, nur um sich einen wertvollen, aber lästigen Besitz zu sichern. In Afrika ist die Natur das Wunder, vor allem die Flüsse, die jeden Tag größer und länger werden, weil täglich Milliarden von Einheimischen vergossener Tränen in sie hineinfließen. Außer den Einheimischen schneidet jeder andere Grimassen, wenn er dieses Wasser berühren soll, gar nicht zu sprechen davon, daß er es gar trinken sollte. Die Zweige der Bäume in Afrika tanzen nach dem Blues, der an allen vier Ecken der Erde von den Unterdrückten, den Unterprivilegierten und gleichzeitig von den sottosvilupati gesungen wird. Das schwarze Afrika trauert wie eine vergewaltigte Jungfrau, die ihr unerwünschtes Kind trägt und schließlich verliert. Das laute Gelächter Lumumbas hallt im Labyrinth der Zuhörerräume der OAU in Addis Abeba wider, jener Stadt, in der mehr Tränen vergossen worden sind als irgendwo sonst in der Geschichte. Und man kann den Befehl des Seyyid von Schaka und des Mahdi – um nur einige zu nennen – hören: in den leise gemurmelten Stimmen in den UN-Lobbies in New York und Genf: Erhebt Euch von den Toten. Tutti si sono seduti alla mia sinistra!«

»O'Briens Lumumba?«

»Ssesaka Wa Zabanga ...«

»Das und der Löwe von Juda ...«

»Keine Löwen mehr. Mäuler ...«

»Sei nicht gemein!«

»Diese Straße, Nancy, führt zu Radio Mogadischu, das für die Demokratische Republik Somalia Lärm macht. Neben dem Rundfunk ist das Polizeihauptquartier und jener neue Götze von Schule, die unter den Fittichen der Kulturmission der VAR steht. Die Saudis haben übrigens auch eine Schule für religiöse Unterweisung gebaut, weil sie die älteren Scheichs nicht an die Ägypter verlieren wollten. Als die Schulen verstaatlicht wurden, um die somalische Schrift zu fördern, drohten die Araber, sie würden das Land verlassen. Außerdem haben auch die Russen eine Schule gebaut, die zuerst nach dem größten somalischen Krieger, dem Seyyid, benannt und kürzlich in Benadir umgetauft wurde. Die Amerikaner zogen nach und bauten das College of Education. Die Europäische Wirtschaftsgemeinschaft hat in Wardiglei eine phantastische Schule hochgezogen. Aber in keiner dieser Schulen gibt es ein Laboratorium. Und die Lehrer, Nancy, sollten meiner Meinung nach eigentlich noch auf der Schulbank sitzen.

Hast du etwas dagegen, wenn ich mal eine anständige Zigarette rauche? Es bekommt mir nicht, weißt du, wenn ich bei diesem Tempo rauche. Paß auf das Taxi da auf, Nancy. Das sind Wilde, diese Taxifahrer, schlimmer als in Paris. Siebenhundert Taxis gibt es zur Zeit. Sie sind in A- und B-Gruppen eingeteilt. Die Nummernschilder aller Privatwagen haben den Aufdruck Somalia, denn alle Wagen sind in Mogadischu registriert. Insgesamt gibt es sechzehntausend. Die Wagen der Regierung sind mit G.T. gekennzeichnet. Es kostet die Regierung übrigens eine Menge Geld, ihren Dienern diesen Luxus kostenlos zur Verfügung zu stellen. Wenn es in der Stadt Busse gäbe (jetzt laufen nur zwanzig, aber angenommen, es wären hundert), könnte man ein paar hunderttausend hartverdiente Schilling sparen. Einen Angestellten in irgendeinem unwichtigen Büro, den man zweimal am Tag mit dem Dienstwagen fährt, oder die Frau eines höheren Staatsbediensteten, die man jeden Tag mit einem Regierungswagen zum Lebensmittelhändler und dann wieder nach Hause bringt – gibt es so etwas sonst irgendwo auf der Welt?

Zu deiner Linken, Nancy, ist das Hauptquartier der WASP. Sie halten das heilige Buch noch immer fest in Händen. Der Eingeborene besitzt kein Land, denn das hat man anderen Heiden: den italienischen Einwanderern gegeben. Die Mennoniten haben es auf ungefähr zwanzig Konvertiten gebracht, und der Witz an der Sache ist, daß diese ungefähr zwanzig Konvertiten sich ihrem spirituellen Ursprung wieder zuwenden, sobald einmal die Ausbildungskosten bezahlt sind. Und das nicht geprägte Kupfer, das sein Besitzer wegen seines häßlichen Aussehens ablehnt, hat dem Eroberer Münzen beschert, die weiß Gott wertvoller sind als Kuhmist. Unsere Mutter, die du im Himmel furzt, betet der afrikanische Konvertit: Unsere Mutter, die du im Himmel furzt, unseren Anteil an Sperma und Frauen gib uns täglich. Der Vogel verursacht einen Donner über ihren Köpfen, und die Eidechsen und Geckos schreien von allen Seiten, und die Schildkröte hat das Rennen an den Hasen verloren.«

»Wo sollen wir langgehen?«

»Kannst du eine geräuschvolle Gegend vertragen?«

»Heute nicht, nein, warum?«

»Dann gehen wir geradeaus.«

»Gut.«

»Die Religion, das kannst du mir abnehmen, Nancy, basiert auf dem Phänomen der Angst: Angst vor dem Tod, Angst vor dem Jenseits, Angst vor dem Unbekannten. Aber man hat in ihr zuviel Moral, zuviel Philosophie angesiedelt, man hat Gesetzestexte ausgearbeitet statt geistliche Almosen zu geben, an denen die Primitiven sich erfreuen würden. Und zwischen den verschiedenen Religionen gibt es keine scharfe Trennungslinie, sie alle wiederholen und rezitieren dieselbe Note. Ich bin Moslem, sicher, aber ich übe meinen Glauben nicht aus. Die Gebete am frühen Morgen und am Nachmittag, mein Gott! Und warum sind eigentlich alle großen Religionen, alle noch blühenden Glaubensrichtungen im Mittleren Osten und Umgebung entstanden? Das muß ich noch herausbekommen. Vielleicht ist das der besondere Trick asiatischer Kunstfertigkeit? Ich weiß es nicht. Links von dir das Messegelände. Hier haben die ersten überregionalen und wichtigsten internationalen Messen seit der Revolution stattgefunden. Jetzt haben sich die Chinesen, die die Straße von Buroa nach Beletwien bauen, dort niedergelassen. Das neue Messegelände liegt weit draußen am anderen Ende der Stadt. Es ist in zwanzig Tagen fertiggestellt worden.«

»Wie geht das Geschäft? Gibt es irgendwelche Import- oder Exportbeschränkungen?«

»Nein, die gibt es nicht. Ganz im Gegenteil, die Regierung fördert den Handel jetzt. Die Tatsache, daß ausländische Geschäftsleute sich nicht ganz sicher fühlen, ist dabei manchmal hinderlich gewesen, aber der Alte Mann hat mit den wichtigsten ausländischen Vertretern der Wirtschaft gesprochen und ihnen zugesagt, Erleichterungen einzuführen.«

»Mit den Italienern?«

»Und auch den Arabern.«

»Und du bist kein Araber!«

»Geh mir um Himmels willen nicht auf die Nerven.«

»Dazu hast du mir bisher keine Möglichkeit gegeben.«

»Und da unten das Minarett, siehst du es? In der Moschee haben sich in der letzten Woche die Priester zweier Sekten darüber in die Wolle gekriegt, ob sie dem heiligen Abdelcadir Jeilani besonderen Tribut zahlen sollten. Als ich die Geschichte hörte – von wem sie stammt, weiß ich nicht –, mußte ich bei mir denken: ›Dinge, die sich zwei im Vertrauen erzählen, bleiben meist nicht vertraulich.‹

Die Volksschule, an der ich unterrichte, Nancy, heißt jetzt Moallim-Schule nach einem der ersten Erzieher im Süden des Landes. Die Revolutionsregierung hat ihm posthum eine Ehrenmedaille verliehen. Und dies ist das Nationaltheater, das mit Hilfe der Volksrepublik China erbaut worden ist – bisher der einzige größere Beitrag von Volk zu Volk. Vielleicht hat man damit eine Kulturrevolution vorausgenommen oder angekündigt, die wir natürlich dringend brauchen: zum Beispiel die Schwarze Garde, die uns zu einer Wiederbelebung unserer kulturellen Werte aufrütteln soll. Es gibt in Somalia professionelle Theatergruppen, aber ihre Methoden sind antiquiert, sie stehen noch in der Tradition von Sophokles und dem japanischen No-Theater und – mit Einschränkungen – von Duro Lapido. Das Theater faßt dreitausend Menschen, aber manchmal, etwa wenn Baxsan, Mariam Mursal, Hibo, Magol oder die Moge Brothers auftreten, stopft man vier- bis fünftausend Zuschauer hinein. Ich gehe niemals ins Theater, mir geht das auf die Nerven. Außerdem sieht man sowieso nie etwas Originelles. Von Volk zu Volk sagte ich. Als Tschou En-lai 1961 nach Somalia kam, gab er eine sehr harte Erklärung ab: Afrika sei reif für Revolutionen. Und es war wahr: Afrika war reif für Revolutionen.

Ich fühle mich im Innern der Stadt immer sehr glücklich: all dieser Lärm, die vielen schönen und jungen Frauen, die grünen Gulwadayaal mit ihren Kappen und allem und, nicht zu vergessen, die wandernden ›Berge‹. Und sieh dir diese schönen somalischen Frauen an, wie sie unablässig mit ihren ledernen Handtaschen an ihrem schlanken Arm schlenkern, so abwesend und unbeteiligt. Ehrlich, ich fühle mich wie auf Wolken. Die Tropen, wie sie im Buche stehen, wie? Schlank sind sie. Die somalischen Frauen sind sehr schlank, wenn sie unter zwanzig und unverheiratet sind. Aber wie bei den meisten orientalischen Frauen gehen sie nach der Heirat und wenn sie ein oder zwei Kinder bekommen haben enorm auf, sie bekommen einen dicken Hintern, und das überflüssige Fleisch läßt sich nicht verheimlichen trotz der Kleidung, die es eigentlich verhüllen sollte. Ich bin wirklich wie besessen von ihrer Schönheit und komme mir in deiner Begleitung wie ein Narr vor!«

»Oh!«

»Ehrlich!«

»Ich glaub' es dir!«

»Rot, Nancy, halt. Rot, es ist rot, siehst du das nicht? Das ist Xawo Tacco, die erste somalische Märtyrerin. Siehst du den Pfeil, der gerade unter ihren Brüsten hervorsteht? Sie kämpfte in der Dschihad gegen die italienischen Ungläubigen mit und wurde von einem Somali, dessen Sohn jetzt Gouverneur einer Region ist, getroffen. Der Pfeil war vergiftet und hat sie getötet. Bleib stehen, es ist noch rot.«

»Ich bin nicht farbenblind, Koschin!«

»Warum ist der Eidotter gelb?«

»Wie soll ich das wissen?«

»Warum sind die Chinesen und die Inder von allen Völkern der Welt die produktivsten?«

»Woher sollte ich das wissen?«

»Das Grün bei Ampeln und auf Fahnen – was symbolisiert das wohl?«

»Ich weiß es nicht, Koschin. Du tust mir weh, Liebling!«

»Entschuldige, ich bin erregt.«

»Ist schon gut, Liebling.«

»Rot symbolisiert die Periode der Frau, rot ist ein Symbol für ›Familienplanung‹.«

»Und grün?«

»Fruchtbares Land, wenn die Menstruation vorbei ist.«

»Und gelb?«

»Das Flirten mit deinem Wagen statt mit Frauen. Bei Rot wartest du, bei Gelb flirtest du, und bei Grün gehst du rein.«

»Wie schön.«

»Affar-Irood, wo die vier alten Straßen sich treffen, liegt unten an der Straße. Das ist der belebteste Platz mit den Hütten von Lebensmittelhändlern und Schneidern. Einige Hütten hat man abgerissen, die Straße hat sich verändert. Da unten kann man sich wohl fühlen. Denn da ist auch der afrikanische Markt, der dich an viele ähnliche Orte in Afrika erinnert. Und diese andere Straße führt zum Elektrizitätswerk, das vor ungefähr einem Jahr verstaatlicht worden ist. Es gehörte zuerst einem Italiener und ging dann auf dessen somalische Frau über. Aber die Russen, Nancy, haben bei all ihrer politischen Piraterie versprochen, einen Staudamm bei Anoole zu bauen. Jaalle Siyad ist nach Moskau gereist und hat den Vertrag unterschrieben. Ein Staudamm, Nancy, mit Kanälen und einem Wasserkraftwerk, dazu noch landwirtschaftliche Geräte, die zusammen mit der ersten Rate der Entwicklungshilfe eintreffen sollen. Einhundertundsechzig Millionen Schilling insgesamt – für achttausend Hektar Land, die zur Zeit nicht kultiviert werden. Wie Dawn gesagt hat: Die Russen verstehen es, ihr eigenes Lob zu singen. Während die Chinesen, liebe Nancy, ein sehr ehrliches Volk sind. Dieser Staudamm ...«

»Ist er halb so groß wie der in Ägypten?«

»Der Assuan-Staudamm?«

»Heißt er so?«

»Ja.«

»Und ist er so groß?«

»Nicht einmal ein Viertel so groß. Und außerdem haben sie noch nicht einmal mit der Planung begonnen. Die Russen lassen sich genau wie die Amerikaner Zeit.«

»Was für Freunde, diese Russen!«

»Und dies hier ist die chinesische Botschaft in Mogadischu, ihre Flagge mit den roten Sternen und allem Drum und Dran; ein bißchen weiter oben liegt die koreanische Botschaft. Selbst im Grab Nachbarn, Nancy!«

»Romeo und Julia starben aus demselben Grund.«

»Grund, hast du gesagt?«

»Liebe ist ein Grund.«

»Laß uns weitergehen, uns zwei Diener Gottes, die wir sind – auch wenn wir aus verschiedenen Hemisphären stammen, einen unterschiedlichen Glauben und eine verschiedene Hautfarbe haben. Und möge Er sich an dem freuen, den Er sandte, damit er allen Menschen predigte.«

»Amen!!«

»Geschäftsstraßen, Nancy, stören mich selten. Im Gegenteil, sie faszinieren mich. Jeder kommt daher, als hätte er es sehr eilig und müßte gegen den Strom der Zeit kämpfen. Ja, Nancy, dies ist das Hotel Scebelle. Es ist das einzige Hotel im Land, das zur Zeit funktioniert, seit sein Ebenbild, das Hotel Giuba, vor zwei Jahren bis auf die Grundmauern herabgebrannt ist. Das Hotel Scebelle hat seinen Namen von einem Fluß und ist jetzt wirklich eine Ausnahmeerscheinung in einem sonst hotellosen Land. Man glaubt, daß das Giuba von Saboteuren angesteckt worden ist. Es ist jetzt wieder aufgebaut und umbenannt und dreimal eröffnet worden: das erste Mal von Jaalle Siyad, dann vom Präsidenten der Arabischen Emirate und dann noch einmal vor kurzem von Siyad. Giuba ist mit der ›Intelligenz eines Eingeborenen‹, eines Ingenieurs von hier, wieder aufgebaut worden und hat sicherlich mehr als nötig gekostet, denn dieser Ingenieur besaß nicht die Erfahrung für den Bau eines solchen Hotels. Aber gut ist, daß er es geschafft hat. Das Giuba hat jetzt fünf Sterne, das einzige 5-Sterne-Hotel in dieser Republik, ach du lieber, lieber Gott! Aber ich könnte weinen, weil ich mich schäme, Nancy, wenn ich die Kellnerinnen und Verwalter des Scebelle sehe, wie sie wie Vögel im Kreis herumschwirren, um ihre Gäste zufriedenzustellen. Der verzweifelte Kampf der schlechten Verwaltung durchdringt selbst meinen Panzer von Gleichgültigkeit. Die Kellnerinnen betrügen dich um deine kostbare Zeit und lassen dich stundenlang auf jedes Gericht warten. Du kannst sie beobachten, wie sie graziös kommen und gehen, als ob sie übten, mit verbundenen Augen auf einem Rasiermesser zu balancieren, das über ein Tal gelegt ist.«

»Gibt es keinen Tourismus?«

»Sie haben gerade im ganzen Land eine Kampagne gestartet, um ihn zu fördern.«

»Gibt es Touristen aus dem Osten?«

»Die haben ja noch nicht einmal genug Zaster, um sich ihre Bäuche zu füllen, oder?«

»Sei nicht so häßlich!«

»Dies ist die vernünftigste Regierung, die Somalia je gehabt hat. Es kommt sicherlich zur Entspannung. Sie kümmern sich tatsächlich um viele Dinge.«

»Devisen können sehr nützlich sein, weißt du!!«

»Das rote Gebäude, Nancy, ist die aufgelöste Nationalversammlung, in der zu Zeiten des Parlaments mehr als einhundert Abgeordnete dieses vergewaltigten Landes saßen. Unter der schweren Bürde ihrer Mißwirtschaft verfiel das ganze Land, und ob du es glaubst oder nicht, die Stadt Mogadischu war während ihrer Regierungszeit wirtschaftlich, politisch und sozial einige Zentimeter unter den Meeresspiegel gefallen.«

»Wo sind diese Abgeordneten und die Kabinettsmitglieder jetzt?«

»Im Gefängnis.«

»Sind die Gefängnisse voll?«

»Ziemlich: Da sind die, die Regierungsmittel veruntreut haben, das ganze frühere Kabinett und die Teilnehmer an einem Gegencoup Anfang vorigen Jahres. Einige dieser Teilnehmer ist man losgeworden.«

»Man hat sie getötet?«

»Ja.«

»Entsetzlich – diese Maschinerie der Macht.«

»Ja.«

»Gott segne die Hinterbliebenen, Amen!«

»Das Minarett, da drüben ist das Minarett des Milite Ignoto, das Denkmal für den Unbekannten Soldaten, das den Stern als Symbol für die Befreiung Somalias trägt – einen Stern, der trotzig und unbefugt ins Reich des Himmels eindringt. Dieses Denkmal, Nancy, wurde vor einigen Jahren aus Sammlungen unter der somalischen Bevölkerung und Regierungsangestellten finanziert, mit dem Geld der Reichen und der Armen. Es steht für die Einheit der somalischen Nation.«

»Kann ich hingehen und es anfassen?«

»Ein andermal, ja?«

»Nun gut.«

»Da ist die Buchhandlung Neues Afrika. Bücher sind hier sehr teuer, es wird eine Steuer auf sie erhoben. Für Medikamente dagegen bezahlt man nur eine geringe Gebühr. Aber trotzdem sind auch diese nicht billig. Gleich hinter der Buchhandlung war früher die Boutique Surer, in der eine junge Frau gleichen Namens zusammen mit einer Freundin, die ich auch kenne, alte und moderne einheimische Geschicklichkeitsspiele verkauft hat, Handarbeiten von Eingeborenen, die eigentlich zeitlos sind. Jetzt hat die Sonderabteilung der Polizei sie für geschlossen erklärt. Sie verkauften hier auch Kopfstützen, alle möglichen Masken, die verschiedensten Holzschnitzereien und außerdem schöne neue Bücher italienischer Verlage. Teuer waren sie, ja, besonders für Ausländer. Sie haben auch eigene modische Kleider entworfen, diese zwei Frauen. Heute kannst du statt hier in der Boutique des Handelsministeriums einkaufen, die nicht weit von der amerikanischen Botschaft entfernt liegt.«

»Wirst du da einmal mit mir hingehen?«

»Sicher, das verspreche ich dir. Ich glaube, ich sollte erwähnen, daß es zwar über hundert Apotheken gibt, daß man die Buchhandlungen aber an den Fingern einer Hand abzählen kann. Eine kranke Gesellschaft ist das, sage ich dir, die viel eher Antibiotika schluckt, als daß sie sich für etwas interessiert, das ein bißchen geistige Anstrengung erfordert. Wir strampeln uns so ab, gewappnet mit verfälschten Wahrheiten, wir fälschen alles, selbst die Zeit, und trotzdem ist der Maßstab, an dem wir unsere Fähigkeiten messen, die angeborene Intelligenz des Somali – voilà! Wir behaupten, daß wir intelligenter sind als die anderen und daß die Kolonialherren sich vor unserer Schlauheit gefürchtet haben. Wir sind stattlicher, fleißiger und intelligenter als jedes andere Volk. Das Etikett Afrikas ist das Gefühl, das Somalias jedoch die hohe Intelligenz. Was ist das für eine kranke Gesellschaft, die ihre Ansehnlichkeit in einer Schattenspiegelung im Wasser eines nicht existierenden Flusses sieht! Das ist jedenfalls meine Meinung!

Das ist die Casa d'Italia – der Abfallbehälter einer entglorifizierten Idee. Sie steht fast exklusiv den Italienern zur Verfügung, dazwischen findest du ein paar Zebrastreifen in Form von Prostituierten und Mulatten. Die ehemaligen Mussolinianhänger haben es natürlich nicht gerade verboten, daß Einheimische sich um die Mitgliedschaft in diesem Club bewerben, aber die Diskriminierung hat ihre eigenen Feinheiten – will sagen: wirtschaftliche Apartheid. Der Mitgliedsbeitrag ist enorm hoch, die Aufnahmegebühr unverschämt. Die Italiener pflegen hier ihre physischen Qualen und entspannen sich, und die Unmenschlichkeit ihrer Exklusivität ist gerechtfertigt durch ihre Abgeschiedenheit, ihre Distanz zu den gespitzten Ohren der Einheimischen. Italienische Bauern, die dieselbe Farbe haben wie wir, überwintern hier einträchtig mit ihren Landsleuten aus der Botschaft und vom technischen Hilfsprogramm. Und anstelle des vertriebenen amerikanischen Friedenscorps haben wir jetzt italienischen Ersatz: Halbnackte, mit langen Haaren wie die Hippies, Jazzfans mit Dandygehabe, die den amerikanischen Bastarden in keiner Weise überlegen sind. Ich frage mich, ob wir uns noch weiter mit einem so niederen Niveau identifizieren sollen.«

»Habt ihr keine freiwilligen Entwicklungshelfer?«

»Was meinst du?«

»Ach, erzähl nur weiter.«

»Das da drüben, siehst du?, ist ein Dachgarten, der in gewisser Weise ein Anbau der Casa d'Italia ist. Er wird von der Signora Azan geführt, die auch die Eigentümerin ist. Meiner Meinung nach ist sie eine charmant aussehende Frau in der Blüte ihrer Jahre, aber leider hat sie ein schändliches Benehmen in ihrem Umgang mit den Somalis. Ich glaube, das hängt irgendwie mit den Vorfahren ihres verstorbenen Vaters zusammen. Da ist so etwas an ihr, das ... Paß auf, ein Taxi, Nancy! Gut.«

»Wieviele Italiener leben hier ungefähr?«

»Ungefähr dreitausendfünfhundert.«

»Und wieviele davon haben die somalische Staatsangehörigkeit?«

»Verschwindend wenige.«

»Kein Wunder.«

»Das ist die Staatsuniversität von Somalia mit insgesamt fünf Fakultäten. Dazu gehören die Hochschule für Landwirtschaft und die Pädagogische Hochschule bei Afgoi, einer Stadt, die sechsundzwanzig Kilometer entfernt liegt. Es ist eine Universität, die an ihrem Todestag ihre ersten Abschlußgrade verlieh, vier Doktortitel, was in gewisser Weise in der akademischen Geschichte einmalig ist. Vier Doktortitel, kein Bachelor, keine Mistress, kein Master – im italienischen Bereich der Universalbildung mißtraut man diesem angelsächsischen Phänomen der Titelzersplitterung. Das war Anfang 1970, und der Alte Mann verlieh selbst die Titel an die Gewinner im akademischen Hürdenlauf, an dieses Nationalprodukt, das direkt auf diesem höchst wertvollen Lehmboden groß geworden ist, ohne Einfluß von außerhalb, es sei denn ein eingebildeter – ich war richtig glücklich. Aber die erste größere Erschütterung meines absoluten Glaubens an die Bildungsziele dieses Landes erlebte ich dann, als man beschloß, ganz plötzlich beschloß, übrigens, daß ... äh ... die weitere Ausbildung von Jungakademikern im Ausland gestrichen werden sollte. Mein Gott! Eine Tageszeitung in Uganda, in Amins Uganda – dieser Askarihäuptling! –, schrieb, man brauche nicht noch mehr Weiterbildung in Somalia. Aber das ist nicht der Punkt. Vielmehr ist es so, daß wir niemals in der Lage sein werden, das Land allein zu führen, wenn wir nicht offener werden, wenn wir nicht immer wieder nach Neuem suchen, wenn wir nicht, wie der Prophet sagte, bis nach China gehen. Wir müssen unsere Arbeitskräfte richtig verteilen, müssen mehr Technik ins Land bringen. Na, auf jeden Fall ist dies die Universität. Entschuldige, wenn ich gereizt bin, es hat nichts mit dir zu tun.«

»In welcher Sprache wird unterrichtet?«

»Italienisch. Die Dozenten wandern hin und her zwischen der Universität Padua in Italien und hier wie Versuchskaninchen in einem Irrgarten. Ganze vier Monate bleiben sie hier, was für sie eigentlich nur Ferien in Afrika bedeutet.«

»Viele?«

»Sechzehn.«

»Und wie steht es mit der Bezahlung?«

»Fünf Millionen Schilling kosten diese sechzehn Professoren, warum nenne ich sie eigentlich Professoren? Nur vier Monate, sechzehn Mann, und sie haben niemals mehr als eine Vorlesung pro Tag.«

»Nun ...«

»Eine völlig falsch angelegte Universität, wenn du mich fragst.«

»Sie verleihen akademische Grade?«

»Ja.«

»Das ist doch wenigstens etwas!«

»Dies, Nancy, ist Cinema Missione, das der katholischen Mission unter Leitung des Vatikan gehört. Die Mission ist eine religiöse Expansionsbewegung. Für diese ganzen Häuser in diesem Gebiet brauchen keine Steuern bezahlt zu werden, denn man sollte nie die ausgestreckten Finger Gottes abbeißen – auch wenn dieser Gott katholisch eingestellt ist. Ihre Geschäfte, die von Schuhfabriken bis zu Druckereien und Buchbindereien reichen, gehen glänzend, und auch dafür brauchen sie keine Steuern zu zahlen. Statt dessen kriegen sie aus irgendwelchen Gründen noch Subventionen vom Staat – für Schulen und ähnliches.«

»Ist das die Kathedrale?«

»Ja.«

»Sehr schön.«

»Der Utilitarismus ist die Euphonie ihrer Philosophie, wenn du weißt, was ich meine. Denn die Patres und Schwestern halten ihre Siesta zusammen mit denen, die dem Verhungern entgangen sind und auf der Schwelle zur Kirche gefunden wurden, und die Kinder, denen das Elend im Gesicht geschrieben steht, erregen die Freundlichkeit dieser Katholiken in Anführungszeichen, und am Ende betritt Julius Caesar Rom.«

»Eine religiöse Expansionsbewegung hast du die Mission genannt?«

»Ist daran etwas falsch?«

»Alles.«

»Wieso?«

»Siehst du denn nicht diesen Dom: eine Kirche, die für alle zugänglich ist, die Atmosphäre von Ehrfurcht und Heiligkeit um sie herum, selbst die Stille, die Ruhe eines Gotteshauses? Die Stille zwischen zwei Glockenschlägen: Das ist die Essenz des Segens oder der Verdammung für die Menschen.«

»Sehr irdisch und unpersönlich sind diese Glockenschläge. Der Gebetsruf, dieser Ruf, der so voll alle Sinneswahrnehmungen zum Ausdruck bringt, dieser Ruf eines Menschen, der Menschen zum Gebet aufruft: der bedeutet für mich ganz konkret einen Segen. Diesem Ruf geht eine Säuberung voran, die Bereitschaft des menschlichen Körpers geht Heiligkeit und Frömmigkeit voraus, und das Klagen prophezeit, daß die Seele sich in Sein Reich erhebt.«

»Es ist eine Frage der Erziehung!«

»Nein.«

»Der richtigen Erziehung.«

»Kein Zweifel, wenn du so willst.«

»Croce del Sud, das Hotel Kreuz des Südens – es ist bekannt dafür, daß es die Neigungen der italienischen Kolonialherren dem Land tief eingeprägt hat. Man erhielt hundert Peitschenhiebe, als ob man einen Ehebruch begangen hätte, wenn man während der italienischen Herrschaft auch nur den Fuß auf die Terrasse des Hotels setzte, die damals mit Kopfsteinen gepflastert war. Ging man hinein, war das wie die Sünde gegen einen Gott, Dio mio! Dann mußte man das Giftkraut der Herren essen und hat das Tageslicht niemals mehr gesehen.«

»Furchtbar!«

»Ja.«

»Selbst während der Treuhandverwaltung?«

»Die Macht lag in italienischen Händen, mußt du bedenken.«

»Das hatte ich vergessen.«

»Fiscio Goberno, eine Verballhornung des somalischen Wortes, der Regierungspalast hier zu deiner Linken. Verschiedene Ministerien sind jetzt aus dem Gebäude ausgezogen. Einige sind am Stadtrand untergebracht, einige in gemieteten Etagen in der Innenstadt. Insgesamt haben wir siebzehn Ministerien, das heißt, das bisher größte Kabinett in der Geschichte Somalias. Meiner Meinung nach hat man es vergrößert, um bestimmten Leuten entgegenzukommen und sie unterzubringen. Das ist dem Alten Mann, dessen Maßnahmen ich fast immer respektiere, ganz unähnlich.«

»Irgendein politisches Manöver?«

»Sicher, aber unwirtschaftlich.«

»Tja, die Politik!«

»Jetzt kommen wir ins Hamar Weine, drüben gegenüber ist die ehemalige Farmacia Coloniale. Hamar Weine, das große Hamar – Hamar ist übrigens auch der einheimische Name für Mogadischu. Dies ist das Geschäftszentrum der Stadt. Man spürt den orientalischen Einfluß, all dieser Lärm wie in einem Sklavenbasar im Mittleren Osten, die enge, einspurige Straße, die sich von einem Ende zum anderen durch die ganzen Feilschenden hindurchwindet. Vielleicht entsteht dieser orientalische Eindruck durch den Lärm der feilschenden Ägypter, die Meister sind in der Kunst des Handelns und gewöhnlich alles auf ihre Weise regeln. Und sieh nur diese Ansammlung von Frauen aus dem Norden, in ihren leichten Kleidern, sieh nur, dort! Sollen wir nach rechts oder nach links gehen?«

»Das ist mir gleich.«

»Atme erst einmal tief durch.«

»Laß uns nach rechts gehen.«

»Die Kleider dieser Frauen aus dem Norden sind so durchsichtig wie Fensterscheiben, und sie klatschen gerade über den Sohn von Soundso . . ., die Kleider reichen ihnen bis über ihre schmalen Fesseln – diese Frauen reinigen kostenlos die Straßen, um die sich die Stadtverwaltung nicht kümmert. In den kleinen Läden, die vollgestopft sind mit Kleidern, werden auf den Tischen Saris ausgebreitet, die Frauen befühlen den Stoff, untersuchen die Machart, und nach einigem Handeln sagt die Kundin dann: Soundso viel gebe ich Ihnen dafür. Und der Ladenbesitzer: Nein, das hat mich ja sogar schon mehr gekostet, Sie müssen noch etwas drauflegen, nur für Sie mach' ich es schon billiger. Und dann tun die Scheren ihr Werk, Stoff wird nach Yards oder Metern geschnitten, und man kann sich amüsieren, wenn man die vibrierenden, unterwürfigen und theatralischen Stimmen der Banianenkaufleute oder der ursprünglich aus Hodeida stammenden Araber argumentieren und dreimal auf alles, was ihnen heilig ist, schwören hört – daß sie bei dem Verkauf ihrer unvergleichlichen Waren zu einem so niedrigen Preis einen Verlust gemacht hätten; denn einen von der Regierung festgesetzten Preis gibt es nicht. Man bekommt auch keine Quittung, alles wird mündlich erledigt. Wir sind eine auf das Sprechen fixierte Gesellschaft, und man muß dem arabischen, italienischen oder Banianenkaufmann einfach vertrauen oder aber sein Geschick in die Hände des Allmächtigen legen. Ein oder zwei Läden weiter kaut gewöhnlich ein Pakistani sein Betel und versucht dich mit allen möglichen Ritualen dazu zu bringen, seine absolut erstklassigen, von Allah gesegneten Waren zu kaufen. Und gewöhnlich erklärt er noch, als gebe er eine eidesstattliche Erklärung ab, daß dieselben Artikel dich in Karatschi und Lahore das Zehnfache kosten würden.«

»Der Ladenbesitzer dort winkt mir zu.«

»Möchtest du hingehen?«

»Ich hab' nichts dagegen.«

»Also gut.«

»Was ist dies?«

»Eine Kopfstütze, eine Kopfstütze aus Holz. Gefällt sie dir?«

»Wieviel kostet sie? Frag ihn bitte.«

»Waa meeqa waryaa?«

»Madaam, Shillings zwanzig, billig, Madaam!«

»Anigaa kula hadlay!« sagt Koschin ärgerlich zu dem Mann.

»Gaasha ayaa iga iibsanysa. Iidaa aan dhecee!«

»Was meint er?«

»Nicht zu verkaufen. Er hat seine Meinung geändert.«

»Da gehen die russischen Bauern, unsere einzigen Entwicklungshelfer in diesen Jahren der Not, Fanole bauen sie und all das. Freunde des Volkes nennen sie sich, diese Vertreter ihres Volkes. Hier hat der Russe, der Ruski, zum ersten Mal Gelegenheit, amerikanische und italienische Erzeugnisse zu kaufen, und das noch in Gesellschaft von Kollegen, die ihm beim Aussuchen und Verhandeln helfen. Die Ruskis tauchen nur in Scharen auf wie die Kuhreiher, habe ich nicht recht? Es sind immer zumindest drei. Vielleicht heißt ihr erstes Gebot außerhalb der Sowjetunion: Geh niemals irgendwo ohne mindestens zwei Begleiter aus. Ja, all dies gibt natürlich der Innenstadt ihre Atmosphäre; ich finde sie sehr sympathisch und lebendig.«

»Was machen die Russen hier?«

»Angeborene westliche Neugier, wie?«

»Du hast meine Frage nicht beantwortet.«

»Technische Hilfe.«

»Militärexperten?«

»Nicht alle. Einige arbeiten hier als Lehrer, einige als Ärzte, einige sind natürlich militärische Experten, und einige beraten uns auch in anderen Dingen.«

»Sind es viele?«

»Ziemlich viele.«

»Wie viele ungefähr?«

»Du bist ja ein Spion.«

»Daß ich nicht lache!«

»Da, Nancy, schau da: Siehst du den Mann? Dieser hellhäutige Mann mit dem krausen Haar, siehst du den? Der ist typisch für die Ägypter mit ihren ewig schwangeren Frauen und ihrer Schar von Gören, die sich den ganzen Tag über die Straße hinweg wegen einer caramella anschreien und was sie kostet. Diese Ägypter empfangen die Einheimischen gern in ihren pseudo-eleganten, besseren Wohngebieten im Namen Allahs und des Rassul zu einer Tasse nicht bereiteten Tees. Tafaddal, tafaddal, ishrah shaayi macaay warnabi!

Die Geschäfte sind in letzter Zeit ganz sicherlich zurückgegangen. Der ausbleibende Monsun hat unsere Tierbestände wahllos dezimiert, und der Export von Vieh mußte eingeschränkt werden. Die Dürre hat Mißernten mit sich gebracht und Menschenleben gefordert. Aber die Revolutionsregierung, und ich bin stolz, daß ich das sagen kann, hat nicht vor, vor den großen Tieren, wie England, einen Fußfall zu machen und zu betteln. Achttausend Schilling haben wir während der Hungersnot 1969 zur Unterstützung bekommen – von einem Land, einem industrialisierten Land wie Westdeutschland, achttausend Schilling, stell dir das vor! Als Regierungshilfe für ein anderes Land, achttausend Schilling von dem Präsidenten einer Regierung an den Präsidenten einer anderen Regierung, mein Gott! Eine Schande war das für diese Schinder. Und die Amerikaner und die Westdeutschen, daß heißt die beiden Regierungen, haben als Repräsentanten des westlichen Blocks ihre technische Hilfe für die Demokratische Republik Somalia wegen einer solch kleinen Sache eingestellt, daß ich es dir kaum erklären kann: Es war die Tatsache, daß Schiffe mit der somalischen Flagge in einem Hafen irgendwo in Nordvietnam oder in der Nähe vor Anker gegangen waren.«

»Aus welchem Grund, sagst du?«

»Schiffe mit der somalischen Flagge waren in einem Hafen in Nordvietnam vor Anker gegangen.«

»Somalische Schiffe?«

»Kleine Schiffe, wir besitzen nur kleine Schiffe und nur ein oder zwei große.«

»Ja, und?«

»Ein hier in der Demokratischen Republik Somalia registriertes Schiff war dort vor Anker gegangen.«

»Wem gehörte es? Das interessiert mich.«

»Einem Italiener, glaube ich.«

»Dann sind das Idioten.«

»Alle Politiker sind Idioten, wußtest du das nicht?«

»Ich weiß.«

»Staatsoberhäupter benehmen sich wie kleine Kinder und streiten sich um Puppen und erzählen Lügen über die anderen. Schau dir nur Indira Gandhi und Khan an!«

»Es sind Narren.«

»Super-Cinema und Ben Quer, noch mehr Araber und noch mehr Inder und Pakistani. Hier geht es zur Via Roma, einer SDU-Straße. Der Eingeborene lebt am Rand des Hungertods, ganz sicherlich. Die Büchse der Pandora hat sich geöffnet und geschlossen, bevor er kam, und jetzt überquert er tausend Flüsse – und nur, um sich dann vielleicht am Ufer eines trockenen Grabens wiederzufinden, wo er bis an sein Lebensende in Aussichtslosigkeit dahinvegetieren kann, in der Hoffnung, daß der Allmächtige, der Wunder bewirken kann, ihn irgendwie noch zu Reichtum kommen lassen wird.«

»Und was bist du?«

»Ich bin ein ungeborenes Küken, das noch in der Hülle der Zeit geformt wird, das dort gefangengehalten wird und nicht bereit ist auszuschlüpfen, um gestärkt, bebrütet und zum Leben gebracht zu werden. Kulturell bin ich ein Skokiaan, eine Mischung ganz eigener Art, weder hier noch dort zugehörig. Das schlimmste aber ist, Nancy, daß ich feststellen muß, daß ich ein Fuchs bin, der Fuchs, der, wie es bei den Somalis heißt, seinen edlen Gang verloren hat, weil er den des Propheten imitierte.«

»Über wen lachen diese Frauen?«

»Über dich, Nancy. Diese weiße Person ist eine Mißbildung, denken diese Frauen. Ein Geist der lebenden Toten wie die Toten, die mich verfolgen. Man . . .«

»Welche?«

»Ja, zuerst der von Martin Luther King, diesem ungeschulten, unwissenden Jünger eines verstorbenen, fast nackten, nicht weisen Hindus, der einen Luther-Gandhi-Traum geträumt hat, mit dem mißbrauchten Buch neben seinem Bett. Er träumte, verkalkulierte sich, mißverstand, dieser arme Kerl, dieser arme Seelenmärtyrer. Er hat nicht bedacht, daß die Amerikaner keinen Nigger, Aufrührer und Schlagzeilenmacher dulden würden und könnten. Dr. King hat übersehen, daß die Amerikaner nicht sehr anständig erzogen worden sind, und er wurde schließlich von der Laune einer Krankheit überlistet, die ich Amerika nennen würde! Und der Traum träumte einen schrecklichen Traum, von Verdammung und Tod, vom Niedergang eines wasserkraftgetriebenen schweinischen Staatswesens. Die Kugel löschte ihn aus, und sein Tod ging eine Ehe mit seinem Traum ein.«

»Martin Luther.«

»Malcolm Little, der zur Zeit als Überbleibsel an einem lichtlosen Ort ungefähr zwanzigtausend Grad unter dem Gefrierpunkt liegt, ohne Beine, ohne Lungen, ohne Knochen, ohne den Allmächtigen! Die Totenglocke hat ihn gerufen, die Trommel war fein still, damit kein Mißklang entstünde. Der Teich war ausgetrocknet, ohne Fische, ohne jegliches Getier lag er da, schäbig und seicht. ›Du guter Gott‹, quakte danach die Kröte, die sich nicht mehr verstecken konnte, nur das, ängstlich und einsam. Sie schrie trunken und fluchte und zischte: ›Weiter ist da nichts mehr, um den Tod Malcom Littles zu betrauern.‹«

»Hör auf! Hör doch auf!«

»Vor Malcolm, vor Martin, vor allen, die einen Tag nach

ihrem programmierten, vorgeschriebenen und kalkulierten Tod starben, gab es Fanon, Frantz Fanon – was für ein untypischer französischer Name. Seine Mitkämpfer, seine Patienten in der Wüste nannten ihn einen Nigger, dem der khubuz von derselben butterlosen mayida versagt wurde. Aber sie trugen die Leiche, seine Leiche, auf ihren Rücken meilenweit über Grenzen, er wurde sorgsam zu seinem Ruheplatz, seinem Gottesacker getragen. ›Der Bursche hat schließlich doch seine Lungen kaputtgeraucht, mon cher‹, wurden Sartre und de Beauvoir, GmbH, die Autoritäten für die Unglücklichen, zitiert, aber nicht befragt. Zitatende, ja!«

»Was hat Sartre?«

»Christopher Okigbo schien unzufrieden mit der Zeitlosigkeit und durchlief Runde für Runde die achtfache Bahn, dann hatte er den militärischen Rang eines Majors in einem Sezessionskrieg und wandelte sich vom Künstler zum Bauern – das ist Mazruis Versuchung im Hochland. Von der Initiation über die Himmelspforte, über Palmweinflaschen, ein Heimfinden und die Göttin Isis ging er hemmungslos seinen Weg zur Selbstverwirklichung. Neunzehnhundertsiebenundsechzig wanderte seine unterernährte Seele ins Nirwana: Ein Pistolenschuß, der eigentlich einen Feind treffen sollte, traf ihn; was für einen Feind, frage ich mich nur?«

»Von dem letzten habe ich nie gehört, Koschin.«

»Vier Tote . . . du hast also nie von ihm gehört, na, macht nichts . . . vier Tote, die vielleicht nicht einmalig dastehen. Aber ich zitiere den Chassidismus ihres satti, das Charisma von Martin, Tod in Memphis, getötet von einem Kaffern, einem Katholiken; und den Islamismus von Malcolm, raximahullah, und seinen Besuch des Heiligen Steins von Mekka, ein dunkler Fleck in einer sandigen Umgebung; und den Märtyrer von den Antillen, ein Opfermahl, ein spirituelles Geschenk von den Völkern Westindiens an ihre

Brüder jenseits der Inseln, ein Mann, der zum Heilen berufen war und der diesen Beruf aufgab, um zu jagen, und der beinahe den Dschihad gewann; und den Tod Okigbos, der sich mit einem noch nicht geschriebenen Gedicht trug, dessen Entwurf man in Anwesenheit seines persönlichen Chi vortragen konnte.«

»Psychotherapie und Psychoanalyse haben in ihrer Vernichtung nach Lösungen gesucht, Koschin, nicht Menschen.«

»Ja, Nancy, Vernichtung durch die Assegai des Teufels und sogleich in eine kalte Zelle. Viecherei das!«

»Und was war das Gemeinsame an ihnen?«

»Fürsprecher ihrer Völker, das waren sie, und interessierten sich für die Religionen und Völker des Ostens. In gewisser Weise waren sie Philosophen. King wurde schachmatt gesetzt, Christus erneut gekreuzigt, Fanon erschöpfte seine Lungen und sein Gehirn, und Malcolm, last but not least, bereute seine Jugendsünden in Harlem! In gewisser Weise Philosophen, der Osten hat dem Westen nachgegeben, und der Revolver hat die Macht des Gebets überwunden. Sie suchten alle Schlüsselantworten auf weltbewegende Fragen: Gedanken, die sie zum Schluß erstickten.«

»In gewisser Weise Philosophen, das stimmt.«

»Mein Gott! Ich frage mich, ob wir die Behörden nicht um eine Zuhörerschaft bitten sollten, die es in der ganzen Geschichte der Menschheit noch nicht gegeben hat. Eine besondere Bitte, die man uns vielleicht zu einem bestimmten Zeitpunkt in der Einsamkeit einer Stunde zugesteht, wenn die Ohren gespitzt und die Worte vernehmbar sind, meine Liebe! Eine Arbeit, ein Brief von uns allen, die wir das Mißverständnis überlebt haben, und ich frage mich, nein, jetzt lass' ich mal meine Gedanken schweifen, ... LEBEND GESUCHT, DIE FEHLENDEN, mit großem F, die Fehlenden, ich wiederhole, siehst du, du mußt die Ironie darin erkennen, EINE BELOHNUNG, DIE EINHUN-

DERT, einhundert unterstrichen, und dann groß: DIE EINHUNDERT MAL IHREM, Possessivpronomen, dritte Person Plural, denk an die Grammatik, Mensch! Ich wiederhole: Ein Versprechen, das dem Kopfjäger etwas anbietet, eine BELOHNUNG, groß geschrieben, Pro-Kopf-Einkommen, die Belohnung, meine Liebe! Der Sattel für den Kopfjäger wird gestellt, das Pferd ebenfalls, der Jäger soll ausgezeichnet sein, ein Schlächter ersten Rangs, kein um Lohn Gedungener, merk dir das, ohne Makel: LEBEND GESUCHT, DIE FEHLENDEN, EINE BELOHNUNG, DIE EINHUNDERT MAL DEM WERT IHRES LEBENS ENTSPRICHT, in bar! Angela und Eldrigde gehören natürlich zu dem Geschäft dazu.«

»Warum Angela, sie ist befreit worden.«

»Warum nicht?«

»Warum nicht? Du hast recht.«

»Geh ein bißchen zu, Nancy, es hat angefangen zu nieseln. Aber schließlich ist es egal, ob man durch den Regen geht oder läuft: Gehst du langsam, dann bist du länger dem Regen ausgesetzt, läufst du, dann bekommst du mehr Tropfen ab. Donner, kannst du hören, daß es donnert? Eine Antwort auf Afrikas Aufschrei zum Himmel aus den unterirdischen Tiefen der menschlichen Agonie. Die Drohung heißt: Reiß die brutalen Seiten der Geschichte heraus, sonst . . . ? Geh bitte ein bißchen schneller, Nancy. Wirst du sehr naß? Kein Baum, auch sonst kein Schutz. Diese Straße ist von der Stadtverwaltung von Mogadischu gerade neu geteert worden – eins der erfolgreichen Projekte.«

»Es hört auf.«

»Und die Sonne geht unter.«

»Ja, es ist nicht mehr so hell.«

»Ich mag die Dämmerung.«

»Die Regenbogenfarben und die Farben in der Abenddämmerung. Sollen wir zurückgehen, Koschin?«

»Auf jeden Fall.«

»Außer du willst mir noch etwas Interessantes zeigen.«

»Wir gehen zurück.«

»Ja, Liebling.«

»Das Opfertier, das im Ausgleich für zwölf Stunden harter Arbeit, die es mit Erfolg verrichtet hat, am Abend für die Sonne geschlachtet wird, zeigt sich in der Erscheinung des Zwielichts am westlichen Himmel. Ob es nur ein Teil eines Tieres ist, das man der Sonne opfert, zum Beispiel ein Teil des Stieres, auf dessen Hörnern die Welt ruht, oder ob es ein Ungläubiger ist, den man köpft – das weiß ich nicht. Denn ein Schatten verschwindet oder nimmt ab, je nachdem sich sein Besitzer verhält, meinst du nicht? Die Sonne ruht sich während der Nacht aus, und die Aufgabe, der Erde Licht zu geben, geht auf den Mond über, den faulsten, am wenigsten untertänigen und am wenigsten entwickelten Körper im Sonnensystem. Der Mond ist stolz auf seinen Hiatus in frühester Kindheit, denn das rechtfertigt, daß er früh verschwindet, und um seine Unterordnung auszugleichen, muß der Mond Tag und Nacht herumirren, als wäre er auf der Suche nach seinem ihm fehlenden Teil. Ich glaube, das Opfer Christi, das Kernstück des Christentums erklärt, warum die Jahre nach der Sonne gezählt werden, denn sie ist der einzige unter den Himmelskörpern, dem man täglich ein Tier opfert. Die Moslems vertrauen auf den Mond. Man wird leicht müde, und wenn du müde sein solltest, Nancy . . .«

»Hübsche Theorien, aber unrealistisch.«

»Wenn du meinst . . . kein Grund, sich zu streiten.«

»Warum haben sich da so viele Leute versammelt?«

»Das ist das Krankenhaus de Martini.«

»Also Krankenhausbesucher?«

»Ja.«

»Manchmal ist Krankheit ein Trost.«

»Nancy, paß auf, da kommt ein Militärlastwagen. Daß die so rücksichtslos und unaufmerksam fahren müssen. Ja.

Wenn das Gefühl des Benommenseins oder der Erschöpfung dich überkommt, ertrinkst du in einem Meer, das so schlüpfrig ist wie die Haut einer Schlange. Und wenn du schläfst, Nancy, dann wandert dein Geist in Blitzesschnelle ins Unbekannte und über noch nie gesehene Bereiche des Universums. Dein Geist verbindet sich mit dem Geist deiner Geschwister und Vorfahren und reist, wenn nötig, über Tausende von Meilen und geht möglicherweise sogar eine eheliche Beziehung mit einem anderen Geist irgendwo jenseits der Meere ein. Im Schlaf läuft dir das Wasser im Mund zusammen, und du schreist, weil dir die Worte fehlen, wegen des Abschiedsschmerzes. Du sprichst im Schlaf, Nancy, und führst Selbstgespräche, und dies erklärt, warum du manchmal so unzufrieden aufwachst. Du leidest an Schlaflosigkeit immer dann, wenn dein Geist vom Kern der Familiengeister, zu dem er gehört, verbannt ist, und dein Geist weigert sich, sich von dir zu trennen. Du fühlst dich schwer, totenähnlich, totengleich. Der Tod steigt hernieder . . .«

»Tot?«

»Totengleich?«

»Totenähnlich.«

»Der Tod senkt sich aus dem Nichts auf uns hernieder, als hätten wir uns irgendwie nicht richtig verhalten. Das Ironische an der Geschichte ist, daß die Sterbenden und ihre Anverwandten glauben, sie würden direkt in den Himmel kommen, was meiner Meinung nach eine völlig falsche Vorstellung von der Realität ist – der Realität der anderen Welt. Denn der Himmel ist weder oben noch unten, noch gibt es ihn vor dem Jüngsten Gericht. Der Himmel ist auch nicht lauwarm, gemäßigt – was sage ich da? Aber er ist auch nicht so kalt wie Sibirien oder so heiß wie ein Sommer in Dschibuti. Der Pfad, auf dem das Gehvermögen der Toten geprüft wird, befindet sich nicht auf einer Brücke, die sich über den tiefsten Abgrund der Hölle erstreckt; diese

Brücke ist nicht so scharf wie ein Schwert. Aber der Namensaufruf und das Gericht sind beides Vorläufer des Horns, das blasen wird und dem das Beben der Erde vorausgeht. Diejenigen, die in dieser vergänglichen Welt ein wenig lachen, werden später in der ewigen Welt sehr viel weinen, heißt es. Der Vorhang ist aufgezogen, die Etikettierung ist besorgt, geprüft und noch einmal geprüft, und die endgültige Registrierung ist fertig. Die Zeit in der nächsten Welt ist eine lange Aneinanderreihung von Nichtssein und Allessein, ohne Dimensionen, ohne Tage, ohne Nächte, sogar ohne jeglichen Klimawechsel.«

»Ist dies der alte Teil der Stadt?«

»Ein Teil davon.«

»Diese Pakistani und Inder – seit wie vielen Generationen sind die hier?«

»Seit zwei, glaube ich. Höchstens.«

»Wie kamen sie überhaupt her?«

»Wie?«

»Wo es doch kein Zuckerrohr gibt, für das sie arbeiten könnten.«

»Einige von ihnen kamen als Diener der Perser und einige als Verwaltungsangestellte der Briten, und dann haben sie sich hier niedergelassen.«

»Und die Perser?«

»Das ist bisher nur eine Theorie.«

»Und wie heißt diese Theorie, bitte?«

»Mogadischu soll ursprünglich Makkadul-Schah geheißen haben.«

»Und was bedeutet das?«

»Der Sitz des Schahs.«

»Wann war das ungefähr?«

»Schlechtes Gedächtnis, ich erinnere mich nicht.«

»Eine persische Dynastie?«

»Auf die die Dynastie des Wassermanns mit seinem Esel folgte.«

»Oh!!«

»Übrigens, Nancy, dies hier ist das Nationalmuseum, das in dem Gebäude untergebracht ist, in dem vor mehr als hundert Jahren der Schahinschah wohnte. Aber die Öffnungszeiten sind unmöglich, von neun Uhr morgens bis zwölf Uhr dreißig. Und freitags ist geschlossen. Ich finde, die Friseure haben zu vernünftigeren Zeiten geöffnet als dieses Museum. Anschließend an das Museum – es ist vor kurzem neu instand gesetzt und angestrichen worden, und ich weiß ganz ehrlich nicht, wie sich das auf den Wert dieses alten Gebäudes, vom archäologischen Standpunkt aus, meine ich, auswirkt –, im Anschluß an dieses Museum also siehst du die Stadtverwaltung. Der oberste Mann in der Hierarchie ist Jaalle Jelle, und seine rechte Hand ist Hassan Abshir, ein Freund von mir. Was die Verwaltung betrifft, so herrscht bei der Stadt noch ein völliges Durcheinander wie in vielen Regierungsämtern, und es herrscht musuq-masuq (dieses Wort mußt du dir merken, du wirst es sehr häufig im revolutionären Somalia hören; es bedeutet: Korruption, Ungesetzlichkeit u. ä.). Ja, Nancy, wie viele Regierungsämter ist die Stadtverwaltung rein administrativ gesehen noch ein Überbleibsel aus dem nichtrevolutionären Somalia. Aber es bestehen noch Aussichten zur Verbesserung. Früher nannte man das Gebäude übrigens während der britischen Besetzung Mogadischus die Kakerlakenburg. Da ist Caffé Nazionale ...«

»Wer ist der Mann, der dich gerade gegrüßt hat?«

»Sieht gut aus, wie?«

»Sehr.«

»Ein Anhänger des Stammessystems, der von einem Verwandten, der im vorherigen Regime Minister war und ihn mit der Aussicht auf einen Job in der Politik in die Höhle gelockt hatte, untergebuttert worden ist. Man hat ihm beim Staat keinen anständigen Job angeboten, obwohl er ihn wirklich verdient hatte, und seitdem die Zivilregierung gestürzt ist, hat er einen guten Teil seiner Zeit im Gefängnis verbracht, und zwar hauptsächlich, weil er sich außerhalb der erlaubten Redefreiheit stark engagiert hat. Er ist aus dem Land geflohen, oder hat es zumindest versucht, und ist jetzt völlig zufrieden, eine Anstellung in einem Büro, eine Frau und ein Kind zu haben. Er sieht gut aus, ist groß und repräsentabel, nicht wahr? 1963, als ich ihn kennenlernte, sah er noch besser aus, war noch größer und repräsentabler. Aber gegen Ende jenes Jahres fing er an zu trinken, als eine wilde Hummel von einem Hausmädchen, die bei seinem Verwandten, dem Minister, in Stellung war, ein Stück von seinem Humus in sich aufnahm, das in Gärung überging. Sie warf ein Kind von anderthalb Kilo. Er leugnete, etwas damit zu tun zu haben. Sie wurde jedoch von dem Minister, ihrem Dienstherren, unterstützt und verklagte ihn. Er verlor die Klage. Sie gewann den Prozeß und erhielt eine Ausgleichszahlung. Und jetzt leidet er an der Schmiere auf seiner Seele, an dieser Schmiere, mit der die Töchter Evas ihn eingeseift haben. Er ist vom Morgen bis zum Abend betrunken und würde sogar in der Kirche aus der Kollekte etwas stehlen, um sich das, was er einen Aperitif nennt, leisten zu können.«

»Halt, Koschin.«

»Was ist?«

»Der Mann, der die anderen Männer zum Gebet ruft, Frauen ausgeschlossen!«

»Ich hab's gehört, ja doch. Ich wünschte, ich könnte dich dorthin mitnehmen. Ich bin wie eine Krähe, die weder fliegen kann wie andere Vögel, noch laufen kann wie ein Fuchs. Ja, das bin ich. Was das Beten angeht, den Aufruf zum Gebet – nun, diejenigen, die diesem Ruf in das Haus Allahs folgen, reinigen ihren Körper und sprechen gleichzeitig in gemeiner Weise über das tägliche Auf und Ab im Geschäft und flüstern sich intrigant zu, wer was über wen gesagt hat, schwätzen über den Alten Mann und die SRC.

Meiner Meinung nach sind die Somalis die größten politischen Schwätzer der Welt.«

»Was hast du noch einmal über diesen Iren gesagt?«

»Faulkner?«

»Nein.«

»Wer denn?«

»Richard Burton.«

»Der ist Waliser.«

»Nicht der von der Taylor. Der Übersetzer des Kamasutra und von Tausendundeine Nacht.«

»Oh!«

»Was hat der gesagt?«

»Die Somalis seien die Iren Afrikas.«

»Stolz, fanatisch und arm.«

»Ja, all das.«

»Ich wünschte, das könnte jemand im Unterhaus verwenden.«

»Ein Schaufensterbummel ... wir gehen geradeaus, wenn du nichts dagegen hast ... ein Schaufensterbummel reicht den Armen, und das Geheimnis der Träume, Hoffnungen und Beschränkungen des armen Mannes stirbt mit ihm zusammen. Deswegen glaube ich, daß es nichts Mystischeres gibt als einen toten Körper. Er enthält in sich die Gesamtheit der schmerzlichen Geheimnisse seines vergangenen Lebens, wozu natürlich auch die Zukunftsträume zählen, und die vorbedachte Reaktion auf die Engel, wenn die Befragung in jenem dunklen Loch beginnt, in das seine Lieben ihn gelegt haben. Wenn man allein seinen Unterleib aufschneiden würde – welche Geheimnisse!«

»Nichts ist mystischer als ein toter Körper?«

»Nichts.«

»Das Bankenviertel mit den verstaatlichten Banken, hier die Bank von Neapel, da die Bank von Rom. Beide unterstehen der somalischen Nationalbank. Aber eigentlich weiß ich über diese technischen Dinge nichts. Vorgestern,

Nancy, kam ich mit einem Freund hierher, um etwas Geld abzuheben, und da war allerhand Lärm in den Banken. Statt einer Versammlung von Geschäftsleuten, die sich freundlich in ruhigem Ton und mit gesenkter Stimme unterhalten, sehr zivil und gebildet, sah es in diesen Banken wie auf einem Gemüsemarkt in Süditalien aus – oder sogar wie auf dem Siigaale-Markt in Hodan. Eine Versammlung von Freunden, die zu Besuch zu ihren Freunden gekommen waren, welche ihr Geld einfach dadurch verdienen, daß sie Informationen vermitteln.«

»Die Verstaatlichung sorgt für einen reibungslosen Ablauf, oder?«

»Ja.«

»Auch in Somalia?«

»Bisher ja.«

»Hoffentlich.«

»Hier der Hussein Farmacia Tabbachi Shop, dann die Tavola Calda von Kadare & Co. Kadare ist ein wichtiges Mitglied der somalischen Sprachkommission und eigentlich ein Bühnenautor. Man hat mir erzählt, daß er bei den Sitzungen wesentlich dazu beigetragen hat, als Kompromiß die lateinische Schrift für die somalische Sprache einzuführen. Das größte Kunststück, das die Revolutionsregierung fertiggebracht hat, ist, daß sie unerschrocken und tapfer die Tatsache ausgesprochen hat, daß Somalia eine Schrift brauchte, ganz gleich, mit welchem Unmut das in verschiedenen Teilen der Welt aufgenommen wurde. Ich bewundere sie dafür, ja wirklich, auch wenn sie einige Verbrechen, die sie für unwesentlich hielt, begangen hat. Daher ist der 21. Oktober 1972 der wichtigste Tag in der Geschichte des somalischen Volkes.«

»Warum bist du stehengeblieben?«

»Wir gehen hier herein, in die Tavola Calda, meine ich.«

»Was ist mit Margaritta?«

»Das schaffen wir nicht mehr. Denk an die Party!«

»Die habe ich beinahe vergessen.«

»Nancy?«

»Ja, Liebling?«

»Versprich mir eins, meine Liebe.«

»Was, Liebling?«

»Daß du die Ruhe des Schweigens zwischen uns nicht unterbrechen wirst, wenn wir in der Snackbar sind, und daß du ohne Zögern so viel ißt, wie du magst – ich habe bei Kadare nämlich Kredit.«

»Ich verspreche es.«

»Du versprichst es?«

»Ich verspreche es.«

Sechster Satz

»Der Adler, das Eichhörnchen und die Katze sitzen sich gegenüber, und die Asche liegt hinter ihnen«, sagt Koschin und tippt dem Taxifahrer leicht auf den Rücken.

Die Fahrgäste, darunter Koschin und Nancy, lehnen sich nach vorn, als der Wagen plötzlich anhält. Koschin steigt nach Nancy aus, die zwei anderen Fahrgäste, zwei junge Damen, bleiben sitzen. Kaum ist Koschin ausgestiegen, beginnt er zu gähnen. Nancy fragt, ob er müde sei. Statt zu antworten, fährt Koschin fort:

». . . und der Lebensbaum wächst nicht, wenn der Wille, die Voraussetzung für die Fortdauer des Daseins, nicht vorhanden ist. Die Angst vor dem Untergang ist . . . wohin gehst du, Nancy?«

»Ich komme mit dir, warum?«

»Das Taxi, wir haben das Taxi noch nicht bezahlt.«

»Sollte ich denn bezahlen?«

»Ich bin pleite.«

Die Finanzplanung hätte schon vor unserem Rundgang stattfinden sollen, denkt Koschin bei sich. Aber na ja, nimm's leicht. Westliche Hilfe für das arme Afrika in Form des Taxigeldes, Amen!

Nancy hat inzwischen ihre Dhag-dheer-Tasche abgenommen, die Gegenstände darin rutschen klirrend zusammen, und sie hält an, als überlege sie, wo sie das Kleingeld gelassen haben könnte. Sie zieht eilig die kleine Tasche für die Münzen auf, aber es sind keine darin. Sie sieht in einer anderen kleinen Seitentasche nach, zieht zögernd einen alten Fünf-Schilling-Schein heraus, schenkt Koschin ein Fin-de-siècle-Lächeln und nickt ihm zu. Er streicht mit seinen Händen über seine Gesäßtasche und tut so, als suche er etwas Geld zum Bezahlen. Dann fummelt er in sämtlichen Löchern seiner Hose herum und nimmt einen Schlüsselbund heraus (Schlüssel zu meinen erhebenden Gedanken, zu meinem Kündigungsbrief und der autobiographischen Skizze, denkt er). Schließlich kratzt er sich den Kopf und zuckt mit den Schultern.

»Nicht ein einziger Cent«, sagt er und klingelt mit dem Schlüsselbund.

»Ich habe fünf.«

»Gut.«

»Gib sie ihm«, befiehlt sie.

Nachdem der Schlüsselbund wieder sicher verstaut ist, sagt er, indem er sich entfernt:

»Gib du es ihm, und laß dir herausgeben.«

Sie schaut ihm nach.

»Wieviel kostet es denn?« möchte sie wissen.

»Frag ihn.«

»Ich weiß ja nicht, wie ich mich verständlich machen soll.«

Er kommt zurück, um ihr zu helfen.

Die Frage, um die es geht, denkt er bei sich, die Frage ist: Wie um Himmels willen soll man die letzten Stücke Fleisch von einem Knochen abbeißen, ohne sich die Zähne weh zu tun? Wie um Himmels willen kann ich freundlich sein und gleichzeitig . . .

»Was kostet die Fahrt?«

»Sechzig Cents für jeden.«

»Einen Schilling und zwanzig Cents?«

»Wieviel bekommt man zurück?«

»Drei achtzig, nehme ich an.«

»Dann nimm das nur weiter an«, sagt er und überquert die Straße. Er wartet nicht, daß sie ihn einholt. Auf der anderen Straßenseite bleibt er stehen, und sie eilt auf ihn zu, nachdem sie ihr Wechselgeld bekommen hat. Sie bemerkt, daß er schon wieder weitergegangen ist. Da läuft sie geradezu hinter ihm her und wird beinahe von einem Volga überfahren. Das Quietschen der Bremsen und ihr Aufschrei veranlassen ihn, sich umzudrehen. Sie seufzt schwer auf, durchbohrt den Fahrer mit Blicken, zittert, bleibt unbeweglich mitten auf der Straße stehen. Das Auto rührt sich auch nicht vom Fleck. Koschin beobachtet alles aus der Entfernung. Plötzlich versammelt sich eine Menge Neugieriger auf beiden Seiten der Straße. Koschin, der zwischen Sorge um seine Freundin und ziemlicher Indifferenz schwankt, geht auf sie zu, und als er sie erreicht, gibt er ihr seine Hand, die sie dankbar nimmt. Er führt sie durch die vielen Wagen hindurch (es ist zu einem Verkehrsstau gekommen) und durch den Pöbel der Männer und Frauen, die enttäuscht sind, daß kein Blut geflossen ist. Als sie sich entfernen, normalisiert sich der Verkehr wieder. Sicher an seiner Hand meint sie:

»Was habe ich getan, daß ich dies verdient habe?«

»Das wird die Geschichte zeigen.«

Ihr Gesicht verliert seine Heiterkeit.

»Wo ist dieses verflixte Haus?« fragt sie.

Er läßt ihre Hand los:

»Diesen schmutzigen Abhang hinunter.«

Sie bleibt stehen.

»Warum konnten wir kein Taxi bis dahin nehmen?«

»Hätte mehr gekostet.« Er bleibt auch stehen.

Koschin erinnert sich an seine Zeit in England, als sie durch die Buchhandlungen gingen und in Büchern stöberten, die sie sich nicht leisten konnten, an die Zeiten, als er ohne Geld in einer Teestube auf sie wartete, hungrig darauf wartete, daß sie käme und sie zusammen ein Sandwich essen konnten, während sie in den Straßen herumliefen und die Leute sie anstarrten. »Das spielt keine Rolle.«

»Doch.«

Sie gehen weiter.

»Was ist nur schiefgelaufen, möchte ich wissen«, sagt sie.

»Nichts. Warum sollte denn irgend etwas los sein?«

Sie hält seine rechte Hand fest, und sie stoßen mit dem Oberkörper gegeneinander. Sein Magen bäumt sich auf vor Hunger.

»Die Peitsche ist da, und ich frage mich, wer verschont bleiben wird.«

»Welche Peitsche?«

»Das Banjo ist auch entzwei, und die Peitsche ist da, und ich frage mich, ob einer von uns verschont bleiben wird. Tatsächlich frage ich mich, wer von allen verschont bleiben wird.«

»Was für eine Peitsche, was für ein Banjo?«

Koschin schweigt. Nancy ebenfalls. Er macht seine Hand aus ihrem unbedacht festen Griff frei und legt sofort die Hände im Rücken zusammen. Sie stöhnt über die Hitze, den Staub und den nicht enden wollenden Spaziergang, der sie nirgends hinbringt. Koschin bleibt stehen, um sich eine Zigarette zu nehmen. Er steckt sich eine in den Mund und geht mit der hervorstehenden Zigarette weiter wie Dylans bissiger Künstler. Er hat die Hände nicht mehr auf dem Rücken.

In ärgerlichem Ton:

»Wo ist das verflixte Haus?«

Schweigen statt einer Antwort, und ...

Einen halben Kilometer vor ihnen liegt geduckt ein Haus in einem völlig trockenen Gebiet, das durch seine Armut wie ausgestorben wirkt. Das Haus ist in einem merkwürdigen Stil gebaut, ein häßlicher Sprößling in der Ebene, mit einem Wellblechdach. Oben am Schornstein, der durch eine Riesenladung niemals entzündeter Kohlen zur Untätigkeit verdammt ist, kann man merkwürdigerweise einen Hauch von Goldfarbe erkennen. Das Haus hat der Nachwelt wenigstens etwas zu erzählen, denkt Koschin: Sein Besitzer, der früher Regierungsaufträge ausführte, hat sich einen ganzen Haufen Geld zusammengeschwindelt und sogar bei der Regierung einen kleinen Bankrott bewirkt. Er besitzt sechs weitere große Mietshäuser in drei Stadtteilen von Mogadischu und hat außerdem noch verschiedene massive Häuser in den größeren Städten der acht Verwaltungsregionen gekauft. Diese Häuser sind ausschließlich an Angestellte der amerikanischen und westdeutschen Botschaft vermietet, diejenigen in den Regionalstädten an den Gouverneur der jeweiligen Region, den Distriktkommissar oder andere höhere Staatsbedienstete. Dieser selbe Mann besitzt außerdem eine Reihe von ottenta-dues, die bestimmte Waren von und nach Kenia und Äthiopien schmuggeln. All dies ist jedoch nebensächlich. Wichtig ist, daß er jetzt auf sehr gutem Fuß mit einer gewissen Gruppe von Leuten steht, die die Interessen des gegenwärtigen Regimes vertritt, und jeder, der auf die oben genannten Dinge oder andere Ungerechtigkeiten hinweist, die von seinen verschiedenen Firmen begangen werden, wird als antirevolutionär und darüber hinaus als unpatriotisch denunziert. Der Kerl ist völlig unmöglich.

»Wo ist es?«

»Komm weiter!«

»Ich komme ja schon, mein Gott.«

Der Kerl ist völlig unmöglich, denkt Koschin weiter. Er trägt einen Schnurrbart, hat gewöhnlich seinen Spazierstock am Arm und den kegelförmigen Hut in der linken Hand. Zwei muskulöse Männer arbeiten als Leibwächter für ihn und bewachen ihn vom Wagen aus, wenn er aus seiner Agentur Nr. 1 etwas von seinem unredlich verdienten Geld holt, nur um es einige Minuten später wieder bei seiner Agentur Nr. 2 zu deponieren. Knauserig mit Geld wie mit anderen Dingen, spricht er nur das Nötigste, allerdings immer das Richtige, und macht vor allem immer denen den Mund wäßrig, auf die es ankommt. Er ist ein alter Hase, der jeden nur möglichen Weg einschlägt, um eine Depression einigermaßen gut in dem vorgegebenen, begrenzten finanziellen Rahmen zu überleben.

»Sind wir jetzt bald da?« fragt Nancy.

»Ja.«

»Wie weit ist es noch?«

»Noch hundert Meter bis zur Pforte.«

»Und die Party?«

»Die findet dort statt.«

Was für eine gemeine Sache: seine eigenen Angehörigen zu betrügen, selbst einen Haufen Geld zu verdienen und der Familie jeden Cent zu verweigern. Geschieht ihm recht, daß seine Zwillingstöchter in der Casa d'Italia herumhängen, um Bekanntschaften zu machen, daß seine älteren Töchter jederzeit wie ein Buch ausgeliehen werden und seine junge Frau einen Anstreicher anheuert, damit er sie verdrischt. Das Unglück komme über die, die andere bestehlen, um sich selbst zu bereichern! Er ist so ein Schwein, denkt Koschin, daß selbst Dismus sich geweigert hätte, seine Bekanntschaft zu machen, mein Gott!

»Ein großes Haus«, meint Nancy.

»Ja, das stimmt.«

Sie bleiben bei der Pforte stehen. Schweigend, wie versteinerte Hippies, bewundern Koschin und Nancy diese Ausgeburt eines phantasiebegabten Erbauers. Koschin vor allem sieht aus, als könne er sich in einer Frage, die ihn schwer beschäftigt, nicht entscheiden. Er beißt sich nervös auf die Lippen, angespannt, macht ein Gesicht wie ein Kannibale und pult sich im Ohr.

Im Geist sieht er ein beleibtes Wesen, das in einer Zelle des Hauptgefängnisses Mogadischu eingesperrt ist.

»Könnte dieser Mann mich nicht als Sekretärin anstellen?«

»Er weiß nicht einmal, wieviel er besitzt. Geld, meine ich.«

»Um so besser.«

»Sein Neffe arbeitet für ihn als Sekretär.«

»Wie ist er zu seinem ganzen Geld gekommen?«

»Hat Tigerfelle nach Nairobi geschmuggelt.«

Aus der Ferne klingt Musik zu ihnen herüber, sie kommt aus dem Haus, und Koschin denkt: Die Party läuft also schon. Er schlägt mit geschlossener Faust gegen das Eisentor und schaut instinktiv an der hohen Mauer hoch, die mit zerbrochenen Mineralwasserflaschen gespickt ist, um Diebe abzuhalten. Ein Dieb erkennt andere Diebe instinktiv, oder?

»Schau da!«

»Was ist denn?«

Sie weist mit dem Kinn auf die Klingel. Koschin nimmt die Zigarette aus dem Mund, steckt sie jedoch sogleich wieder zwischen die Lippen.

»Die funktioniert nicht, glaube ich.«

Trotzdem versucht er es. Er steckt seine Zigarette zurück in die Schachtel und drückt noch einmal auf die Klingel. Im Haus hören sie einen sehr gedämpften Ton, doch da ist kein Echo, keine Reaktion.

»Scheiße«, flucht er.

»Du solltest nicht vulgär werden.«

»Also wirklich ...!«

Das Tor ist kürzlich neu gestrichen worden und sieht im Gegensatz zu der Hausfassade im Hintergrund ganz hübsch aus. Es ist geradezu ein wohltuender Anblick, bei dem sich das Auge vorübergehend von den häßlichen Hütten und den verfallenen Gebäuden ringsherum erholen kann.

»Komm, klopf du«, sagt er zu Nancy.

Sie tut es.

Ein Hund bellt daraufhin im Hausinnern, und Koschin zuckt ängstlich zurück, als er es hört. Mißtrauisch sieht er zu Nancy hinüber. Nancy lächelt. Da kommt ein Mann auf sie zu. Koschin erkennt in ihm einen Boten aus Dulmars Ministerium. Er ist von mittlerer Größe und sehr dünn und trägt ein weißes Hemd, eine kurze khakifarbene Hose und verschlissene Sandalen. Er kommt langsam auf sie zu.

»Waad soodaahdeen! So gala!« meint der Mann.

»Mahadsanid«, antwortet Koschin.

Der Mann läßt sich Zeit, als er versucht, das Tor zu entriegeln. Als es ihm gelungen ist, entfernt er sich, geht wie bei einem Begräbnis, tatsächlich, wie bei einem Begräbnis. Noch mehr erschrecken würde mich, wenn er langsamer ging und schwer aufträte. Aber was ist der Tod schon anderes als eine neue Lebensphase? Man sieht den Elefanten erst, wenn man an dem scharfen Schwert vorbei ist, das die Brücke bewacht, welche die Welt der Lebenden von der der Toten trennt. Vielleicht müßte ich sagen: »Hinweg mit dem Geist der Furchtsamen«, sollte mich dem stellen, dagegen kämpfen. Vielleicht gewinne ich. Was auch immer dabei herauskommt ...

»Soo gala!« ruft ihnen der Mann zu.

Nancy stößt Koschin leicht mit dem Ellbogen an.

»Was meint er?«

Aus tiefem Nachdenken heraus:

»Hm!«

Der Mann wiederholt: »Soo gala!« Koschin sagt weder zu Nancy noch zu dem Mann ein Wort, sondern geht hinein und stößt das Tor ganz auf. Nancy folgt ihm. Ein Beet mit Rosen aller möglichen Sorten, mit Tausendschönchen, Narzissen und anderen Blumen, deren Namen Koschin nicht kennt. Gemüsebeete mit Kohl, Karotten, Zwiebeln und Tomaten sind auf beiden Seiten des Kiesweges angelegt, der zum Haus führt. Nancy bleibt stehen, um eine Blume zu pflücken. Koschin verbietet es ihr.

»Warum?«

»Diebstahl ist unabhängig von der Quantität.«

Sie wirft die Lippen auf:

»Oh, wie philosophisch.«

»Man muß im Leben rein wie ein Efeu bleiben.«

Sie folgen nun wieder dem Mann, der stehengeblieben

ist, um sie ins Haus zu führen. Ich würde alles mögliche tun, aber nicht betrügen. Eigentlich habe ich schon genug Lügen erzählt. Niemals wieder so ein Unsinn, denkt er. Ich muß das auch Nancy sagen, denn so schwere Aufgaben stelle ich mir ja gar nicht im Leben, oder?

»Wir sind da«, meint Nancy aufgeregt.

»Oh!« Das kommt ziemlich sarkastisch heraus.

Bei sich selbst denkt Koschin: Friede für die Seele um jeden Preis. Friede um jeden Preis. Pax, Friede, sage ich! Oder ein Sit-in im Himmel, Vorlage eines Protestbriefes bei dem Gott der Götter: welche Ungewißheiten.

»So gala«, meint wieder der Diener.

Er öffnet die Tür, Nancy geht vor Koschin hinein. Koschin fühlt sich wie ein in einem Netz gefangener Fisch und stößt die frisch lackierte Holztür ganz auf. Er wartet darauf, daß der Diener mit ihnen zusammen in die Falle kommt. Tatsächlich tritt er auch ein und übernimmt wieder die Führung. Sie folgen ihm in einen langen, stillen Korridor, in dem außer dem Widerhall ihrer Fußschritte nichts weiter zu hören ist. Der Gang ist lang und hell erleuchtet, und in einem bisher nie erlebten Anfall von Neid flucht Koschin auf das vergängliche Reich und flüstert, so zusammenhanglos dies scheinen mag, seinen lateinischen Lieblingsspruch vor sich hin: Omnis fama a domesticis emanat. Aber all dies ist keinen Heller wert, denkt er. Die Menschlichkeit, beziehungsweise ihr verd ... Wert liegt in der Gleichheit. Vor allem, wenn man mit der tröstlichen Kenntnis gesegnet ist, daß man alle diese Besitztümer als Souvenirs des Teufels hinter sich zurückläßt. »Man stirbt trotzdem«, sagt er laut.

»Was hast du gesagt?« fragt Nancy.

»Nichts.« Damit schließt er das Thema ab.

Der Korridor erstreckt sich weiter vor ihm. Ein merkwürdiges Gebäude ist das, denkt er. Nancy und der Diener, stellt er fest, gehen jetzt hinter ihm, und sein Schatten wird in alle Richtungen geworfen. Seine Züge sind zum Teil klar auf dem schwarz-weißen Beton zu erkennen. Nancy flüstert etwas. Koschin vernimmt das Echo ihres Flüsterns neben dem Geräusch ihrer Fußschritte. Er dreht sich um:

»Was ist?«

»Wie herrlich ist es hier!«

Sein Gesicht verdunkelt sich:

»Ein locum tenens für Sterbliche«, sagt er.

»Na und?«

»Keinen Heller wert, sage ich dir.«

Die einschmeichelnde Stimme des Dieners:

»Waa nakan!« sagt er zu Koschin.

»Mahadsanid, Jaalle«, meint Koschin.

»Hamadsid«, imitiert Nancy ihn und kichert.

Nach ein paar weiteren Schritten treten sie aus dem Korridor in eine Halle, die mit Masken aus ganz Afrika und irgendwelchen Imitationen dekoriert ist. An einer Wand lehnt ein Pärchen, das sich küßt. Der Diener hat sie allein gelassen. Nach ein paar weiteren Schritten stolpern sie fast über ein sehr hübsches Kind, das auf dem Boden kauert, einen Finger im Mund: Das ist Dulmars Kind aus seiner letzten Ehe, seiner dritten, ein Junge, um den sich niemand kümmert und den vielleicht niemand liebt, denkt Koschin. Was für Geheimnisse er wohl kennt? Bläser, spiel auf, und ich will gern deine Geheimnisse mit dir teilen! Sie bleiben wie erstarrt stehen. Nancy ist verblüfft und beobachtet irritiert die Leute, die sie anstarren. Vielleicht fragt sie sich, warum sie überhaupt hier ist. Der Anfang einer Party, die wichtigsten Gäste sind noch gar nicht da, ist das langweilig! überlegt Koschin. Er schaut sich nach den Gastgebern um. Er kennt beide nur flüchtig. Sie trafen sich bei einer Party bei Mohammed und Barbara, und die beiden waren ziemlich beeindruckt von seiner Bildung. Tatsächlich ...

»Ich habe diesen unschönen guntino gekauft, um die hiesige Produktion zu unterstützen. Sie hat's dringend nötig.«

Sie drehen sich um – und da steht Barni, Barrrrrni, die Gastgeberin dieses Abends. Sie trägt ein langes Kleid, das sie sich so eng um ihren gewichtigen Körper gewunden hat, daß man den Ansatz ihres Schlüpfers sieht. Sie erblickt Koschin und seinen Anhang und kommt plötzlich direkt und impulsiv auf ihn zu. Er fühlt sich ein wenig verlegen bei der schrecklichen Vorstellung, daß es gleich zu einer Umarmung kommen wird. Er tritt einen Schritt zurück, fort von seiner Nancy, um die Wucht der Umarmung von Barnis Fleisch- und Kleidermassen etwas abzubremsen.

»Ich freu' mich ja so, daß du gekommen bist, Koschin.«

Bevor er weiß, was passiert, wird er von sechs Metern Stoff und sechzig Kilo Lebendgewicht verschlungen.

»Hhhhahhhalo!«

Sie küßt ihn auf die Wange. Er küßt sie nicht zurück.

»Und wer ist diese hübsche Dame?« meint sie und streckt ihren beringten Arm nach Nancy aus, deren Handflächen sind naß von Schweiß.

»Nancy.«

Nancy berührt mit ihrer feuchten Hand statt Barnis Körper nur deren Armreifen.

»Ich heiße Barni«, sagt diese. Ihre Augen bewegen sich in der einen, der Lidstrich in der anderen Richtung: wahrscheinlich um die Begegnung auszugleichen, sagt sich Koschin. Ihre Hände legen sich, als wollten sie immer dort bleiben, auf ihre Halskette.

»Es ist sehr hübsch bei Ihnen.«

»Danke schön!« sagt Barni. Sie läßt die Halskette einen Augenblick los, um sich über ihr versengtes Haar zu streichen.

Ihr Haar stinkt entsetzlich! denkt Koschin.

Sie schweigen, als suchten sie nach Worten in dem Brunnen eines Kommunikationszentrums. Er kann sich jetzt in ihren großen braunen Augen widergespiegelt sehen, und er lächelt. Nancy zappelt aus einem Koschin unersichtlichen Grund nervös hin und her. Vielleicht fühlt sie sich deplaziert. All diese Unzivilisiertheit ringsherum, mein Gott! Sie muß sich ja so vorkommen.

»Wie geht's dir?«

»Sehr gut, danke.«

Koschins Augen wandern durch den Raum. Da ist der Kamin, in dem nie auch nur eine Kohle gebrannt hat, denn in Mogadischu ist es glücklicherweise niemals besonders kalt in den Häusern. An allen Wänden hängen irgendwelche Imitationen, in einer Ecke ein Stoßzahn eines Elefanten: Vielleicht das Geschenk eines erfahrenen Diebes an einen Neuling? Da drüben der Kopf eines Hirschs, prachtvoll sieht der aus! Außerdem sind da Fotos von Liz Taylor und Richard Burton, die neben Barnis und Dulmars Hochzeitsfoto an die Wand geheftet sind.

»Das sind Freunde von uns«, sagt Barni von sich aus, und in ihrer Stimme klingt der Stolz durch.

»Tatsächlich?« fragt Koschin.

»Wirklich?« sagt Nancy ganz aufgeregt.

»New Yorker Freunde. In einem New York Studio gemacht. Dick und Liz kamen, um uns zu gratulieren, und sie ham sogar ihrn Namen draufgeschriebn.«

»Wie schön!«

Über dem Kamin hängen der Tennisschläger (»wird nicht mehr gebraucht, seitdem wir wieder hier sind«) und der Baseballschläger (»Mein Mann hat für die Cruels in Phil geschbielt«). Daneben steht ein volles Bücherregal. Das meiste sind Paperbacks aus den USA, die in England und in den britischen Kolonien nicht verkauft werden dürfen, Bücher, die niemand gelesen hat, Bücher, mit denen man achtlos und nachlässig umgeht, obwohl sie jeden Tag »der Sauberkeit wegen« abgestaubt werden, denn Mann und Frau »können in diesem langweiligen Land aber auch überhaupt nichts lesen«. Aus einem hinter Glas gesetzten, gerahmten Bild lächelt ein Mann mit Brille sie an. Koschin starrt zurück.

»Mein Eggsliebhaber.«

»Deiner?« kommt die ungläubige Frage.

»Islefak.«

»Oh!«

»Er hat mich Dulmar vorgestellt, und da ham wir uns getrennt.«

Die beiden, die sich vorhin geküßt haben, kommen jetzt und begrüßen die Gastgeberin, indem sie im Vorbeigehen nicken. Barni nickt zurück.

»Laß uns Dulmar suchen.«

Die drei gehen schweigend Seite an Seite, sie halten sich an den Händen, Barni in der Mitte, Koschin auf ihrer rechten, Nancy auf ihrer linken Seite. Koschin schiebt Barnis Armreifen nach oben, um ihre fette Hand besser anfassen zu können. Nancy spielt unabsichtlich mit ihnen herum: sie klingeln wie eine Schulglocke. Der Raum (vielleicht ein Schlafzimmer, denkt Koschin) ist voll von Leuten, die die Gastgeberin zwar zum großen Teil kennt, aber weder Koschin noch Nancy.

»Nett, daß ihr gekommen seid«, sagt Barni und entblößt ihre zebragestreiften Zähne. Sie löst das Paket aus Fleisch und Armreifen von Nancy und trennt ihre fleischige Hand von Koschin.

»Nett von euch«, wiederholt sie.

»Das Vergnügen ist ganz meinerseits«, meint Nancy. Mein Gott, diese Höflichkeit! Ich hab' die Einladung doch nur zufällig angenommen, dachte, daß Nancy sich am ersten Abend hier langweilen würde, und ich habe ja auch kein Geld. Wenn ich mit ihr irgendwo anders hingehen könnte, wäre ich bestimmt nicht hergekommen.

Wie eine Raupe windet Barni sich zur Seite und streckt ganz plötzlich ihre Hände aus und nimmt die von Nancy liebevoll und herzlich in die ihren und schaut ihr tief in die Augen, so als suche sie nach etwas. Koschin bemerkt die Sicherheitsnadel, die Barnis Gewand an den Enden zusammenhält, und das falsche Muttermal zwischen ihren Brüsten. Barni dreht sich für einen Moment um, um einen weiteren gestelzten Gruß von einem hochgewachsenen Mann zu beantworten (»Buona sera, Dottore«, sie verbeugt sich).

»Wie war noch mal Ihr Name?«

»Nancy Stonegrave.«

»Stonegrafe?«

»Ja. Fräulein Stonegrave.«

Um das Thema zu wechseln, platzt Koschin mit der Frage dazwischen:

»Wo ist Dulmar? Ist er irgendwo in Sicht?«

»Ich denke doch«, sagt sie und läßt Nancys Hände ziemlich brutal fahren. »Warte nur. Er is da, ich seh ihn, er is da!« Mit vornehmen und gekünstelten Bewegungen taucht ihr schwerer und trotz »Fortgeschrittenseins in der Kunst des Sündigens« hübscher Körper schnell in einer Gruppe unter, die sich um niemand anderen als ihren »geliebten, teuren Liebling und Ehemann« Dulmar versammelt hat, den ehemaligen Botschaftsangehörigen, den ehemaligen Generaldirektor, den ehemaligen Sonst-was, ein Mann, der nach einer langen Zeit der Untätigkeit kürzlich wieder zum Botschafter ernannt worden ist. Er reißt auf Kosten einer naiven Person Witze. Ein unflätiger Witz muß das sein, denkt Koschin, denn ich kenne ihn, und wirklich jeder in diesem lebendigen Kreis (wie könnte es anders sein, wenn Dulmar sich dort befindet), wirklich jeder ist beim Lachen auf seine Kosten gekommen, hundertprozentig auf seine Kosten gekommen – denkt Koschin. Koschin sieht, daß Dulmar hoch aufgerichtet dasteht und dann seinen Kopf neigt, dessen Haar im Stil der englischen Barone des achtzehnten Jahrhunderts in der Mitte gescheitelt ist. Er beugt sich herunter, um zu hören, was seine schmuckklirrende

Frau ihm zu sagen hat. Er nickt mit dem Kopf, murmelt einigen in der bevorzugten Gruppe etwas zu (»Pardon, ich bin gleich zurück«, nimmt Koschin an) und kommt auf Koschin und Nancy – oh nein! – zu.

Barni, bemerkt Koschin, steht etwas entfernt von der Gruppe mit der Würde einer Toten im Staatskleid, eine Statue, an der die empfindsame Hand des Bildhauers noch letzte Korrekturen vornehmen muß. Und Dulmar, der kräftig und prachtvoll aussieht, übergibt auf dem Weg zu Koschin einem Diener eine Kleinigkeit und beeindruckt die eingeladenen Pygmäen mit seiner Statur: Er geht mit weitausholenden Schritten, und seine Frackschöße schwingen im Rhythmus seines prachtvollen Gangs hin und her. Dulmar bleibt stehen, um seine Fliege zu richten, und da er schon ganz in Koschins Nähe ist, strahlt er, als freue er sich ganz unbeschreiblich. Er sieht Nancy ... Nancy, die, soweit er weiß, eine Bekannte von Barbara und Mohammed ist ..., und galant reicht er ihr seinen Arm.

»Barbara hat mir erzählt, daß Sie kommen«, sagt er. Ein stiller Gruß in Koschins Richtung scheint für den Augenblick zu genügen.

»Ich freue mich sehr, daß Sie gekommen sind.«

Sie geben sich die Hand. Er fügt hinzu:

»Wie steht's im Land Ihrer Majestät?«

»Auf seine Art und Weise ganz gut.«

»Daran ist wohl nicht zu zweifeln.«

Jetzt ist Koschin dran:

»Wie geht's dir, mein Alter?«

»Wie immer gut.«

Dulmar klopft Koschin auf die Schulter, wendet sich »einfühlsam« dem armen, bettelmönchähnlichen miskeen zu und schenkt dem schon kahl werdenden Koschin schließlich ein Auswärtiges-Amt-Lächeln mit der Frage:

»Wie geht's in der Schule?«

Sie kennen sich noch nicht lange. Erst seit der Party bei

Mohammed, als er sehr schnell von den Namen der superwestlichen Intellektuellen beeindruckt war, die mir damals so über die Lippen kamen, denkt Koschin.

»Ich habe gekündigt.«

Barni war auch bei der Party und wurde ziemlich früh betrunken. Man mußte sich um sie kümmern, erinnert er sich, und betrunken, wie sie war, gab sie den ganzen Inhalt ihres Riesenmagens in unappetitlicher Weise von sich. Zu der Zeit war Dulmar ohne Beschäftigung, und Koschin hatte gerade vor kurzem seine Lehrertätigkeit begonnen. Mir war die Situation damals klar, er brauchte einfach Sympathie. Während seine früheren Kollegen sich Geld erschwindelt und sofort nach dem Ausscheiden aus dem Staatsdienst Restaurants und Läden aufgemacht hatten, war er auf den Stand völliger Mittellosigkeit zurückgesunken.

»Wie schade! Hat man denn deine Kündigung akzeptiert?«

Schweigen.

Bevor er antworten kann, fährt Dulmar fort:

»Das sollten sie auf keinen Fall tun. Sie sollten dich vielmehr für ihre Ziele, gleich, wie sie aussehen, einspannen. Ich hoffe nur sehr, daß sie wissen, was sie tun.«

»Ziele?«

»Ja.«

Wäre unser Mann im auswärtigen Dienst wohl glücklich über eine Bande von Gören, deren Eltern nicht an die magische Heilwirkung einer giftigen Medizin mit dem Etikett »Erziehung« glaubten? Ich bezweifle es. Wenn ich ihn gut kennen würde, würde ich . . .

»Was willst du denn machen?«

»Ich?«

Zerstreut:

»Koschin, meine ich.«

»Ich werde einige Zeit in der Welt herumreisen.«

»Na, das solltest du wirklich nicht machen.« Er fährt sich fröhlich durchs Haar. »Du solltest unterrichten und den Kleinen die Augen öffnen.«

»Ich habe es versucht und habe versagt.«

»Warum hast du es nicht mit allen Tricks versucht?«

Nancy verdreht ihren schmucklosen Hals: Vielleicht hält sie nach Barbara und Mohammed Ausschau, denkt Koschin. Sie ist ärgerlich, wird ihm klar, und sieht so aus, als wolle sie sich gleich entschuldigen. Es überkommt sie plötzlich der Wunsch, sich zu entfernen, und er greift nach ihr, hält sie fest und drückt ihren Arm. Seine Zähne, sein ganzes Gesicht bedeuten ihr zu bleiben.

»Was ist mit dir, Nancy? Amüsierst du dich?«

Sie zögert und sagt dann mit Betonung:

»Es ist herrlich, wirklich wunderbar.«

Sie schweigen.

Angenommen, ich hätte die Möglichkeit, mein Leben noch einmal zu beginnen, würde ich dann wieder Lehrer werden wollen? fragt sich Koschin. Ich glaube, ja. Das Unterrichten ist wie das Aussäen von Mais. Ein Samenkorn birgt das Leben vieler anderer in sich. Genauso ist es in der Schule. Man lernt sich selbst schätzen und in irgendeiner Form verwirklichen, eine Selbstverwirklichung durch die Kunst des Unterrichtens, und das, obwohl der Beruf von allen verachtet wird, trotz der damit verbundenen Anstrengungen und des mageren Gehalts.

»Äää ...«

Dulmars Augen schweifen durch den Raum. Eine Gruppe von Gästen kommt herein, ein Haufen junger Leute. Und Nancy denkt über irgend etwas nach, überlegt er. Verschiedene Paare unterhalten sich im Flüsterton in Gruppen miteinander, andere tanzen zu der heiseren Stimme von Booker T.

»Ich hoffe, ihr amüsiert euch«, sagt Dulmar, und seine Augen wandern zu den Neuankömmlingen.

»Sind Barbara und Mohammed noch nicht gekommen?« fragt er Koschin.

»Wir sind heute nachmittag von ihnen fortgegangen.«

»Ich habe Nancy die Stadt gezeigt, aber sie meinten, sie würden kommen«, fügt Koschin hinzu.

»Wie fanden Sie Mogadischu, meine junge Dame?«

»Aufregend, oder doch fast.«

»Ich war fast zehn Jahre im auswärtigen Dienst und dann ein paar Jahre in Mogadischu, in denen ich praktisch nichts getan habe. Und da kam es mir so vor, als wäre ich niemals länger als vierzehn Tage aus Somalia fortgewesen. Ich hatte den Eindruck, als würde ich Haß und Feuchtigkeit ausschwitzen.« Er grinst in sich hinein und fügt hinzu: »Der auswärtige Dienst ist manchmal so langweilig, aber schließlich gewöhnt man sich daran.«

Das meint er doch wohl nicht ehrlich, denkt Koschin.

»Wo sind Sie im Ausland gewesen?« Wieder Nancys Neugier.

»In drei europäischen Hauptstädten, in Washington und in New York.«

»Und jetzt?«

»Ich habe eine höhere Position in einer Botschaft, bin gerade auf Empfehlung eines Kollegen ernannt worden – dieses Geheimnis kann ich wohl kaum für mich behalten.«

»Eine höhere Position?«

»Bis vor zwei Jahren war ich Direktor. Ich tippte, machte Entwürfe und langweilte mich bei der Beantwortung von Briefen zu Tode.«

»In anderen Worten?« Nancy ist weiter neugierig.

»Ich war ein Bürokrat.«

Koschin, der Dulmars Moral als Gastgeber unterstützen und nett sein will, macht den Vorschlag:

»Ich glaube, wir werden uns jetzt schon zurechtfinden. Da sind sicherlich noch andere, um die du dich kümmern mußt. Also tu's doch. Wir werden uns etwas zu trinken besorgen und mit ein paar Leuten reden.«

»Ihr entschuldigt mich?« Er schaut vor allem Nancy an.

»Aber bitte!« Sie macht eine höfliche Geste.

Bei dem Lärm der Musik und der tanzenden Paare können Koschin und Nancy sich nicht verstehen. Sie bewegen sich nicht, sondern bleiben dort stehen, von wo sie meinen, die Tänzerinnen besser sehen zu können. Keiner sagt ein Wort, beide starren vor sich hin und warten darauf, daß der andere das Schweigen in diesem Lärm unterbricht.

»Wo ist die Toilette?« ruft sie ihm über den Lärm der Musik zu.

»Hm?«

»Die Toilette, sagte ich«, wiederholt sie. »Wo ist die?«

»Ich weiß nicht, wir werden uns erkundigen.«

Ein Diener, ach nein: Gehilfe, geht gerade vorbei und verteilt von einem großen Tablett Gin, Whisky, Bier und Fruchtsäfte. Koschin schreit über den Lärm der Musik hinweg nach ihm (Waria ... Duqqa ... Jaalle ...). Aber der Gehilfe hört ihn nicht. Koschin wartet den nächsten ab.

Den nächsten, der kommt, fragt er dann:

»Musqushii awadai?«

Der Gehilfe sagt ihm, was er wissen will, und Koschin gibt die Auskunft an Nancy weiter, die eilig in Richtung des angegebenen Ortes verschwindet. Aus einiger Entfernung sieht er, wie seine Nancy mit Dulmar zusammenstößt. Er seufzt und ...

Der arme Pirat muß wohl ziemlich ausgehungert sein, wo er Hinz und Kunz und wer weiß wen zu seiner Party begrüßt. Da, da steht er gerade, lacht und kratzt sich jedesmal den Kopf, wenn man ihm eine schwierige Frage stellt. Bitte, Dulmar, wünsche ihnen allen im Namen der Menschlichkeit von mir einen guten Abend und viel Vergnügen: Da sind sicherlich verschiedene VIPs, um die du dich kümmern mußt. Und wenn du ihr Vertrauen ergattert hast, wie du es bei der Revolutionsregierung mit deinen in Stella und

Dawn veröffentlichten Vorschlägen geschafft hast, dann sage ihnen bitte, daß ich nicht mehr Mitglied ihrer tribu bin, daß ich aber an die Revolution glaube und Frantz Fanon zitieren möchte, den man gemeinerweise hinter seinem Rücken den Niggerdoktor genannt hat, und auch Che, der gegen den Imperialismus in Latinia gekämpft hat, nicht Südamerika wohlgemerkt, Amerika ist der Kontinent im Norden . . . Doch wie auch immer, ich fühle mich in meiner Art und Weise gefangen, allein und einsam mitten in der riesigen Menge von Menschen hier. »Das Land Ihrer Majestät auf seine Art und Weise . . .«, hat Nancy gesagt. Ich fühle mich einsam inmitten von Intellektuellen, zu denen man auch mich eigentlich rechnet. Rede, Dulmar, rede mit jedem einzelnen von ihnen: Und sieh da! Jeder wird dir erzählen, daß er ein Radikaler, ein Sozialist sei (»Diejenigen, die nicht weiter in ihrem Marx lesen, sind unsere Feinde«, hat Jaalle Siyad gesagt), jeder wird dir erzählen, daß er Sozialist ist, ganz wie es die Mode befiehlt, sozusagen, jeder wird dir sagen, er sei Patriot, auch der Generalmajor Jaalle Siyad, der Vater der Nation. Und sieh da! Jeder von ihnen wird dir erzählen, daß er nichts gegen eine Stellung im auswärtigen Dienst habe, eine Stellung, die dich so gelangweilt hat, die du jedoch deswegen, was sie hätte bedeuten können, geschätzt haben mußt, nicht deswegen, was sie wirklich bedeutete: die Pflege der freundschaftlichen Beziehungen unter den Nationen durch Worte, die von ungläubigen Lippen kommen. Sieh da! Dulmar, Gerda ist ihre Göttin, Automobile sind ihre Propheten und Moneten ihre Religion. Ich . . . der ich zu ihnen gehöre . . . bin aufgrund einer Überzeugung, die vielleicht schon morgen gestorben sein wird, blind für die eigenen Wünsche . . .

Eine Frau stößt absichtlich mit ihm zusammen. Er zuckt zurück und entschuldigt sich. Ich fühle mich schrecklich einsam und kalt, wie der fuselvolle Sohn eines Niemands, wie der junge Fanon in seinen Masken und Häuten, der sein eigenes Selbst, seine Seele verraten hat. Die vertragliche Heirat zwischen dem verhaßten Bild und der geliebten Frau – ich glaube, irgendwie fange ich an, sie gern zu haben ... ä ... ihr zugetan zu sein, nicht sie gern zu haben. Ich glaube, ich fange an, Nancy irgendwie zugetan zu sein. Ich glaube, ich gewöhne mich langsam daran, daß sie bei mir ist. Und ich glaube fast, ich brauche sie, damit ich das Bild des Herrschers in mir völlig vernichten kann ... Ich werde nicht Jain sein ... aber auch kein Herkules ... ich werde ...

Ohne es beabsichtigt zu haben, gerät Koschin auf die Tanzfläche, stößt mit tanzenden Paaren zusammen, wird von irgend etwas, das stärker ist als er, irgendwohin gezogen ... die Toilette, sie ist ja in der Toilette ... Jaalle, Awadei musqushii? Wartet die Antwort nicht ab ... geht weiter ... die Gedanken verwirren sich ... Dann geht er wieder zurück, schwitzend, und der schwere Nebel über seinem Bewußtsein beginnt zu verschwinden. Die Klänge der Musik, die Beatles und der Mann in den Wolken ... Koschin schüttelt wütend und ärgerlich den Kopf, als wolle er eine Angstvorstellung ganz und gar abschütteln.

Nur eine Armlänge von dem Platz entfernt, wo Koschin unter einer Angstvorstellung schwitzt, sieht er fünf Staatssekretäre, fünf verdammte Staatssekretäre, alle mit Aktentaschen, alle von ihnen wichtig, alle, ohne Ausnahme, diejenigen, denen der Vater der Nation die Geheimnisse der Nation anvertraut. Fünf, die sich irgendwie die Liebe des Alten Mannes verdient haben, fünf von fünf Millionen Menschen, die ihm vielleicht von einem einflußreichen Mitglied eines bestimmten Stammes empfohlen worden sind, fünf Männer, die es geschafft haben, sich auf dem einen oder anderen Gebiet hervorzutun. Alle mit einem Drink in der Hand, einem Whisky vielleicht oder einem Gin-Tonic, einem Bier oder was weiß ich. Diese Besitzenden unter den Besitzlosen haben ihre besseren Hälften zu

Haus gelassen, voller Sehnsucht und Hunger nach der Liebe ihrer bedeutenden Männer. Sie dürfen jetzt beim Geschwätz der Stammesfrauen um sie herum schlafen oder, wenn sie den westlichen Lebensstil bevorzugen, beim Gesang eines Niggers, der sich die Seele aus Liebe zu einer jungen weißen Malerin aus dem Leib herausschreit. Einer von den fünfen, bemerkt Koschin, rückt nervös auf seinem Stuhl hin und her. Vielleicht möchte er tanzen, hat aber nicht den Mut, ein Mädchen anzusprechen. Man erzählt sich von ihm, daß er mit Hängen und Würgen sein Examen in Geophysik an einer mitteleuropäischen Universität gemacht hat – und daß er leider keine der offiziellen Amtssprachen, mit Ausnahme von Somali natürlich, lesen und schreiben kann. Ja, sicher: Somali ist eine Schriftsprache – dank der Revolution! Er beschäftigt mehrere Sekretärinnen, die ihm seine Briefe entwerfen und beantworten und Berichte für ihn schreiben, und bei Bedarf läßt er einen Freund kommen, der ihm seine monatlichen und vierteljährlichen Berichte ausarbeitet.

»Herr, erbarme dich! Merci!«

Die sogenannten Intellektuellen Somalias, die intelligenten Söhne und Töchter Puntlands, die besten, die mit einem akademischen Grad nach Hause zurückgekommen sind – fast alle, oder doch jedenfalls die, die zählen, sind auf dieser Party versammelt. Sie sprechen ein untadeliges Englisch oder Italienisch und reden mit großer Selbstverständlichkeit von Ho Chi Minh und Mao Tse-tung. Sie bringen sich auf dieser Party mit Wein und Frauen in Stimmung, während die jahrhundertealte Armut, Unwissenheit und Blödheit wie Schatten über ihnen liegen. Kümmert sie das Land überhaupt? Ich bin sicher: Am nächsten Morgen werden sie kein anderes Thema haben als die schönen Frauen, die sie in der Nacht erobert haben.

»Herr, erbarme dich der schlecht Informierten! Merci!«

Ein flüchtiger Blick zu dem einen Sekretär. Und wenn es

den Hals kostet: Wie ist er doch darauf erpicht, es an eben diesem Abend mit einem Mädchen zu treiben, mit ihr in seinem 124 nach Afgori zu fahren, sie zu spüren, zu umarmen – vor ihr dann auf seine bedeutende Stellung im Kabinett anzuspielen, an seine Tage in Europa zu erinnern ... Wie ein hungriger Wolf, Gott erbarme dich unser, tatsächlich wie ein hungriger Wolf, ich sehe es, stellt er Ambera jetzt nach! Ich frage mich, ob er jemals über die wichtigsten Fragen, über Fragen unserer Nation nachdenkt, denn das ist ja eigentlich seine Pflicht dem Staat gegenüber, seine nationale Pflicht, die wichtiger sein sollte als alles andere. Koschin zündet sich eine Zigarette an, die letzte in der Pakkung, und inhaliert: Er fühlt sich danach wie benommen, muß husten und wirft sie weg, geht dann hin und tritt sie mit dem Schuh aus. Hab' keine Freude dran, schmeckt nicht. Ich schwöre hoch und heilig, daß ich nie wieder rauchen werde.

Als er den Kopf hebt, sieht er Ambera mit großen männlichen Schritten auf den besagten Sekretär zugehen. Sie hat einen leichten Gang und scheint den Boden unter ihren Füßen kaum zu berühren. Ihr locker fallendes Kleid, ihr dirac, ist selbst für völlig Verrückte zu durchsichtig, es ist ihr Lieblingskleid, das nach allen Seiten auseinanderflattert und eine wichtige Botschaft mitzuteilen hat: daß sie tatsächlich bei der Party anwesend ist. Der besagte Sekretär bleibt sitzen, sie steht vor ihm, die Hände auf den wohlgerundeten Hüften. Was sagt man von Frauen, deren Hüften so wohlgerundet sind? Feucht! Wie?

Ich bin ein Voyeur, Nancy! Ob du es glaubst oder nicht!

Ambera unterhält sich mit dem Sekretär, obwohl ihre Gedanken ganz woanders sind, und Koschin spürt an der Art, in der sie nach allen Seiten Ausschau hält, daß sie ihren Freund sucht. Ich bezweifle allerdings, daß sie außer demjenigen, mit dem sie spricht, jemand anderen ausfindig machen wird, denn der Tag steht unmittelbar bevor, an dem sie zum Stock greifen muß und von sicheren und liebenden Händen an den Ufern der Flüsse entlanggeführt werden muß, weg vom Straßenrand, durch Gestrüpp und Wildnis der Städte und vor allem durch die Menge der Partyhengste. Sie trägt normalerweise eine Brille, genauer gesagt ein Pincenez. Aber niemals auf Parties. »Entsetzlich altmodisch«, meint sie dazu . . . »schließlich bin ich noch nicht einmal zwanzig und muß die Zeit, solange es geht, genießen.« Sie besitzt ein Paar teure Kontaktlinsen, die »mir einer meiner Freunde als Abschiedsgeschenk gekauft hat«, . . . weiß sie überhaupt, wo sie die gelassen hat? Bei ihrer Nachlässigkeit liegen sie vielleicht in Dulmars Speisekammer. Und was den BH betrifft . . . Herr im Himmel! Ich hasse sie, weil sie keinen trägt.

»Hallo, Barni!«

Einmal habe ich ihr tatsächlich gesagt, wie sehr ich es haßte, daß sie sich weigerte, einen BH zu tragen. Sie hat nur gelacht und gemeint: »Mein kleiner Buschmann, geh lieber wieder dahin zurück, wohin du gehörst!« Und ich Idiot, ich war genauso aufgebracht wie sie und zerriß ihr Kleid mit meinen damals langen Fingernägeln, vom Hals bis zu den Knien. Sie weinte, klagte ihr Leid mehreren Freunden und meinte, sie würde sogar so weit gehen, mich deswegen zu verklagen. »Freunde verklagen sich niemals« – hatten Mohammed und Barbara sie beruhigt und ihr ein Beruhigungsmittel gegeben.

Ambera kichert jetzt laut. Über die Entfernung hinweg hört Koschin etwas, das wie »Was zum Teufel glauben Sie, daß ich bin. Lassen Sie mich in Ruhe, Mensch!« klingt. Danach Schweigen. Und dann schreit sie: »Sie Untier! Überlegen Sie sich das noch mal, Herr Staatssekretär«, und sie bückt sich, um ihre Sandalen auszuziehen. Koschin geht als ein ad hoc gebildetes Ein-Mann-Komitee, als Repräsentant der barmherzigen Menschheit, auf sie zu. Als er näher kommt, kann er durch den durchsichtigen dirac hindurch deutlich Amberas winzige Brüste erkennen, die so klein sind wie bei einem Baby.

»Was ist hier los?« Koschin hält ihren Arm fest: Sie hält den Schuh zum Zuschlagen bereit.

»Wai sakhraansantahay«, behauptet der Staatssekretär.

»Überlassen Sie das mir ... man wird sich um sie kümmern, mein Herr!«

»Axsantu!«

Geschieht Ihnen recht, Herr Staatssekretär, denkt Koschin, als er Ambera von ihm fortführt. Barni kommt ihnen entgegen, fragt, ob es an irgend etwas fehle, Koschin flüstert: »Sie ist betrunken«, und Barni versichert ihm als Gastgeberin, daß man sich um Ambera kümmern werde, und übernimmt die Verantwortung. Koschin zieht sich zurück.

Von Beruf ist Ambera Lehrerin, eine außergewöhnlich intelligente Lehrerin, die ihre Ausbildung »irgendwo südlich der Dixonlinie in einem von christlichen Brüdern und Schwestern unterhaltenen zweitklassigen religiösen Institut« erhalten hat. Im Augenblick will sie sich allerdings unter keinen Umständen so weit erniedrigen, die kleinen Gören an der Mittelschule von Brava, wohin man sie versetzt hat, zu unterrichten, denn sie sind ihr zu laut, sprechen ein störrisches Bravanesisch, halten sich für Nachkömmlinge der Portugiesen und sehen auf ihre Altersgenossen auf dem Festland herab – und außerdem »bekommt mir die Kreide so schlecht, daß ich das ganze Jahr über ständig niesen muß«, wie sie sagt.

»Ja, Barni?«

»Sie ist gar nicht betrunken.«

»Was denn?«

»War alles wohlüberlegt«, sagt sie und geht.

Einmal wurde Ambera zusammen mit anderen Kolleginnen für eine italienische Zeitung interviewt. Die emanzipierten Frauen äußerten sich sehr frei und sprachen verächtlich von der Wirklichkeit einer Nation. Im Spaß schlug der Interviewer Ambera vor, sie solle doch als Twiggy für Ebony posieren. Sie dachte ernsthaft darüber nach, flog dann kurz entschlossen in die Staaten zurück, gab sich mit den Annehmlichkeiten, die nördlich der Dixonlinie zu haben waren, zufrieden, richtete sich mit einer Freundin in einem Apartment in Los Angeles ein und entdeckte schließlich zu ihrem Schrecken, daß ihre Zehen für dieses Geschäft zu groß waren. Wütend kehrte sie nach Somalia zurück.

»Buona sera!«

»Buona sera!«

Das Mädchen mit den geschlossenen Schenkeln ist weg, Koschin ist erleichtert. Geschlossene Schenkel, er genießt die zwei Worte. Bekommt einen Schluckauf... Pardon, mein Herr ... danke ... Aber der Hintern wird vor allem dann in die Höhe gestreckt, wenn der Ziegenbock heiß ist, und sie, ja sie übernimmt die Führung. Hintern hoch, die Flaschen sind leer!

Jemand schlägt Koschin mit der Faust auf den Rücken. Es tut ihm weh, und er dreht sich ärgerlich zu dem Mann um und will ...

»Wie geht's?« fragt der Mann.

»Mittelmäßig«, antwortet Koschin.

Als erstes bemerkt Koschin, daß der Mann seine Füße bandagiert hat. Er hinkt, allerdings nur ganz wenig, als wäre er gerade von einem anstrengenden Kampf in Bangladesch zurückgekommen, in dem potentielle Brüder sich gegenseitig umbringen. Außerdem scheint er heute mehr Stirnfalten zu haben als der Prophet graue Haare.

»Hast du dich verletzt, Bulxan?« fragt Koschin.

Der Mann hebt ein Bein hoch, drückt hier und da auf seinen Fuß, grinst, setzt den Fuß wieder auf den Boden und lacht.

»Nein, habe ich nicht.«

Nancy ist zurückgekommen, was Koschin nicht bemerkt. Noch etwas verstört fragt er weiter:

»Wozu dann aber die Bandagen?«

»Die hab' ich nur übergezogen.«

»Was?«

»Meine ganzen Socken waren schmutzig. Ich hab' sie heute nachmittag gewaschen, aber sie wurden nicht rechtzeitig trocken. Und ich wollte doch so gern zur Party kommen. Also!«

»Also?«

»Also habe ich mich bandagiert, um vorzugeben, ich hätte mir die Füße verletzt. Ich konnte schließlich keine Schuhe ohne Socken anziehen, oder?«

»Sehr schräg, wirklich.«

»Sehr, das muß ich sagen«, pflichtet Nancy bei.

»Oh, hallo, Nancy. Wo warst du denn? Wann bist du zurückgekommen?«

»Gerade eben.«

Nancy lehnt sich gegen Koschin und nickt Bulxan zur Begrüßung zu.

»Dies ist Nancy, und dies ist Bulxan.«

»Hallo, Mr. ...«

»Bulxan.«

»Er ist Politikwissenschaftler.«

»Ein Politiker?«

»Nein, nicht. Ich habe nur Politikwissenschaften studiert, das ist alles.«

»Und er ist der aussichtsreichste Kandidat für den Posten des Generalsekretärs der Somalischen Sozialistischen Partei, wenn dieser einmal frei ist. Er hat einen Ausbildungskurs in Parteipolitik in Moskau mitgemacht, wann war das doch noch, Bulxan?«

»Vor einem Monat.«

Nancy lehnt sich jetzt nicht mehr an Koschin an. Sie fragt:

»Was ist mit deinen Füßen, Bulxan? War das der Friseur?«

Ihre zweite Frage entgeht ihm.

»Ich habe mich verletzt.«

Voller Mitgefühl:

»Schlimm?«

»Nein, nicht sehr schlimm.«

Koschin macht sich von Nancy los, die sich jedoch gleich wieder mit ihrem ganzen Gewicht gegen ihn lehnt.

»Lügen haben, wie Hyänen, kurze Beine.«

»Ich weiß.«

Ein kurzes Schweigen. Koschin entfernt sich von den beiden. Bei sich denkt er: Laß sich die beiden belügen, soviel sie wollen.

»Wohin gehst du?« ruft Nancy ihm nach.

Über die Schulter antwortet er:

»Ich suche mir etwas zu trinken.«

»Und was ist mit mir?«

»Bulxan wird dir etwas holen.«

Du verdammter schiefer Turm, denkt er bei sich. Das ist alles durch und durch Lüge. Als wir zusammen in London waren, habe ich ihr auch einige Lügen erzählt, aber andere, nicht solche, die irgend jemand irgend etwas einbringen. Bulxan hatte an dem Tag, an dem er geboren wurde, auch gelogen, wie er Koschin bei einer Tasse Cappuccino in der Snackbar Km 4 erzählte: Er hatte geschrien, und jeder meinte, er wäre völlig verhungert auf die Welt gekommen. Das ganze Dorf rannte los, um ihm Milch zu holen, und als die Milch kam (nicht gebracht wurde), war Bulxon schon eingeschlafen. Seine Mutter ebenfalls. Nur: Sie wachte nie mehr auf. Und als er heranwuchs, erzählte er eine weitere Lüge: daß er seine Mutter getötet habe, daß er in gewissem Sinne ein Kain sei. Sollen sie sich doch gegenseitig etwas vormachen, ich kann das nicht mehr ertragen. Sollen sie sich doch um die Lügenherrschaft streiten. Die Zeit wird zeigen, der Koran wird zeigen, daß Bulxan . . . vielleicht wird die Lüge trotz allem überleben.

Die Fabel des alten Aesop erzählt, welches Schicksal die Maus und den Frosch überkam. Das ist von Dante, denkt Koschin, Dante, dieser Weise unter den Alten und den Modernen, Amen!

Er wird von einem Gespräch gefangengenommen und vergißt seine Suche nach einem Drink. Er bleibt stehen, um zu lauschen.

»Gott ist eine ätherische Erscheinung«, sagt Amxad gerade. »Eine ätherische Erscheinung, eine Schöpfung unseres eigenen Denkens.«

Amxad – der Name ist eine Verhunzung von Axmed – kam als Bastard auf die Welt, der Sohn eines unbekannten Vaters, ein Mutterkind, wie man ihn in seiner Jugend nannte. Auch von seinem Wesen her ist er ein Bastard. Denn er glaubt nicht an Nietzsches Bemerkung, daß große Probleme auf der Straße liegen, die Lösungen hierzu jedoch in den Köpfen der Fußgänger zu finden sind, zu denen zu gehören er das Glück hat. »Eine Erscheinung wie ein Geist«, fügt er hinzu.

Der Stamm seiner Mutter gestand ihm, als er aufwuchs, das Privileg zu, ihn als Sohn des Stammes anzuerkennen. Er zahlte bereitwillig für die Bedürftigen dieses Stammes, und es war schließlich auch nicht schwierig, einen Mann zu finden, der für den Herangewachsenen die Rolle des Vaters übernahm. Er war darüber so entzückt, daß er bei dieser Gelegenheit einen Hahn schlachtete: Versöhnung zwischen Vater und Sünde, nannte Axmed das.

»Ein Geist, mein liebes Mädchen«, sagt er.

Koschin bleibt unbeweglich stehen.

»Geist und Materie, der Schöpfer und seine Schöpfung.«

Koschin bleibt gegen seinen Willen weiter unbeweglich stehen, spielt nervös mit seiner Zunge, um ruhig zu bleiben. Sein Gesicht zeigt Ärger und Abscheu. Nicht, daß ich ein Religionsfanatiker wäre, aber ich bleibe fest bei meiner Meinung. Ich halte meinen Mund; denn was auch immer ich von ihm, der die Erde und das Meer in sieben Tagen, nein, in sechs Tagen, geschaffen hat, was auch immer ich vom ihm denke, ist nicht, was und wer er ist – so hat man es mir jedenfalls immer wieder gesagt. Koschin schleicht sich an Amxad und die Frau, mit der er sich unterhält, heran.

»Eine Erscheinung, ein Begriff.«

Nach dem Schulabschluß in Sheikh unter dem kürzlich vertriebenen Darlington, der Somalia gerne unter einer demokratischen Führung gesehen hätte, studierte Amxad an der Lumumba Universität in Moskau Philosophie und schrieb in Anlehnung an den guten alten Russell seine Doktorarbeit mit dem Titel »Warum ich Atheist bin«. Dann besuchte er ein oder zwei kurze Seminare zum selben Thema in der DDR, und zwar noch während seiner Studienzeit in Moskau, wonach er sich längere Zeit genau wie ich in Westeuropa aufhielt. Ein verwirrter Mensch.

»Eine Idee, wenn du eine abstraktere Bezeichnung aus der Philosophie lieber hast«, meint er.

Le vie del Signore sono infinite! denkt Koschin. Er ist das Gegenteil aller unserer Vorstellungen von Ihm.

»Rede ich dir zu hochgeschraubt?«

»Es gefällt mir, Amxad«, antwortet Muxubbe.

Amxad ist mittelgroß und leger mit Tweedjacke und Khakihosen bekleidet. »Ich bin kein Bourgeois, sondern ein Proletarier«, erklärt er weiter. Seltsamerweise scheinen sich seine Hosen jetzt unten auszubeulen, sein Haar wirkt ungekämmt – »Zeitverschwendung, sich die Haare zu kämmen, eine bürgerliche Einrichtung ist das. Und meine bleiben sowieso nicht liegen« – und dann trägt er vor allem noch seine äußerst schwache Brille, mit Rand, die er sich von dem Ersparten aus seinem 80-Rubel-Stipendium gekauft hat. Und all dies ist »Die Erinnerung an eine längst vergessene Liebe zu Rußland, eine Liebe, die ganz anders war als bei Bond.«

»Wariia Amxad? – Bring deine Theorien mal in Ordnung.«

»Was meinst du damit?«

»Du bist von den Russen beeinflußt.«

»Hast du alles, was ich gesagt habe, gehört?«

»Na ja, zum einen Ohr hinein, zum andern hinaus.«

Bei seiner Rückkehr nach Somalia, erinnert Koschin sich, hat Amxad einen Haufen Geld ausgegeben – »Ich hatte das Geld geliehen, um mir eine Hose zu kaufen; die russischen hatten die Feuchtigkeit nicht vertragen« –, einen Haufen Geld für eine Selbstdarstellung, die im damaligen Corriere della Somalia erschien: eine kurze Biographie von ihm, eine völlig verzerrte und verfälschte Darstellung, und ein Foto. »Ich habe eine rusbaschka getragen, die mir ein Mitglied der Kommunistischen Partei für einen Vortrag geschenkt hatte, den ich über die Lehren Lenins hielt, ein Mitglied der Kommunistischen Partei übrigens, mit dem ich auch schachmaty gespielt habe, jemand, mit dem ich den kartesch teilte und der mich niemals wie all die anderen einen tschorny tschelowek nannte, was ich so haßte.« Die Eigenreklame erschien. Was für ein proletarischer Akt, ach, du meine Güte! Koschin runzelt verächtlich die Stirn.

»Kennt ihr euch?« Amxads Blick wandert von Koschin zu der Frau.

»Leider nicht«, sagt Koschin.

»Darf ich dir dann Muxubbo vorstellen, Koschin!«

»Piacere. Sehr erfreut, Sie kennenzulernen.«

»Ganz meinerseits.«

»Sie unterrichten meine Schwester, ich kannte Sie schon«, meint sie, als sie sich die Hand geben.

Ein Wunder der Natur, das sich aus der Masse heraushebt. Große feuchte Augen und anmutige Bewegungen, denkt Koschin, ich kann mir nicht helfen, sie gefällt mir einfach . . . trotz der Tatsache, daß dies eigentlich nicht sein sollte.

»Wie heißt Ihre Schwester?«

»Xaddio, sie ist in der vierten Klasse.«

»Sie sollten etwas auf sie aufpassen.«

Bei sich selbst überlegt er: Der Schulleiter und das hübscheste Ding in der Schule. Seine schmutzigen Intentionen sind in erster Linie auf sie gerichtet.

»Warum?«

»Ich glaube, Sie verwöhnen sie.«

»Mich verwöhnt sie auch«, flicht Amxad ein.

Ohne noch etwas zu sagen, bummelt Koschin weiter. Die Musik ist jetzt sehr laut, und die Tanzfläche ist voller Leute, die die Hüften verdrehen, dahingleiten oder ihre Tanzpartner herumschubsen, weil sie aus dem Rhythmus gekommen sind. Die Glieder zucken zum Auf- und Abschwellen der Trommeln. Koschin beobachtet sie fasziniert. Er bewundert eine ihm unbekannte Frau, die ihren Körper beim Tanz mit absoluter Grazie bewegt.

»Alaikumu-salaam, Koschin.« Eine Frauenstimme in seinem Rücken.

Er wendet sich um: Da steht Xaali vor ihm. Xaali, die von Padua zurückgekehrt ist, wo sie Literatur studiert hat, Xaali, die Koschin kannte, mit der er jedoch niemals etwas hatte. Als sie zurückkam, war sie total abgebrannt, und an der Universität hatte sie sich ziemlich mittelmäßig geschlagen. Man erzählt sich von ihr, daß sie ihren Doktortitel unter Glas gesetzt hat, aus Angst, er könnte im armadio zerknittern und ... »die Luftfeuchtigkeit in Mogadischu ist schrecklich ... und auch das tropische Klima ist entsetzlich für das Papier, aus dem die Urkunde besteht«. Alle können es also sehen und zur Kenntnis nehmen, daß Xaali ihre gesammelten Lehrjahre an die Wand im Wohnzimmer genagelt hat.

»Waraxmatullahi«, antwortet Koschin.

Und die Aufforderung zum Tanz von der makellosen Platte, Browns Aufforderung, die Stimme der Gottesseele, ruft und appelliert an das ganze kopernikanische Universum, an das ganze Publikum Galileos, doch zu kommen und sich aneinanderzuschmiegen, sich auf und ab, zuckend und gleitend zu seiner wilden Musik zu bewegen – dieser unsinnige Krach von Brown drängt sich zwischen sie. Xaali scheint seinen Gruß nicht verstanden zu haben.

»Wie geht es dir?« schreit sie, um die Musik zu übertönen.

Ihr Mann, ein Bankier, der an derselben Universität wie sie studiert hat, . . . »aber geistig so beschränkt ist« . . ., erlaubt der emanzipierten Graduierten nicht, sich beruflich zu betätigen, denn . . . »Frauen, meint er, gehören ins Haus« . . ., und ihre Antwort darauf, die sie ihren Freunden ins Ohr flüstert, lautet: »Der Lohn der Eifersucht liegt in der Untreue.«

»Sehr gut, habe ich gesagt«, schreit er zurück.

Mit Kindern sind sie wirklich gesegnet, fünf Stück haben sie – die zwei jüngsten sind eineiige Zwillinge –, und das auch noch in weniger als drei Jahren, nach dem das erste ungesichert in diese vaterlose Welt gekommen war und damit die Vereinigung ihrer Blutgruppen A und 0 und ihre Eheschließung herbeigeführt hatte.

Die Musik wird jetzt etwas leiser, so daß sie sich leichter verständigen können.

»Warst du in letzter Zeit nicht mehr im Umlauf?«

Sie knabbert an einem Keks.

»Wie meinst du?«

»Ich dachte, du wärst offiziell aus dem Umlauf gezogen wie . . .«

»Was?«

»Wie die Hadschi-Farah-Geldscheine.«

Er lacht gezwungen.

»Vielleicht.«

Wie sie die Jahre überstanden hat! Sie ist über vierzig und sieht kaum wie fünfundzwanzig aus. Vor zehn Jahren, ja vor zehn Jahren in der Region Iskurraran, sah sie uralt aus und benahm sich auch, als sei sie wesentlich älter. Das war lange bevor sie nach Italien ging, vor ihrer Ehe natürlich und bevor sie anfing, aus lauter Langeweile Geld zu zählen. Die Frau eines Bankiers – eine Klatschbase, deren einziges Hobby der Tratsch und noch einmal Tratsch ist und deren Körper, wie es im heiligen Koran heißt, von einer ihr ähnlichen Schwester verschlungen werden wird. Ganz sicher bin ich mir nicht bei diesem Zitat.

»Was machst du denn so zur Zeit?« fragt sie.

Sie wischt ein Staubflöckchen von ihrem sacco-cinese, einem Kleid, das speziell für eine niemals alternde Bankiersfrau entworfen zu sein scheint, für eine Frau, die nicht sehr untreu ist (»nur einmal in zwei Jahren, der richtige Mann am richtigen Platz, um das Geschäft zu beleben usw.«). Das Kleid ist vorn recht großzügig ausgeschnitten, auch hinten, wo es natürlich auch einen Reißverschluß hat.

»Nichts.«

Genau wie du: eine ungebildete Teufelsbrut, soweit es den Beruf betrifft, denkt Koschin bei sich.

»Wie geht's in der Schule?«

»Ich habe gekündigt.«

»Schriftlich?«

»Ja, Xaali. Schriftlich.«

»Wie konntest du nur?«

»Ich war dazu gezwungen.«

»Wer oder was hat dich dazu gezwungen?«

»Die Umstände.«

»Frauen?« meint sie.

Ihre Zunge gleitet über ihre Lippen und läßt die süßen Kekskrümel verschwinden. Vielleicht ist das die Einleitung zu meiner Verführung durch eine Bankiersfrau. O Himmel, nein! Ich habe mich nie mit verheirateten Frauen eingelassen, weiß sie das etwa nicht?

»Was macht dein Mann?« fragt er.

»Er ist mir treu.«

»Macht Überstunden, um die zahlreichen Wünsche seiner Frau zu erfüllen, könnte ich mir vorstellen.«

»Nun ja, das stimmt!«

»Entschuldige, ich muß gehen«, sagt er und wendet sich ab, bevor sie den Mund geöffnet hat, um weiter über den Stand der Dinge zwischen ihr und ihrem Mann zu berichten und langschweifige Erklärungen abzugeben.

»Bis später, Xaali.«

»Ciao, Piccolo!«

Während er sich in die Menge stürzt, läßt er seine Augen langsam über die tanzenden Paare schweifen und überlegt dann ausgiebig, ob er sich nach einem Sitzplatz umsehen soll oder nicht. Schließlich geht er majestätisch durch die Menge, Entschuldigen Sie, escusa me, iga raali-ahow, und wird in den inneren Kreis um Nancy gezogen, die mit einem schlechten Tänzer fertig zu werden versucht, den Koschin nicht kennt. Um ihr eine Freude zu machen – »Ich weiß, ich sollte es lassen, aber tun wir ihr einen Augenblick lang den Gefallen« – schwingt er Nancy und den Mann, dem er dabei zulächelt, einmal langsam im Kreis herum. Dann entschlüpft er, um sich einen Sitzplatz zu suchen.

Er läßt sich nieder.

Der Stein, den man nach einem Angeklagten wirft, trifft nur den Unschuldigen, denkt er. Eine Welt voller Höhen und Tiefen; diejenigen, die du aus Liebe dein ganzes Leben lang duldest, dulden dich noch nicht einmal einen Augenblick, wenn du sie brauchst. Nicht einmal Trost für einen Augenblick. Ich sehe die Welt wie ein Bild vor mir in Person eines bösen Weibes, das den unschuldigen Adam wie eine Schlange verführt. Jede Frau ist Eva und atmet die Bosheit Evas, der Mutter der Zerstörung. In jeder Erzählung, an die ich mich erinnere, geht es um sie: um die angeborene Unschuld des Mannes und um Eva, es geht um sie, ihren

Unwillen, ihre Verachtung, ihr Elend, ihre unerreichbare Liebe und ihr nie vollendetes Glück. Das Glück, ja! Denn ein Mann ist glücklich, wenn er nicht andere sein Leben für sich leben läßt. Das ist ein wirklich glücklicher Mann, per se, in tutto! Man findet keinen Zugang zu den Finessen des Glücks oder zu den Finessen des Lebens, wenn man nicht wird wie ein böses Weib. Schade, doch das ist die Wahrheit, und die Wahrheit schmeckt bitter, wie die Somalis sagen. Wie bitter die Wahrheit ist! Der Stein, den man nach einem Angeklagten wirft, trifft nur den Unschuldigen.

Nancy und ich! Nancy, die ganz von Igland hierhergekommen ist, die an nichts anderes als an mich denkt, an mich und wie ich in ihren Träumen lebte. Ich schlüpfe nicht in ihre Haut, aber sie schlüpft in meine. Der Grund: Ich ... ich ...

Er schaut in Nancys Richtung. Sie tanzt sehr eng einen Tango mit Dulmar, der sie ein ganzes Stück überragt und in dessen festem Griff sie wie eine kleine Puppe wirkt. Er lacht hin und wieder und amüsiert sich sichtlich über ihre Unterhaltung. Eine Miniaturfrau in den Händen eines Goliath, klein sowohl im geistigen wie im physischen Sinn. Schlechte Gedanken, schlechte Gedanken sind eine Sünde, oder? Er schüttelt den Kopf, um die Vorstellungen von dem bösen Weib, die mit Blitzgeschwindigkeit durch seinen Kopf jagen, loszuwerden. Danach wischt er sich mit zitternden Händen übers Gesicht.

All dies macht mich krank, Nancy, das versichere ich dir.

Und bei sich selbst: Der Vortrag vom Besuch des Engels in der Zelle dort unten, in dieser Zelle, in die kein Lichtschein dringt, diese Zelle, aus der bisher niemand zurückgekehrt ist. Es gibt nur eine einfache Fahrkarte ins Jenseits. Genau dahin führt ein böses Weib ihren Mann. Aber ...

Ich bin dir sehr dankbar, Nancy, daß du mir Beethoven mitgebracht hast. Wirklich sehr dankbar. Ich war bestimmt aufgeregt, ganz deutlich aufgeregt, denn ich glaube, daß

Beethoven ein Wunder Gottes war, eine Manifestation der göttlichen Gegenwart unter uns Menschen. Beethoven, der stocktaub war und noch Musik von einer Klangfülle schuf, wie man sie vorher niemals gehört hatte, ein Mensch, der seine eigenen Kompositionen gar nicht mehr richtig hören konnte.

Koschin sucht in seinen Taschen nach einer Zigarette. Er findet keine.

Ich lasse nach, aber weiß ich eigentlich, was es bedeutet, ein Außenseiter zu sein? Wobei dasselbe für dich gilt? Ich spiele auf einer selbstgefertigten Flöte, aber das Pfeifen des Windes kann ich nicht hören. Ich bin ein zweiter Beethoven, wir sind beide in die Schlacht von Waterloo verwikkelt. Und ich fürchte, daß ich die Schlacht nach und nach an dich verliere. Der Sieg ist mit dir, Nancy, der Sieg, Nancy, ist auf deiner Seite.

Er reibt sich seine schmerzenden Augen und nimmt dabei den Ausdruck eines blöden Halbwüchsigen an. Als er die Augen wieder öffnet, hört er Barbara fragen:

»Alles in Ordnung, Koschin?«

»Ich denke doch, Barbara.«

»Komm, laß uns tanzen.«

»Ich fühle mich mies.«

»Was fehlt dir denn?«

»Es tut mir leid, aber mein Leben fängt an, mich anzukotzen.«

»Wie meinst du denn das?«

Koschin antwortet nicht. Sie streckt ihm die Hand entgegen und hilft ihm aufzustehen.

Er meint:

»Alte Gefühle lassen sich wie das Alter nicht betrügen. Daher der Kampf, Barbara.«

»Red keinen Unsinn. Laß uns tanzen.«

»Als ich noch minderjährig war, pflegten meine Kameraden zu sagen, daß ich wie ein Mann von vierzig oder fünfzig dächte. Jetzt, wo ich beinahe vierzig bin, gehe ich mit mir und meinen Gedanken sehr, sehr vorsichtig um, damit ich nicht wie Glas zerbreche. Nancy ist auch über dreißig. Höchste Zeit also, daß sich beide entschließen ...« Die Worte versickern.

»Unsinn.«

»Wenn es das nur wäre.«

Koschin reibt sich am Hals und wünscht, er könnte sich jetzt davonmachen.

Barbara schaut sich um und fragt:

»Wo ist Nancy? Hast du sie vor den Kopf gestoßen?«

»Als ich sie zuletzt gesehen habe, tanzte sie mit Dulmar.«

»Ist sie böse auf dich?«

»Ich weiß nicht.«

»Ich kann sie nicht entdecken.«

Sie reckt sich, um über die Köpfe hinwegsehen zu können.

»Vielleicht ist sie im Waschraum. Sie mag die Kühle da.«

»Hast du Barre gesehen?«

»Ist das Urteil ...«

»Die Besprechung ist bis auf weiteres verschoben worden.«

Barbara entführt Koschin auf die Tanzfläche. Sie beginnt zu tanzen, obwohl sie ganz am Rand der Fläche stehen, sie verschwindet und verschmilzt mit der Menge, man sieht ihre Zunge, ihre Hände bewegen sich.

»Mir ist nicht nach Tanzen zumute«, sagt Koschin.

Sie zündet sich eine Zigarette an, bietet ihm auch eine an, die er jedoch ablehnt, und inhaliert tief:

»Du benimmst dich wieder einmal grob.«

»Ich bin von Natur aus grob.«

»Nein, ich weiß, warum du so bist.«

»Warum denn?«

»Dein Gewissen erlaubt es dir nicht, freundschaftlich mit mir zu verkehren.« Sie entfernt sich ein Stück, kommt zurück und fügt hinzu:

»Das stimmt, aber warum?«

»Ich weiß es nicht.«

Wieder ein Zug an der Zigarette. Durch den Rauch hindurch sagt sie:

»Warum?«

»Das, was du repräsentierst, gefällt mir nicht.«

Ein kurzer Zug. Ein schwerer Seufzer.

»Was repräsentiere ich denn?«

»Vieles.«

»Erzähl mir von einem, nur von einem. Ich glaube, ich habe ein Recht darauf. Ich habe das Recht zu erfahren, was es ist, das ich repräsentiere und das dich abstößt.«

»Es ist nicht etwas, das du tust.«

»Was ist es denn?«

Koschin tut so, als suche er unter der Menge schwarzer und blonder Köpfe nach Nancy, und als ob er es vergessen hätte, fragt er harmlos:

»Welche Haarfarbe hat Nancy?«

Er stellt diese Frage, das weiß er, vor allem aus zwei Gründen: Erstens will er es vermeiden, ihr zu antworten; zweitens will er Zeit gewinnen, um über ihre Frage nachzudenken.

»Blond.«

»Bist du sicher?!«

Barbara schweigt. Sie nimmt ihre Puderdose aus ihrem Lederbeutel, pudert sich das Gesicht, schaut sich in dem kleinen Spiegel an und fährt mit der Zunge verärgert leicht, langsam über die bemalten Lippen. Ich sitze im Schoß der Götter, und ich kann mir Zeit lassen, denkt Koschin.

»Also, was ist es, das ich repräsentiere und was dich abstößt?«

Koschin schaut sie nur an. In ihren Augen schimmert eindeutig Haß, als sie die arme Zigarette brüsk mit ihrem Absatz austritt.

»Das ist eine Frage des Lippenstifts«, meint er.

Wieder Schweigen. Die Leute laufen weiter herum, lachen und tanzen, als ob gar nichts Besonderes geschähe. Die Beatles singen jetzt, beklagen den Zustand der Welt, zwingen alle, Lucy-in-the-Sky-with-Diamonds zu akzeptieren.

Barbara geht, ohne ein weiteres Wort zu verlieren. Er hört, wie sie Barre über die Köpfe hinweg zuruft, sie winkt und geht dann zu Barre hinüber. Sie blickt noch einmal auf Koschin zurück und ...

Einer der Dienstboten kommt bei ihm vorbei. Er bittet ihn um ein Glas Saft. Der kleine Mann stammelt in einsilbigen Worten – gar nicht wie ein Sekoni:

»Mmmaya, Jijale!«

»Maxaad haysaa?«

»Wwwwwwwhisky, Jijale!«

»Liinse?«

»Wwwwa yahay, Jjaale!« stottert der Mann, stellt sein Tablett auf einen kleinen Tisch neben Koschin und geht, um ihm ein Glas Saft zu holen.

Koschins Augen ruhen auf dem Tisch wie auf einer Beute. Haufenweise Fleisch, zu Rouladen aufgerollt, Würste, Aufschnitt oder Braten, einige Stücke aufgespießt, außerdem Fischkoteletts und trockene Kekse, all diese Beutestücke starren ihn verlockend an. Oliven, bemerkt er, ich frage mich, wo sie die herbekommen. Er erinnert sich an die Libanesen und Sudanesen in Rom, wie sie sich über Guajava und Oliven, die man in Somalia fälschlich Guajava nennt, stritten. Aus heiterem Himmel sind Fliegen da. Fliegen, o Himmel! ein ganzes Fliegenvolk: kleine Fliegen, große Fliegen und Stubenfliegen schwirren um die Fleischstücke herum, um davon zu kosten, ihren Segen zu geben, um zu demonstrieren, daß sie alle und niemand verschonen können. Sie bahnen sich ihren Weg in Koschins Gesicht, auf seinen Armen, Beinen, Schuhen. Dies ist ein freches

Eindringen in eine private Party, die ausschließlich für Gleichgestellte stattfindet, sehen sie das nicht ein? Unbefugte, nennt er sie, als er versucht, sie mit der Hand zu verscheuchen. Der Herr gibt, und der Herr nimmt. Fliegen: die geben nie, sie nehmen nur. Eine unausgeglichene Sache das, ein in merkwürdiger Weise heikles Gleichgewicht, solchen Autoritäten wie Albee zufolge. Koschin zieht ein schmutziges, zusammengeknülltes, häßliches Taschentuch hervor und wischt sich den Schweiß von der Stirn. Er meidet den Blick eines Mitglieds des verfluchten Weibergeschlechts und flucht leise, so daß ihn niemand hört. Nancy – eine Frau voller Lüsternheit und Weiblichkeit! Verflixt nochmal! Was für ein Segen, daß sie jetzt nicht hier ist. Ich glaube, ich weiß allmählich nicht mehr, ob ich nun anfange, mich an sie zu gewöhnen oder nicht.

Der Dienstbote bringt ihm den Saft.

»Mahadsanid«, sagt Koschin.

»Wwwwwaxkale?«

»Nein, vielen Dank.«

Der Dienstbote entfernt sich mit einer Verbeugung und nimmt das Tablett vom Tisch. Geh mit dem Teufel auf deinen Schultern.

Er trinkt einen Schluck, aber es schmeckt nicht so gut, wie er gedacht hatte. Außerdem gerät ihm beim Trinken auch noch ein Kern in den Mund. Er spuckt ihn rüde aus und schüttet dabei beinahe den ganzen Saft auf den sauberen Fußboden. Halt dein Land sauber, erinnert er sich. Ja, das sollte ich eigentlich, Jalle Jelle. Er sitzt mit übergeschlagenen Beinen da. Aber wo bist du denn zur Zeit?

Von den zwei Flügeln einer Fliege, Nancy, ist der eine giftig, der andere dient der Heilung. Wenn eine Fliege zufällig in deinen Drink gerät, weil sie gern baden möchte, sollte man aufpassen, daß sie mit beiden Flügeln untertaucht. Du bist die Fliege, Somalia ist der Drink und ich, ohne angeben zu wollen, der, der die Macht hat. Ich tauche dich unter, ich will ja, daß du hierbleibst. Wird dich das dazu bewegen zu gehen?

Eine Frau geht an ihm vorbei und wirft ihm, wie er meint, begehrliche Blicke zu, Blicke, die er nicht ernst nehmen möchte. Ich glaube nicht, daß ich sie schon vorher einmal gesehen habe. Wer sie wohl sein mag? Als er aus Scheu die Augen senkt, um ihren Blick zu vermeiden, entdeckt er auch, daß sie ihre Füße mit Henna gefärbt hat. Muß eine Hamar-Weine-Frau sein, bestimmt. Kommt von dort, wo es keine Sonne gibt und wo man nur heraus darf, um mit Verwandten einen malinjog-Besuch zu machen. Kommt von dort, wo Fisch das Hauptnahrungsmittel ist, der Mann ihre Hauptgottheit, sie folgt ihm aufs Wort, sie kommt von dort, wo nie ein anderer willkommen ist. Eingesperrte Frauen mit kleinen Ringen um ihre Fesseln. Am meisten fehlt es an Vitamin D. Und die Teufelsanbetung ist die einzige Verbindung zum Göttlichen. Daher kommt diese Frau. Was tut sie dann auf dieser Party?

Er nimmt noch einen Schluck von seinem bitteren Getränk und stellt fest, daß Mohammed sich zu ihm durcharbeitet. Er trägt höchst leger ein zebragestreiftes T-Shirt, Tetrexhosen und, wie üblich, Safarischuhe.

»Wie geht's?« fragt Mohammed.

»Bah! Warum fragst du?«

»Kann ich mich zu dir setzen?«

»Sicher.«

Die beiden sitzen da wie auf einem Elefantensitz, sie stoßen mit ihren Hinterteilen aneinander und kehren sich, der Not gehorchend, nicht dem eigenen Triebe, beide den Rükken zu. Das Rückgrat des Lebens geht über menschliche Berührung hinaus, denkt Koschin.

»Hast du gebadet, Mohammed?«

»Warum fragst du?«

»Tut mir leid, aber du riechst.«

»Bist du sicher, daß du nicht vor lauter Ideen stinkst, an

die du selber nicht glaubst?«

»Dies ist eine physische Sache.«

»Und ich rede von einer geistigen.«

Mohammed manövriert seinen Körper auf Koschin zu, indem er sich mit seinem ganzen Gewicht über den Stuhl schiebt, die beiden sehen sich an.

»Hast du Barbara getroffen?« fragt Koschin.

»Ja.«

»Wo ist sie?«

»Dort drüben mit Nancy.«

»Sie stößt mich ab, weißt du das?«

»Ja, ich weiß.«

»Das meine ich, wenn ich dir sage, daß du riechst.«

Koschin steht daraufhin abrupt auf, zieht sich einen Stuhl heran und setzt sich so dicht vor Mohammed hin, daß sich ihre Knie berühren.

»Wie eine Person aussieht, glaube ich (hat das überhaupt einen Sinn?), ist entscheidend dafür, ob eine bestimmte Ordnung aufrechterhalten werden kann – oder nicht –, um den Strom von Menschenliebe durch eine Person oder eine Reihe von Personen zu gewährleisten«, meint Koschin.

»Was meinst du damit?«

»Daß, um genau zu sein, deine von einem beständigen Kontakt mit dem Geruch, Geruch unterstrichen, kommt, dessen Herkunft tatsächlich in der ursprünglichen Person verborgen liegt.«

»Ich verstehe noch immer nicht.«

»Du riechst nach Barbara«, meint Koschin und setzt sich.

»Wie das?«

»Du hast alles, was du einmal vertreten hast, im Austausch für eine andere Befriedigung aufgegeben.«

»Oh!«

Koschin ist wieder aufgestanden, er ist etwas nervös. Mohammed geht es genauso.

»Setz dich hin, Koschin, du machst mich nervös.«

»Okay.«

Mit übereinandergelegten Beinen und den Händen in den Hosentaschen sitzt cr unbehaglich da.

»Was macht der Kratzer vom Rasiermesser?«

»Der von deinen Verbündeten?«

»Ich würde niemals so gemein sein.«

»Wie, glaubst du nicht mit völliger Überzeugung an die Revolution?«

Koschin lehnt sich nach vorn.

»Somalia hatte eine Revolution dringend nötig.«

»Brauchte Somalia wirklich Terror und Horror vom Morgen bis zum Abend?«

»Eine Revolution, gleich wo und wann und welcher Art, lebt von Loyalität, kann sich nur aufgrund von Loyalität und nichts anderem durchsetzen. Loyalität ist das erste Gesetz einer Revolution. Und die, die loyal sind, egal, wer sie sind, werden höher eingestuft. Der Mann auf der Straße, der Revolutionsgeist besitzt, ist jedem mit noch so vielen Titeln hinter seinem Namen, der diesen Geist nicht besitzt, vorzuziehen. Sich intellektuell über eine Revolution zu verbreiten, ist ganz gewiß ein schöner Zeitvertreib, aber sich mitten in ihre Bitterkeit hereinzubegeben, das halten nur sehr wenige aus. Du hast einmal gesagt, daß Che Guevara und Fanon deine Vorbilder seien ...«

»Sie waren auch großartig!«

»Aber in welchem Zusammenhang? Für wen? Wo? Für Somalia?«

»Für die Welt.«

»Erst geht es um uns, dann um andere!«

»Glaubst du das alles?«

»Ja.«

»Chari ...«

»Nein, Mohammed.«

Koschins Gedankenzange zwängt sich in die Markknochen einiger revolutionärer Tatsachen. Revolution ist Wahrheit, sie ist Gerechtigkeit, ja. Bisher hat diese Revolution in Somalia, und ich hoffe, das bleibt so, den Toten Leben verliehen und die Hoffnung in uns am Leben erhalten. Das ist die Revolution. Wenn sie aber den Grundwahrheiten einer somalisch-afrikanischen Menschlichkeit nicht treu bleibt, dann muß man ihr das Recht absprechen, die Gedanken anständiger Menschen zu beherrschen.

»Warum hast du gekündigt?«

»Das hat mit meiner Loyalität gegenüber der Revolution nichts zu tun. Es war eine persönliche Angelegenheit.«

»Das Vergnügen eines einzelnen?«

»Nein, ein Zusammenstoß von zwei Persönlichkeiten.«

»Die Massen zählen in einer Revolution – nur die Massen.«

Sie werden von lauter Musik unterbrochen, und Mohammed beißt die Zähne aufeinander und steckt sich die Finger in die Ohren. Koschin redet trotzdem weiter:

»Administrative Leistungen sind kein Beurteilungsmaßstab für eine Revolution.«

»Welches Kriterium hast du denn?«

»Wie gut sie für ein Land als Ganzes ist.«

Sie schauen den Tanzenden zu.

Was nützt das schon? Vielleicht denken beide daran, sich irgendwo anders niederzulassen, vielleicht werden Barbara und Mohammed in die Staaten oder nach Kanada auswandern. Vielleicht ist dies nur eine vorübergehende Probezeit für beide, bevor sie sich dazu entschließen, das Land ganz zu verlassen, und dann von ihren Brüdern hier ganz abgeschnitten sind. Wieviele von meinen Freunden haben Somalia nicht schon verlassen? Armes Somalia. Abwanderung der Intellektuellen? Nein, das nun wirklich ganz und gar nicht. Schleimabsonderung würde ich es nennen. Denn jeder, der sein Vaterland verläßt, wenn dieses ihn am meisten braucht, hat kein wie auch immer geartetes Recht, sich zur geistigen Führung dieses Landes zu rechnen. Ich erinnere mich an einen Artikel von Solyinka über die große Zahl afrikanischer Intellektueller, die man in UN-Büros, in Freudenhäusern in Paris, New York und London antrifft oder in den Vorlesungssälen europäischer und amerikanischer Universitäten.

»Was hast du mit Nancy vor?«

»Wart's ab.«

»Heißt das ...«

»Vielleicht gewöhne ich mich auf die Dauer an sie. Im allgemeinen stößt mich weiße Haut ab.«

»Ich dachte, du wärst Marxist.«

»Was hat das damit zu tun?«

Sie schweigen.

Koschin sieht, daß Barre völlig betrunken herumtorkelt. Wenn Somalis Alkohol trinken, trinken sie immer zuviel. Entweder zuviel oder gar nichts. Immer extrem. Einmal, so erinnert er sich, habe ich mich in einer Toilette eingeschlossen und drei oder vier Flaschen Bier in mich hineingegossen: Ich wollte sehen, ob es mir gut bekommen würde oder nicht. Hat aber keinen Sinn. Es ist mir nicht bekommen. Ich war damals ungefähr ein- oder zweiundzwanzig. Mein Hauptlaster sind Frauen.

Nancy und Barbara gesellen sich zu den Männern. Koschin erhebt sich, um einer von ihnen seinen Platz zu überlassen. Offene Freiheitsberaubung in der Kindheit, als Eva nach Adam geschaffen wurde!

»Warst du mit Nancy bei dir zu Hause?« fragt Mohammed, als er sich mit Koschin von den beiden Frauen entfernt.

Wenn alle zehn Männer einer bestimmten Gruppe zur selben Zeit Klavier spielen wollen, dann kommt es bestimmt zu keiner Melodie, hat der Vorsitzende Mao in seinem kleinen Buch geschrieben. Wenn jeder mit der Revolution einverstanden wäre und ...

»Ich hab' dich gefragt, ob du Nancy zu dir mitgenommen hast?«

. . . und man muß, wenn nötig, offene Hände haben, und Großzügigkeit . . . Gesetzlosigkeit bei der Behandlung der Massen ist in einem Entwicklungsland ein Fehler. Auch das stammt von dem Vorsitzenden Mao.

»Nun?« Mohammed besteht auf seiner Frage.

»Nein.«

»Was hast du denn gemacht . . .?«

»Ihr die Stadt gezeigt.«

Und an anderer Stelle in dem kleinen roten Buch heißt es: Weniger und besser ausgebildete Truppen aus den Massen mit Revolutionsgeist und mehr fähige Leute in der Verwaltung, ja. Sind wir dazu in der Lage? Mit welchem Maßstab sollen wir messen? Ist es nicht immer noch dasselbe Volk, das dieselben Arbeiten verrichtet wie vor der Revolution? Da hat es sicherlich kaum eine Änderung gegeben.

»Hat sie ihr gefallen?«

Koschin antwortet nicht. Vielmehr denkt er weiter für sich: Wie kommt es dann, daß man von Rußland und China meinte, sie lebten hinter dem Eisernen Vorhang, wenn doch, laut Mao, die Kommunisten der Öffentlichkeit im Prinzip niemals politische Informationen vorenthalten? Als einem Regierungssprecher zufolge Gaviere, Ainanshe und Dheel ihren mißlungenen Staatsstreich inszenierten, haben wir da nicht alles, was passierte, erfahren? Warum ist der Große Prozeß so und nicht anders ausgegangen?

»Ich habe dich gefragt, ob sie ihr gefallen hat?«

»Wer, was soll ihr gefallen haben?«

Wie weit kann man eigentlich zwischen diesen Systemen – zwischen Kommunismus, Sozialismus und Kapitalismus – unterscheiden? Vom Denken her bin ich, glaube ich, ein Bürgerlicher. Und daß ich daran glaube, liegt an den ständigen Reden des Alten Mannes und von Abdirizzak!

»Was fehlt dir? He!« Mohammed packt ihn am Kragen. »Setz dich, Mensch, und antworte, wenn ich mit dir rede.«

»Nichts.«

»Was beschäftigt dich? Woran denkst du?«

Soll ich ihn nicht besser anlügen?

»An einen Roman, den ich vor kurzem gelesen habe, über einen schwarzen Gigolo in Kopenhagen.«

»Wie heißt das Buch?«

»›The Armchair Negro Revolutionary‹. Es ist die Geschichte eines Negers, der gegen das System des weißen Mannes, für geleistete Dienste nicht zu zahlen, revoltierte. So ungefähr lautete der Untertitel.«

Schweigen.

Sie setzen sich.

»Wo wir gerade beim Thema Bücher sind: Hast du den ›Timäus‹ von Plato gelesen?« fragt Mohammed. »Ich glaube, ja.«

»Hast du bestimmte Abschnitte im Buch rot unterstrichen?«

»Das werde ich wohl getan haben.«

»Wichtige Passagen?«

»Passagen, von denen ich meinte, sie wären wichtig.«

Koschin lächelt mutwillig. Ich hoffe, er erinnert sich an die Abschnitte.

»Die Abschnitte über die Funktion der Klassen in einer Gesellschaft, in einer idealen Gesellschaft irgendwo auf der Welt – hast du die unterstrichen?«

»Wie soll ich mich daran erinnern?«

Mohammed reicht ihm eine Zigarette. Sie stecken sich beide schweigend eine an. Nach dem ersten Zug meint Mohammed:

»Das war zumindest zu der Zeit die griechische Meinung?«

»Zu welcher Zeit?«

»Platos.«

»Sprich weiter. Ich erinnere mich nicht mehr an den Zusammenhang«, sagt Koschin.

Mohammed streicht mit der Hand seine wolligen Haare zurück.

»Die Gesellschaft war in drei scharf voneinander abgegrenzte Klassen eingeteilt. Jede hatte unabhängig von der anderen ihre Funktion wahrzunehmen. Es gab die Klasse der Edlen, die Priesterklasse, die Klasse der Krieger und, als unwichtigste, die Klasse der Soldaten.«

»Ein richtiges Kastensystem ist das!«

Mohammed geht darauf nicht ein und fährt fort:

»Und die Soldatenklasse – hat Plato das etwa nicht gesagt? – soll von allen anderen getrennt gehalten werden, und es ist ihr aufgrund eines göttlichen Gesetzes verboten, andere als militärische Aufgaben zu übernehmen. Denn sind sie nicht die unwichtigsten?«

»Darauf gibt es keinen Hinweis.«

»Warum hast du diese Passagen in deiner Ausgabe unterstrichen?«

»Habe ich das? Muß wohl die Ansicht von jemandem gewesen sein. Außerdem beschäftigte ich mich gerade mit der Vorstellung von Machtübernahme durch das Militär auf dem ganzen Kontinent.«

In sarkastischem Ton:

»Ich dachte, du hättest etwas gegen diese Vorstellung.«

»Welche Vorstellung?«

Er kratzt sich den Kopf:

»Daß die Macht in Händen des Militärs liegt.«

Koschin machte eine Geste, daß Mohammed näher kommen möchte.

»Ich werde jeden, der etwas Gutes für dieses Land und für Afrika tut, bis zu meinem Tod unterstützen. Stell dich aufs Rednerpult, tu etwas Gutes, und ich bin mit Sicherheit auf deiner Seite. Wenn die jetzige Regierung nicht das schafft, was sie uns schuldet, dann erkläre ich ihr den

Krieg, auch wenn ich ganz allein dabei bin. Kapierst du?«

»Ich kapiere.«

»Das ist kein Machthunger bei mir.«

Leise und verstohlen sagt Mohammed:

»Nimm zum Beispiel mal das Stammesdenken.«

»Ja?«

»Statt Parlamentsmitglieder haben wir SRC-Mitglieder und statt Generaldirektoren Offiziere der Armee, die dir raten, dir einen Job zu suchen.«

»Im Prinzip ist die Revolution ...«

»Scheißprinzipien. Nichts als Worte auf Papier.«

»Im Prinzip ...«

»Hör doch auf, Mensch.«

»Willst du mir jetzt mal zuhören?«

»Erzähl mir nicht solchen Quatsch.«

Verärgert über Koschin, den Anhänger der Revolution, entfernt sich Mohammed, und seine Schritte hämmern geradezu auf den Boden: Er hat einen regelrechten Zornanfall. Koschin sieht ihm nach, als er zwischen den Paaren, die gerade zu dem Stück »Silence« von Simon und Garfunkel tanzen, verschwindet. Die Katastrophe für die Unterentwickelten besteht darin, daß sie ihren Standpunkt so schnell ändern, denkt Koschin. Wenn man Mohammed einen Posten im auswärtigen Dienst anböte, ein fettes Gehalt und all das ...

Plötzlich schlägt ein Mann Koschin lachend auf die Schulter. Er wendet sich um.

»Wie geht's, Koschin?«

Vom Kopf bis zum Kinn behaart – und wahrscheinlich bis hinunter auf die Brust – ist der Mann aus Lafole gerade aus der Hitze draußen hereingekommen, in der Hand eine Pfeife, die aber nicht brennt. Ist das nicht Daud, der Mann, dessen Frau und Kind in einer Bucht des Indischen Ozeans ertrunken sind? Wann war das noch? Und seine Frau ... wie war die sportlich! Sie spielte unter anderem Basketball und nahm an ein oder zwei internationalen Begegnungen in Kairo und Dakar teil. Das Team verlor zwar, aber sie hatte eine ungeheure Energie, ja, genau das, sehr viel Energie. Sie war auch Mariam Abdisslams Lieblingsspielerin, Mariam, die den Sport für Frauen in Somalia eingeführt hatte. Jetzt hat er wieder eine Frau bei sich, dieser Mann, dessen Frau ertrank und die man im ganzen Land sehr hoch schätzte.

»Sehr gut, Daud.«

»Ich habe gerade Nancy kennengelernt.«

»So?«

»Ja.«

Die Frau in seiner Begleitung hat ihre Haare rot gefärbt, sicher hat sie im Nacken Röllchen von krausem Haar, die bis auf die Wurzeln eingebrannt worden sind. Sie steht jetzt unmittelbar vor Koschin und grinst wie ein kleines Mädchen.

»Das ist Halima«, sagt Daud.

»Ciao, Halima.«

»Ciao.«

Und Daud flüstert Halima etwas ins Ohr, vielleicht ein Staatsgeheimnis. Ihr typisches Geschwätz, denkt Koschin. Und Daud? Ein Mann Mitte der Dreißig, der als Junge schwer zu kämpfen hatte, denn seine Eltern besaßen noch nicht einmal einen Esel. Er hat auf seinem Weg nach oben viel Mühen und was weiß ich in Kauf nehmen müssen. Jetzt besitzt er einen Wagen, einen absolut noblen Wagen, wohnt in einem Zimmer in Shangani und läßt seinen Eltern nicht einen Pfennig zukommen. Daud fährt jeden Tag mit dem Wagen nach Lafole zur Arbeit.

»Halima ist eine ausgezeichnete Schreibkraft. Und sie redet nie mit Fremden.«

»Nett zu hören.«

Ich frage mich, worin sie sonst noch ausgezeichnet ist. »Halima spricht kein Englisch«, sagt Daud, »nur Italienisch. Sie stammt aus Baidea, ihr Vater war einmal Abgeordneter. Vielleicht kennst du ihn – du kommst doch auch aus Basso Giuba.«

»Alto Giuba.«

»Entschuldige.«

»Wie heißt er? Ihr Vater, meine ich.«

»Tiffo.«

»Hab' nie von ihm gehört. Non ho mai sentito nominare«, fügt er freundlicherweise für Halima hinzu, die er im Augenblick als seinen Gast ansieht.

»Wir wollen demnächst heiraten.«

Koschin schaut sie an. Sie schweigt.

»Gottes Segen, insha'allah!«

»Danke.«

Koschin weiß beim besten Willen nicht, was er mit so einer Frau und so einem Mann wie Halima und Daud reden soll. Um überhaupt etwas zu sagen, fragt er:

»Wie geht's in der Schule, Daud?«

»Tja, das Unterrichten ist genauso wie jedes andere Geschäft.«

»Wie?«

»Das Unterrichten ist in Somalia wie in vielen anderen Teilen der Welt genau dasselbe wie ein anderes Geschäft, Kauf und Verkauf. Denn du kaufst dein Wissen irgendwo gegen Geld oder Güter ein und verkaufst es den Leuten zu einem höheren Preis.«

Was für ein gemeiner Mensch!

»Kommt denn ordentlich etwas herein?«

Daud steckt sich die Pfeife in den Mund.

»Hm?«

»Das Brot fürs Unterrichten – kommt es regelmäßig?«

Koschin erinnert sich, daß Daud an verschiedenen Schulen Unterricht gibt und daß er sehr gut verdient. »Zur Zeit normale Bezahlung plus Zulagen.«

»Plus Zulagen? Mann, das Geschäft läuft ja bei dir! Ich beneide dich wirklich, Daud.«

Die Flagge des Unterrichtens steht bei mir auf Halbmast, und ich bin ziemlich betrübt über die nicht nachlassenden Bemühungen solch gemeiner machiavellistischer Geldschneider!

»Ja.«

Die Musik plärrt jetzt ein Xhosa-Lied, ein Makeba Malaika-Stück. Koschin wünscht, Halima würde ihn zum Tanzen auffordern. Er stellt fest, daß er nicht den Mut dazu hat. Nach einem kurzen Intervall des Schweigens meint er:

»Jetzt, wo man den Amerikanern einen Tritt in den Hintern gegeben hat, wie sieht es da mit der Verwaltung aus? Taugt sie denn noch?«

Du Berufsverräter . . . was soll schon mit der Verwaltung ohne die kleinen amerikanischen Zuwendungen sein!

Als Antwort hört er nur:

»Die Blinden führen die Blinden.«

Noch ein Verrat!

»Und wie entscheidet ihr, welche Blinden die Blinden führen sollen?«

Du absoluter Träumer. Sag's mir, und zwar gleich. Du kannst mir ja was vormachen, wenn du willst.

Daud fährt sich mit der Hand über den Kopf, überlegt, blinzelt und zerrt an seinen Haaren. Koschin bemerkt, daß er in diesem Moos von ungebändigtem Bart einige graue Haare hat.

»Wir lassen auf der Höhe eines Saufgelages das Los entscheiden, wir wählen einen von uns. Dann empfehlen wir diesen Mann, einen Master of Arts oder einen Master of Science, der von der Stammeszugehörigkeit her die Unterstützung der Studenten hat, der Regierung, und dann machen wir alle unsere Vorschläge so auf gut Glück.«

»Und dann?«

»Auf wen die Entscheidung gefallen ist, bleibt zunächst völlig dunkel, es werden Gerüchte in Umlauf gesetzt, einige von uns gehen zu Azan, andere in die Bar Savoia, andere wieder zu Ali Madobe, und dann legt man so allgemein ein gutes Wort für einen bestimmten Kandidaten ein. Gewählt wird er einstimmig unter den Blinden, und der, der sich am lautesten gebärdet und der größte Heuchler ist, hat die besten Chancen, gewählt zu werden.«

Du solltest zum Teufel gehen, flucht Koschin lautlos voller Groll und Haß.

Daud zieht an seiner Pfeife und nimmt sich einen Krug Bier vom Tablett eines Bedienten, der gerade vorbeigeht. Er führt den Krug an die Lippen, sein Bart ist voller Schaum, die Pfeife wandert in die Jackentasche. Halima, die sich offensichtlich langweilt, meint, sie würde gleich wieder zurückkommen. Sie sagt dies auf italienisch, und ihr zukünftiger Mann muß Koschin fragen, was sie gesagt hat. Koschin übersetzt es für ihn.

Dann verfällt Daud in seine bekannte, sehr legere amerikanische Art, verfällt in einen geifernden, übertriebenen Jargon mit dem typischen Akzent der Schwarzen, verliert die Kontrolle über sich selbst und vergißt, wer er und mit wem er zusammen ist. Dreck ist er, und zu Dreck wird er wieder zurückkehren.

»Tolle Weiber, wie?« Mit halb geschlossenen Augen begafft er die Paare auf der Tanzfläche, die jetzt zu einer Nagi-Variation eines somalischen Jazzstückes tanzen.

»Wo?«

Der Blick des armen Koschin fällt auf die bekannten Partygäste. Hüften und Köpfe sind alles, was er aus der Entfernung sehen kann.

»Wo?« wiederholt er.

»Die jungen Dinger.«

»Ich persönlich kann keine sehen.«

Ein Lächeln, distanziert und verloren und verwirrend, weil kein Grund dafür vorzuliegen scheint, ein Lächeln wie das eines gerade gestorbenen Soldaten liegt auf seinem Gesicht. Daud schüttelt seinen Bierkrug, und die Eiswürfel tanzen im Rhythmus der Musik.

»Siehst du welche?« fragt Koschin.

Die Gemeinheit eines Ungläubigen ist weder eine Maxime noch eine Theorie der menschlichen Natur. Gott sei Dank!

»Ja.«

»Wo?«

Dauds Schildkrötennacken bläht sich auf wie ein Ballon mit den Farben der italienischen Flagge, so langsam, als wenn ein Ballon von einem Baby aufgeblasen würde. Er reckt den Hals, um über die Holzköpfe und Kampfhähne hinweg die schwingenden Hüften der jungen Dinger besser sehen zu können. Abgelagerter Dreck in Fleischfalten – wie dreckig wohl? denkt Koschin.

»Da«, sagt Daud schließlich.

Der Hintern einer Amazone – du lieber Himmel!

»Nostrum in nomine dominum, Amen!« sagt Koschin.

Schweigen.

Koschin erinnert sich an seine Oxford Readers Series, Band eins bis sechs, angefangen mit »Good morning, children!« bis »If I were a mountain« – Lesebücher, die für den Gebrauch in afrikanischen Schulen in den trockenen alten Zeiten gemacht waren. Daud Kazi und Roda Kazi und wie die Autoren alle hießen. Die Shokolokobangoshey-Geschichte, die ihm als Kind soviel Spaß machte – er hat sie in irgendeiner komischen Schule allein für sich gelesen, in einer Schule, die von irgendwelchen komischen Typen geleitet wurde, die direkt Amos Tutuolas »Palmweintrinker« entsprungen zu sein schienen. Roda Kazi und Daudi Kazi. Von »Basic Way« bis »Whither English«, in denen man zwar immer einen Anstoß gibt, aber nie stößt. Irgend jemand in Oxford büffelte sich bis zu seinem Büffeldoktor durch, indem er diese komischen Bücher schrieb: Er verstand sich auf das Denken der Nigger von Timbuktu bis Tananarive.

Halima kommt zurück und fragt Daud, wie spät es ist.

»Shantii o gow ah!«

Koschin vergißt die Kazis: Es stehen wichtigere Dinge auf dem Spiel.

»Genau elf, sagst du?« fragt Koschin.

»Ja«, antwortet Daud und zeigt seine Armbanduhr, die funktioniert, wie ihre Hersteller in Tokio es gewollt haben.

»Nichts ist jemals ganz präzise. Auch kein Mensch«, meint Koschin, um seinen Standpunkt etwas zu erklären.

»Wie meinst du das?«

Aus dem Augenwinkel beobachtet Koschin Halima, die ihren Körper ausgelassen im Rhythmus des Moallim des somalischen Jazzstücks wiegt.

Er fährt fort:

»Während du den Mund öffnest und schließt, verstreichen Sekunden. Das meine ich. Ich hoffe, du verstehst das.«

»Ja.«

Sie schweigen beide, und Daud wird rechts und links auf die Backe geküßt und umarmt. Er entschädigt sich dafür in gleicher Weise und haucht einen Kuß auf das gefärbte Haar. Zeuge dieses Vorgangs in dieser Umgebung zu sein läßt etwas in Koschin ersterben.

»Was machst du jetzt im Unterricht?«

»Was meinst du mit jetzt?«

»In diesem Semester.«

»Albees ›Zoogeschichte‹.«

»Hast du ›Wer hat Angst vor‹ gemacht?«

»Nein.«

»Meinst du nicht, daß das wichtiger ist?«

Daud wehrt sich gegen Halimas irritierendes Geschmuse und lächelt ihr dann zu wie ein Gespenst.

»Nein.«

»Warum nicht?«

»Wir lesen eigentlich mal dies, mal das aus einer bestimmten Zeit, je nachdem welche Bücher in der Collegebibliothek vorhanden sind. Die Studenten sind verdammte Idioten, sie gehen in keiner Weise mit. Aber man kann ihnen keine Schuld geben. Es sind die Schulen, von denen sie kommen.«

»Bedauerlich!«

»Wir machen gerade einen Kurs in moderner amerikanischer Literatur. Bisher hab' ich Faulkner durchgenommen.«

»Und was speziell von Faulkner!«

»›Schall und Wahn‹.«

»Ziemlich daneben, meinst du nicht?«

»Ja, es ist alles ein völliges Durcheinander.«

Halima möchte etwas sagen. Wie unhöflich, er hat bisher gar nicht an sie gedacht. So wartet er geduldig.

»Cara?«

»Caro?«

»Hayeh?« fragt Daud.

»Tanzen.«

»Entschuldige«, sagt er zu Koschin.

Als sie gehen, überschüttet Halima Daud mit sündigen Küssen, schlingt ihren Arm in seinen. Das ideale Paar, wenn man sie von hier aus betrachtet und keinen von beiden kennt. Sie ist doch wahrscheinlich die Tochter von diesem Tiffo, von dem es heißt, er hätte sich mit einem schwarzen Schleier verkleidet, um der äthiopischen Botschaft während des somalisch-äthiopischen Grenzkrieges im Jahr 1964 militärische Geheimnisse zu verkaufen und der, nachdem sein Gewissen einmal gestorben war, ein hübsches Spionagenetz aufgebaut hatte. Ein Jahr später, als der Krieg vorbei war, als die Äthiopier Hunderte von Männern an die Hyänen von Tog-Wajaleh und die Löwen von Dole verloren und die Somalis ihr aggressives Potential, das ihr Präsident sie einzusetzen hieß, verbraucht hatten – gar nicht davon zu sprechen, daß man den heiligen Fastenmonat wegen des Kampfes nicht eingehalten hatte –, ein Jahr später also verkaufte er weitere Geheimnisse. Doch damals kam man hinter die Geschichte und konnte sie auf ihn und ein weiteres Parlamentsmitglied zurückführen. Lebenslänglich war alles, was er bekam. Und sie ...

Ein Stammesruf in Koschins Rücken.

»Hallo, mein Alter.«

Koschin dreht sich um und, na, wer kann das schon sein – der Sohn des Meisters der Konkubinen in Somalia, der Lieblingssohn des Meisters, der so ungefähr einhundertfünfzig Kinder in die Welt gesetzt hat.

»Hallo«, gibt Koschin zurück und droht ihm mit der Faust. »Ich bringe dich um, wenn du mir nicht erklärst, warum du nicht zum Abschlußspiel unseres Schachturniers im Teatro Nazionale erschienen bist.«

»Laß mich eins dazu sagen.«

»Eine plausible Entschuldigung ist alles, was ich will, du Sohn des großen Ehebrechers.«

Der Sohn des großen Ehebrechers, Cilmi, schweigt.

»Na los doch.«

Cilmis Erzeuger, ein Verfechter der Polygamie, ist tatsächlich der einzige Mann, von dem er weiß, daß er im Zeitraum von vierzig verdienstvollen Jahren mehr als hundert Frauen geheiratet hat. Immer vier Frauen gleichzeitig, seitdem er kaum zwanzig war, und der Mann ist jetzt fast hundert. Aber statt zu sterben, läßt er sich nur von der einen Frau scheiden, um eine andere Geschiedene aus der Nachbarschaft zu heiraten.

»Mein Erzeuger hat mich besucht«, sagt Cilmi sehr ernst.

Dann streichelt er seinen Cossafare-Bart und die Enden seines Schnurrbarts, die mit Öl eingerieben und säuberlich nach oben gezwirbelt sind. Er hält mit drei spitzen Fingern eine Dose Heineken und trägt einen sommerlichen Anzug, der speziell für die Tropen – »die Minen von Jo'burg«, sagt Cilmi dazu – angefertigt ist und ...

»Wie geht's deinem Erzeuger?«

»Er will gerade heiraten. Zum letzten Mal, sagt er.«

Koschin muß einfach lachen.

»Er ist noch ganz gut beieinander, weißt du.«

»Das kann ich mir vorstellen!«

Cilmi trinkt einen Schluck von seinem Heineken-Bier:

»Außerdem will er von seinem ungetreuen Sohn einen Beitrag zur Verpflegung des Stammes, dessen Vater er ist.«

»Wieviel Kinder hat er jetzt?«

»Hundertzwanzig.«

»Mein Gott!«

»Und fünf sind noch unterwegs.«

Und Cilmi, der Sohn der Lieblingsfrau seines Vaters, Cilmi, von dem dieser Ehebrecher glaubte, er würde das Scheichtum erben und dem Stamm vorstehen ... Cilmi, mit seinem Heineken in der Hand ... beklagt sich, daß er sich mit dem ersten Häuptling des Familienstammes nicht verständigen könne. Italien, Frauen, die »Weisheit« des weißen Mannes und das Leben allgemein haben ihn den göttlichen Aufgaben, die er auf Wunsch des Häuptlings übernehmen sollte, entfremdet. Der Häuptling ... »Kennst du sie alle?«

Gar keinen Sinn zu fragen. Sicher kennt er sie nicht. »Ich hab' noch nicht einmal die Hälfte von ihnen gesehen. Man hat mir erzählt, wie sie heißen und wo sie wohnen, und ich bekomme sie zu sehen, wenn sie Hilfe brauchen. Sie kommen bündelweise zu mir, gurgeln mir ihre Sprüche vor und so weiter.«

Man erzählt sich von dem Häuptling, daß er seinem Sohn die kleine menschliche Geste eines kühlen Trunks, von Unterkunft gar nicht zu sprechen, verweigert hätte, als dieser Abtrünnige ihn vor kurzem in seinem Scheichtum besuchte. Denn der alte Mann hat irgendwo in Alto Giuba über hundert Schüler, und die Stämme kommen scharenweise zu ihm, um sich von ihm segnen zu lassen. Sie kommen tatsächlich haufenweise und bieten ihm junge Mädchen und Vieh im Austausch dafür an, daß er ein gutes Wort für sie beim Allmächtigen einlegt. Sie küssen ihm Hände und Füße, trinken seinen Koranschleim, und er interveniert mit seinen Heiligenkräften für sie. Und Gott hört ihn und sagt: »Es werde«, und es wird.

»Es würde mich wirklich interessieren, deinen Vater mal kennenzulernen.«

»Er redet dauernd mit Gott, ob er wach ist oder schläft.«

»Ohne Unterbrechung, meinst du?«

»Außer er ist mit einer seiner Frauen zusammen.«

Als Scheich, als Kadi und in gewissen Kreisen als Heiliger entführt Cilmis Vater jede alte Jungfer, jede Geschiedene und jede Witwe, die zufällig im Umkreis von ein paar Meilen unter derselben Sonne wie er einherspaziert, in sein Konkubinat. »Er hat einmal beinahe eine eigene Tochter geheiratet«, hat Cilmi Koschin erzählt, »aber als Heiliger hat er dieses Versehen noch rechtzeitig entdeckt. Ein Scheich, der früher sein Schüler war und den er gesalbt hatte, traute die beiden; es war der Skandal des Jahrhunderts.« Von Baidea bis Baila, von Gelib bis Zeila sind seine Enkelkinder verstreut wie die Maiskörner, die von den Hühnern aufgepickt werden.

»Er verteilt seinen Tag auf Gott und Frauen, wie?«

»Sicher.«

»Das ist wirklich hart. Ich könnte das nicht«, meint Koschin. »Entweder Gott oder Frauen, wenigstens von einem muß man erlöst sein.«

Cilmi macht Anstalten zu gehen und sagt wie zur Entschuldigung:

»Herzlichen Glückwunsch!«

Neugierig fragt Koschin:

»Wozu?«

»Daß du gekündigt hast.«

Bevor er etwas sagen kann, ist Cilmi in der Menge verschwunden. Statt des Stammeshäuptlings grüßen Barbara, Nancy und Mohammed, die offensichtlich genug getrunken haben, Koschin abwechselnd aus vielleicht zehn Schritt Entfernung.

»Hallo, Liebling.«

»Hallo, du Scheusal!«

»Na, du Hurensohn!«

Nach Koschins Ansicht ist Mohammed wohl am betrunkensten von den dreien. Koschin wiederum grüßt Barni, die fragt, ob es ihnen gefalle. Barbara, Nancy und Mohammed beteuern, daß sie so glücklich seien und immer zusammenbleiben wollten, und fast sieht es so aus, als wollten sie sich gegenseitig abknutschen. Auf ein Tief folgt ein Hoch. Mohammed ... Intellektuelle in Somalia, oder besser: Afrika... der Frosch, der dem Fuchs eine Handvoll Mais schuldete ... der Frosch, der den Fuchs übertölpelte ... der Frosch, der sagte, als der Fuchs ihn zur Bezahlung seiner Schuld aufforderte ... jetzt regnet's gerade, muß mich ins Feuchte begeben, muß hart arbeiten, um zu ein paar Happen zu essen zu kommen ... die Regenzeit ging vorbei, der Sommer kam ... und der Fuchs kam wieder und verlangte sein Recht und sagte ... siehst du denn nicht, daß ich blaß bin und dünn und daß ich nicht das geringste zu fressen habe ... warte, bis es geregnet hat ... und der Fuchs konnte seinen Brüdern nur eine Erkenntnis vermitteln: Ernte die Früchte deiner Arbeit für dich selbst! Intellektuelle ... verdammte Frösche!

Ohne daß es ihm bewußt wird, entfernt sich Koschin von den Trunkenbolden Barbara, Nancy und Mohammed. King Othmann schreit ihm über die Musik hinweg zu:

»Wie steht's denn mit dir, Koschin?«

Koschin wirft einen Blick zur Seite, sieht King, sagt aber nichts.

»Wie geht es dir? Warum bist du böse?«

King Othmann (»Ich schreibe meinen Namen lieber so,

um mich von all den anderen, die diesen türkischen Namen tragen, zu unterscheiden«, pflegt er zu sagen, und »außerdem, glaube ich, habe ich eine Neigung zum Deutschen, weil ich dieses zweite n am Ende bevorzuge«) trägt seinen »Titel«, nicht weil ihm das von der Herkunft her zustünde und er etwa königliches Blut in den Adern hätte, sondern weil er der beste Tänzer ist, den man je gesehen hat. Er ist der örtlich amtierende Poet, ein Homer für »un gruppo di vigliacchi, di scelti intimi amici che hanne il loro mondo nel campo di battaglia e pace«. Seine Gedichte sind naiv, unreif . . .

»Gut, King. Und wie geht's dir?«

»Auch ziemlich gut.«

»Hast du Lust, Nancy kennenzulernen?«

»Wer ist das? Deine Flamme?«

»So etwa.«

»Con piacere!«

King Othmanns Gedichte sind naive und unreife Imitationen von Eliot-Gedichten, denn »bei Eliots Stil fühle ich mich gelöster und von Zwängen befreit, das Dichten fällt mir dann leichter und wird emotional intensiviert«. King erzählt, daß er seine Gedichte auf die Rückseite von Briefumschlägen, auf Toilettenpapier und dergleichen schreibt. »Wenn ich eine Inspiration habe, ist es mir ganz egal, worauf ich sie niederschreibe, und oft enthüllen sich mir Geheimnisse, die über mein Begriffsvermögen hinausgehen, wenn ich auf der Toilette sitze oder wenn ich zum Beispiel einen Liebesbrief gelesen habe«, verteidigt King Othmann sein Verhalten.

»Dies ist King Othmann . . . Othmann, King, entschuldige. Und dies ist Nancy.«

»Angenehm!«

»Barbara und Mohammed – ihr kennt euch?«

»Ja.«

In seinen Gabardinehosen und dem fiduciario-Hemd

sieht er vorzüglich aus wie ein Gelehrter, vor allem wenn man dabei auch noch seinen Scheitel berücksichtigt. Er macht den Eindruck eines Mister Johnson ohne Joyce Cary. Statt Schuhen trägt er am liebsten hohe Schnürstiefel, und dann pflegt er zu sagen, er sei »ein Deserteur, ein Familiendeserteur, ein Gesellschaftsdeserteur, ein Deserteur von allem, und ich lebe in dieser Sandwüste. Was liegt da näher, als sich wüstenmäßig zu verhalten?«

»Warum hat man dich so lange nicht gesehen, Mohammed?«

»Hatte viel zu tun.«

»Und was ist mit deinem Hals?«

»Beim Rasieren geschnitten.«

Er ist Rundfunksprecher, und zwar ein guter, und seinen Kollegen weit überlegen: Er verliest die Nachrichten gelegentlich in drei Sprachen und bekommt anerkennende Briefe von Hörern aus allen Schichten. Von seinem Gehalt jedoch wandern über sechzig Prozent in die Kasse für Zuspätkommer des Ministeriums für Information und Kultur. »Ich hab' vielleicht einen Kater, mein Lieber! Meine Kündigung liegt mir auch wie ein Kater im Kopf, und ich weiß nicht, wann ich sie schriftlich aussprechen werde«, meint er.

»Zigaretten?«

»Ja, danke.«

King Othmann bietet jedem eine Zigarette an und erklärt dazu:

»Das ganze Gehalt im voraus, mein Lieber! Nehmt nur, ich hab' genug bei mir. Jeder Pfennig von meinem Geld in somalischer Währung ist entweder auf meinem Konto bei der Somali Commercial Bank oder in meiner Tasche.«

»Hübsch!«

Er hat in Syrakus studiert, war sechs Jahre da drüben und ziemlich oft in London, New York und Italien, ein ausgesprochener Nomadentyp. Die Black-Panther-Bewegung war sein Untergang. Er glaubte, ein Revolutionär zu sein, dachte beim Essen und Trinken und Schlafen nur an Revolutionen, machte Pläne, um alle Revisionisten aus sämtlichen afrikanischen Staaten herauszuschmeißen, schloß sich einer Bande von »Brüdern« an, um das weiße Establishment in den Staaten zu bedrohen, und alles, was er von diesen Träumen hatte, alles, was er dafür bekam, war ein Rückreiseticket nach Somalia und ein paar nette Worte in einer Schulzeitschrift. »Keiner dieser Brüder hat auch nur einen Finger für mich gerührt.«

»Ich heirate demnächst«, erklärt King.

»Wen?« fragt Nancy.

»Mich selbst.«

Auf Nancys Gesicht zeichnet sich Abscheu ab. Mohammed und Koschin wiehern.

»Wann?« fragt Koschin.

»In Kürze.«

Ein ganzer Sack voll mit seinen Schreibereien über Che, Fanon und Camus erreichte ihn per Seefracht über die amerikanische Botschaft in Mogadischu. Marx, Lenin, Engels und Mao. Nach seiner Rückkehr hat King noch Jaalle Siyads »My Country and My People« seiner kostbaren Sammlung hinzugefügt.

»Du willst heiraten?« Barbara strahlt.

»Ja.«

Jeder bekommt einen Kuß, das heißt, die Damen bekommen einen schnellen flüchtigen Kuß auf die Wange, bei Nancy entschuldigt er sich fast. Koschin und Mohammed schütteln ihm kräftig die Hand. King schlägt einen kleinen Trommelwirbel auf Koschins Brust.

»Bis später, Jungs! Es lebe die Liebe! Lang lebe die Revolution in Somalia!«

»Bis später, King! Wo hast du deinen Schatz gelassen?« fragt Mohammed.

»In mir. Ich bin mir selbst genug.«

»Pah!« Koschin wirft die Lippen auf.

Es folgt ein kurzes Schweigen.

»Warum habt ihr so getan, als wäret ihr betrunken?« fragt Koschin, ohne sich dabei an jemand Bestimmten zu richten.

»Mohammed sagte, es würde dich schrecklich ärgern«, meint Nancy.

»Blödsinn.«

Bevor Koschin noch weiterreden kann, kommt Dulmar sehr eilig zu ihnen herüber und fragt, ob jemand Barni gesehen habe. Nein, antworten sie wie im Chor. Dulmar stürzt geradezu weiter, vielleicht will er jemanden erreichen, mit dem er schon früher hätte sprechen sollen. Es wird nämlich schon etwas spät für einige Damen: Vielleicht schreien die Babys, weil sie so allein sind, zu Hause in ihren Kinderbettchen, vielleicht wird ihre verdünnte, erhitzte und gezukkerte Milch in ihrem sorgfältig abgedeckten Krug sauer, oder vielleicht sorgt sich eine Mutter, daß ihre heiratsfähige Tochter sich verirren und über den toten Geist ihrer Mutter stolpern könnte. Vielleicht ist Dulmar aber schließlich auch nur wirklich wegen seiner Barni besorgt . . . und vielleicht . . . Auf jeden Fall verschwindet er aus dem Raum in das Schweigen des langen Korridors hinein, und Koschin, der ein wenig Frieden sucht, ein Paradies der Freiheit, setzt sich, legt die Beine übereinander, und seine Gedanken gehen auf Reisen, kreuzen in einem Meer voll Traurigkeit; er fühlt sich einsam, trotz der Menge um ihn herum. Nancy, Barbara und Mohammed setzen sich zu ihm. »Warum jammerst du da in der Wildnis?« fragt Nancy.

»Weshalb ich nicht einfach auf Wanderung gehe, frage ich mich.«

Die Bewegung schlurfender Füße, wobei sich das Geräusch der hochhackigen Schuhe deutlich von dem anderer unterscheidet – und diese Geräusche verbinden sich mit unzufriedenen Bemerkungen: »Er wird immer seltsamer, oder?« fragt Barbara. »Was hat er nur im Sinn? Diese ganze Isolierung, diese totale Ablehnung aller Menschen!« meint Mohammed. Meine Liebe, meine Lerche, warum bist du so weit fort? Koschins Gedanken beschäftigen sich noch immer mit seiner ruinierten Vergangenheit. Die Bemerkungen treten zurück und gehen im Getöse der Stimmen des nahen Partygeschehens unter.

Seine Gedankengänge verwirren sich.

Mehr als zehn Minuten ist er wie abwesend.

Als er wieder zu sich kommt, sieht er einen jungen Mann, völlig besessen von den heimlichen Lockungen des anderen Geschlechts, obwohl ihm gar nichts angeboten wurde und auch nicht angeboten werden kann. Vor allen Zeugen kämpft der junge Mann in aller Öffentlichkeit, packt seine Tanzpartnerin eng um die Taille, zieht sie an sich heran und versucht, sie auf der Stelle zu küssen. Da es ihm nicht gelingt, gräbt er – ein Beispiel für den Rückgang menschlicher Würde – seine langen Nägel in die Haut der jungen Dame. Eine Versklavung der Natur, wie sie mir noch nicht begegnet ist, denkt Koschin, und sein benommenes Gehirn regt sich wieder voller Wut.

»Ich liebe dich, Warsan«, faselt der besessene junge Mann.

»Laß mich in Ruhe!«

Koschin zuckt zurück.

Eine Grabesstille tritt ein. Die Anwesenden schauen zu, als wären sie im Kino, der Preis für ihre Eintrittskarte wird ihnen, ob mit oder ohne ihre Zustimmung, von dem Stolz in ihrer Brust abgezogen.

»Ich liebe dich, siehst du das nicht?« brüllt der junge Mann, als er an dem jungen Mädchen und ihrer Kleidung zerrt.

Als er beschämt den Kopf senkt, bemerkt Koschin, daß der junge Mann in der Hand, ihm selbst völlig unbewußt, ein kleines Stück von Warsans Kleid hat. Dann spürt er den Stoff in seiner Hand und wirft sich ihr allen Ernstes zu Füßen.

»Was willst du haben? Geld? Du bekommst es, das verspreche ich dir.«

Koschin fragt sich, ob er eingreifen soll. Warsan, die bei den Somali Airlines arbeitet, ist kein schlechtes Mädchen. Im Grunde ist es der junge Mann auch nicht, aber . . .

Warsan befindet sich jetzt in einem schlimmen Erregungszustand. Sie ist sich der Stille um sie herum nicht bewußt. Das Kinn in die Hand gestützt, beobachtet sie den jungen Mann mit Entsetzen, starr vor Panik, wie ausgesetzt in einem Meer der Einsamkeit. Der junge Mann, von Kopf bis Fuß ein seltsamer Affe, fährt fort:

»Mein Vater ist Diplomat, Botschafter beim Auswärtigen Amt, ein mächtig hohes Tier. Er hat gerade seine Xalane-Ausbildung beendet, aber er wird diesen Posten auf jeden Fall bekommen, das ist mal sicher. Sein Bruder, mein Onkel, hat auch eine wichtige Position. Verstehst du nicht?« Er greift ihr Handgelenk.

»Wen interessiert das?« meint Warsan und macht ihren Arm los. Ja, wen interessiert das? fragt sich Koschin. Wer ist dieser junge Mann? Und wo sind Dulmar und Barni?

Als Antwort hört sie:

»Ein Kranker!«

Schweigen.

Koschin sieht, daß Dulmar und Barni ins Zimmer zurückgekommen sind und daß Mohammed und Barbara sie davon abhalten, sich einzumischen.

»Sie hat ihn verführt«, meint jemand.

»Geschieht ihr recht! Diese Weiber von den Somali Airlines!«

Warsan schreit noch einmal laut und durchdringend, schluchzt dann unterdrückt und scheint sich zu beruhigen. Der junge Affe tröstet sie, hilft ihr aufzustehen, streicht ihr über ihr ohnehin glattes Haar, wischt ihr das Gesicht ab und setzt sich mit ihr auf ein leeres Sofa. Sie bedeutet ihm zu gehen.

Und er geht.

Warsan dreht Koschin den Rücken zu. Er bemerkt, daß ihr Kleid hinten zerrissen ist und ihre zerkratzten Schulterblätter knochig hervorstehen. Da kann jeder Laie mit seinen Erste-Hilfe-Kenntnissen helfen, denkt er.

»Willst du, daß ich dich auch allein lasse? Ich gehe zu Barbara und Mohammed rüber«, meint Nancy.

»Bitte.«

Koschin und Nancy stehen auf und gehen in entgegengesetzter Richtung auseinander. Mutig und hoheitsvoll schreitet er mit männlichen, raubtierhaften Schritten auf Warsan zu; sie entfernt sich voll Sehnsucht und Weiblichkeit mit ihrem westlich geprägten Gang von ihrem geliebten bell'uome.

Er steht über Warsan gebeugt, die versucht, ihrer Tränen Herr zu werden, und reicht ihr großzügig sein zerknittertes, schmutziges Taschentuch. Sie wirft einen Blick darauf, gibt es ihm zurück, ohne ihn dabei anzusehen.

»Danke«, schluchzt sie.

»Warum nimmst du es nicht?« fragt er sanft.

Eine ablehnende Kopfbewegung.

»Etwas anderes habe ich nicht.«

»Es riecht so stark«, meint sie, »und könnte für immer mein Denkvermögen beeinträchtigen.«

»Dein Denkvermögen?«

»Ja.«

Sie wischt sich mit dem Saum ihres Kleides die Nase und die geschminkten Augen und sieht dann lächelnd zu ihm auf.

»Darf ich mich zu dir setzen?«

»Du darfst.«

Er läßt sich neben ihr auf dem Sofa nieder, genau dort,

wo dieser junge Affe vorher gesessen haben muß.

Die Spinne lud die Fliege ein, in ihren palastartigen Salon zu kommen, denkt Koschin. Da sagte die Fliege: »Ich frage mich, wie warm und sicher dein Palast ist und wie es da mit dem Wind steht.« Und trotz aller Versuchungen lehnte die Fliege schließlich das Angebot ab: »Ich ziehe meine Hütte, die ich überall, wo Schmutz ist, finde, und meine Freiheit deinem kalten Palast vor«, erklärte die Fliege.

»Warum bist du zu mir gekommen?«

»Weil ich dich mag.«

»Aber warum?« Ihre rotgeweinten Augen sind aufmerksam auf ihn gerichtet.

»Honoris causa! Und außerdem kenne ich deinen Verlobten!« Er sieht an ihrem Gesicht, daß sie ihn nicht versteht.

»Honoris causa heißt der Ehre wegen!«

»Wessen Ehre?«

»Das weiß ich auch nicht.«

»Oh!«

»Und ich glaube nicht, daß du diese Behandlung verdient hattest.«

»Wer bin ich denn deiner Meinung nach?«

»Spielt das wirklich eine Rolle?«

»Warum kümmerst du dich dann um mich?«

»Es ist eine Ausnahmesituation für uns beide.«

Verzweifelt:

»Ich glaube, ich muß jetzt gehen«, meint Warsan.

»Soll ich dich mit einem Taxi nach Hause bringen?«

»Ich bin mit dem Wagen da. Aber trotzdem vielen Dank. Ich werd's nicht vergessen.«

»Bevor du gehst ...«

»Ja?«

»Ich möchte dir sagen, wie traurig ich dieses Arrangement finde.«

»Was für ein Arrangement?«

»Dieses Heiratsarrangement zwischen dir und Culusso. Er ist ein abscheulicher Mensch. Ich bin ganz auf deiner Seite.«

Sie lächelt ernst.

»Danke für die Hilfe. Ich denke doch, daß ich mit ihm fertig werden kann.«

»Er ist ein Freund von mir. Früher waren wir sogar sehr eng befreundet.«

»Ich muß jetzt gehen.«

Und dieses Gebilde aus Knochen und Fleisch, eingewikkelt gleichsam in Fetzen, steht aus tiefster Zerknirschung auf und streckt ihm seine magere Hand mit den lackierten Nägeln zum Zeichen eines friedlichen Abschieds entgegen.

»Auf Wiedersehen! Und noch einmal danke, Koschin.«

Ein schwacher Händedruck.

»Paß auf dich auf!« meint Koschin.

Als Warsan sich voller Haß und verwirrt durch Koschins Reden entfernt, stößt sie zufällig mit einer gorgonenhaften Frau zusammen, einer Russin, wie er später von ihrem Mann, einem Freund, den er lange nicht gesehen hat, erfährt.

»Ich entschuldige mich für sie«, ruft ihnen Koschin zu.

»Waryaa Koschin!« ruft der mit der Russin verheiratete Mahad in einem an Ezra erinnernden Ton zurück. Die sich entfernenden Schritte Warsans werden übertönt.

Ein Winken, ein paar eilige Schritte, und dann steht Mahad mit seiner geliebten, rothaarigen Russin vor ihm.

»Meine Frau«, stellt Mahad vor. Sein Englisch hat einen starken Akzent: »Koschin ist der beste Englischlehrer in Somalia.«

Wie nennt man die Frau eines Doktors? Und dann noch eine Russin, die mit einem Somali verheiratet ist? Nun, ich werde es schon herausbekommen.

»Der beste Lehrer in Somalia«, wiederholt Mahad.

Die Bescheidenheit verbietet Koschin, diese ehrenvolle Würde zu akzeptieren. Und die Bescheidenheit verbietet ihm auch, der rothaarigen Russin die Hand zu geben, bevor er nicht etwas dazu gesagt hat.

»Das bin ich nicht«, meint er und bedenkt sie mit seinem nettesten und ausgiebigsten Grinsen. »Das bin ich wirklich nicht!«

Als sie sich die Hand geben, spürt er unterhalb ihrer Finger ihre schwieligen, groben und verarbeiteten Handflächen. Das russische Bauerntum in höchster Vollendung, denkt er bei sich.

»Wie geht es Ihnen?« Sie spricht Englisch mit schwerem russischen Akzent.

Um eine gewisse Verlegenheit zu kaschieren, antwortet er mit ungestümer Hast:

»Sehr gut, vielen Dank. Und wie geht es Ihnen?« Sie fächert sich mit ihrer groben Hand das Gesicht.

»Kheiß und feucht.«

»Sie werden sich daran gewöhnen.«

»Ich khabe Wajid gern gemocht. Als sie meinen Mann khierkher verwandelten, ich glaube, das khat mir sehr leid getan.«

»Wajid?« fragt Koschin aus Höflichkeit.

»Ja.«

»Wen haben sie verwandelt?« fragt er langsam.

»Meinen Mann.«

»Versetzt, meint sie«, unterbricht ihr Mann Mahad.

Hol's der Teufel, denkt Koschin, als die Rothaarige und ihr Mann einen Augenblick ins Russische verfallen. Aus ihren Gesten und den Worten »verwandelt« und »versetzt« läßt sich ablesen, worum es geht. Man muß sich doch wundern, warum die Leute um Himmels willen nicht den geringsten Sinn dafür haben, sich gutaussehende Frauen zu suchen. Statt dessen heiratet man ein so merkwürdiges Stück, denkt Koschin. Von hinter dem Eisernen Vorhang, aus einem Zirkus in Odessa oder Leningrad entsprungen – eine solche Frau ist doch nicht ernst zu nehmen. Und er so hübsch und gut gebaut – man sieht es trotz seines Anzugs, der zweifellos von der Stange stammt und drei Nummern zu groß ist für den armen Kerl. Ihr Kopf, dazu reicht ein verstohlener Blick, sieht aus wie der eines Skorpions, rund und haarig wie bei einem Affen. Ihre Lippen sind rot wie Tomatenketchup, außerdem hat sie sich zuviel Lippenstift auf ihren Mund geschmiert.

»Wie sieht's in Europa aus, Koschin?« fragt der neugierige, atheistisch-geschulte Mahad. »Wie hat es dir gefallen?«

»Ich hatte nichts dagegen, solange ich da war. Aber ich würde Somalia Europa jeden Tag vorziehen«, antwortet Koschin.

»Sie leben gern in Somalia?« fragt sie.

»Ich liebe es sehr«, meint Koschin.

»Mein Mann möchte zurück nach Rußland und dann nach Kanada verwandelt werden.«

»Oh!«

»Das stimmt. Meine Frau und ich werden uns dort wohler fühlen.«

»Und Sie? Wie stehen Sie dazu?« fragt Koschin sie.

»Ich mag Somalia nicht.«

Und dich mögen wir auch nicht, denkt Koschin. Laut sagt er:

»Traurig, das zu hören.«

Frau Mahad (für Koschin eine Natascha, die Perle der Ukraine, eine Schönheit aus Bella Russia – aus der Ukraine, aus der die gröbsten Frauen auf dieser Erde kommen!) nimmt einen Schluck von ihrem Drink. Sie trinkt Gin oder in Jowhar hergestellten Rum, sicher ist sich Koschin da nicht. Sie verschmiert den Rand ihres Glases mit ihrem Liebesgrüße-aus-Tokio-Ketchup, trinkt gierig, und diesen gierig genommenen Schluck behält sie eine ganze Weile im

Mund, bevor sie schluckt. Schließlich verschwindet er mit unglaublicher Geschwindigkeit lautlos und offensichtlich ohne Genuß in ihrem Schlund.

»Man muß sein Land lieben, das ist ein absolutes Muß. Und jetzt, wo Sie mit einem Somali verheiratet sind, sind Sie auch keine Russin mehr.«

»Ich bin trotzdem Russin.«

Ausländische Frauen, ob nun Amerikanerinnen oder Russinnen, sind, um das mindeste zu sagen, die farae nature ihres und meines Mutterlandes. Traurig!

Mahad verfällt jetzt wieder ins Russische, erklärt ihr etwas, während sie ständig mit dem Kopf nickt. Dann meint Koschin:

»Es gibt ein politisches Bündnis zwischen Rußland und Somalia. Sonst nichts. Und auch das ist nur eine Sache der Politik, nichts mehr und nichts weniger.«

Frau Mahad wendet sich an ihren Mann:

»Was meint er?«

Nachdem Mahad es ihr erklärt hat, sagt sie wütend und mit schäumendem slawischem Temperament:

»Wenn Rußland Somalia nun nicht mehr khelfen würde.«

»Quatsch.«

»Sagen Sie nicht ›Quatsch‹ zu mir! Sie Quatschkopf!« Mahad spricht ein paar Worte mit seiner Frau und meint dann:

»Beruhige dich, Koschin. Schließlich ist sie meine Frau.«

»Was ich sagen wollte, ist, daß der Wind sich drehen und unsere Beziehungen zu Rußland sich ändern können. Vielleicht wird die gegenseitige Freundschaft so unzuverlässig wie der berühmte Workshop in Shanghai, aufgrund dessen die Beziehungen zwischen zwei sozialistischen Staaten zum Sterben verurteilt waren. Waren es nicht die Araber, die in den Vereinten Nationen gegen die Unabhängigkeit Somalias gestimmt haben? Aber für die Unabhängigkeit Libyens? Tatsache ist, daß Israel dafür stimmte und übrigens auch Äthiopien, aus welchen Gründen auch immer.«

»Ja, ich weiß.«

»Und die Bulgaren und die Tschechen: Sind sie nicht geradezu Müllabladeplätze der Russen, wie? Wir wollen nicht wie sie zur Mülldeponie irgendeiner Nation werden, oder? Und ich will mir nicht anhören müssen ...«

»Ich ... ich glaube ...«, Mahad gibt es auf.

»Absoluter Dreck, Mann! Wir können mit und ohne Rußland leben, das laß dir gesagt sein. China hat sich genauso verhalten.«

»Jetzt beruhige dich schon, Koschin.«

»Sag deiner Frau, wenn du willst, folgendes auf Russisch: Ein Mann, der in einem Meer schwimmt, kann nicht vermeiden, daß er naß wird. Sag's ihr.«

Mahad gehorcht und übersetzt für seine Frau.

Sie gurgelt wieder einen Schluck ihres Getränks hinunter und schweigt.

Koschin entfernt sich, um seine eigene Stimme unter anderen Stimmen zu hören.

Nach diesem unangenehmen Zwischenspiel beschließt er, sich nach Nancy umzusehen, obwohl ihm diese Vorstellung nicht im geringsten paßt. Er lockert seinen Gürtel, um sich ein Gefühl der Erleichterung zu verschaffen. Mehrere Bekannte rufen ihm etwas zu, doch er stellt sich taub und sucht weiter nach Nancy. Stimmt, ich bin ihr etwas schuldig. Hab' ihr ja schließlich dieses Versprechen gegeben, aber trotzdem ... ich muß mich um sie kümmern und ... Plötzlich fühlt er sich am Arm gepackt.

»Du siehst aus wie ein Lebenslänglicher, Koschin.«

»Tatsächlich?«

»Ja.«

»Das wußte ich noch nicht.«

»Vielleicht fandest du die Russin abscheulich.«

»Hast du alles mit angehört?«

Warsame gibt ein heiseres Lachen von sich. Im Hintergrund singen The Supremes »Honey, Honey«.

»Hast du's gehört?«

»Ja. Hat mich beeindruckt.«

»Verdammt.«

»Ich bin immer noch bei der Armee, weißt du das?« Ein Mutterkind. Nun, was kann man schon von einem Mutterkind erwarten? Ja, Warsame war ein Mutterkind, denn sein Vater starb innerhalb von zwei Wochen nach seiner Geburt. Seine Mutter war eine überzeugte Vertreterin der Somalischen Jugendliga in deren ersten Jahren des Aufbaus, eine Frau, die an der vordersten Front kämpfte. Ihr Haus diente als Treffpunkt für Sitzungen, die mehr oder weniger als »geheim« und »nationalistisch« von den Kolonialherren bezeichnet wurden. Ihre eigenen Aktivitäten verloren allerdings an Bedeutung, als sie in zweiter Ehe einen auf Seiten der Italiener stehenden Mann heiratete, von dem sie jedoch schließlich wieder geschieden wurde. Diese Heirat brachte ihr ein Vermögen ein. Sie hatte diesem Mann drei »Städte« geboren, das heißt drei Mädchen, denen sie die Namen von Städten gegeben hatte, die sie, ob im guten oder schlechten Sinn, als bedeutsam für ihr Leben empfunden hatte. Es waren London, Paris und Istanbul, wobei die chronologische Ordnung nicht so ohne weiteres zu verstehen war. Der Vater der »Städte« arbeitete als Koch für einen Italiener, der in der Verwaltung einen hohen Posten besaß. Vor den Städten jedoch, und offensichtlich nach Warsame, hatte sie Bulxan zur Welt gebracht, Vater unbekannt. Daher hatte er den Spitznamen »Sohn der Liga«. Der Vater der Städte war sehr religiös, vielleicht weil er für »Sünden des Verrats an der Nation« büßen wollte, und ...

»Etwas Trauriges habe ich gehört«, sagt Warsame.

»Was denn?«

»Du hast gekündigt?«

»Ja, das habe ich.«
»Ist die Kündigung auch schon akzeptiert?«
»Noch nicht.«
»Dann überleg es dir noch einmal.«
»Warum?«
»Ich weiß von etwas, das noch geheim ist.«
»Dann sag's mir.«
»Dräng mich nicht.«

Warsames Mutter Dhool hatte diesen Mann beim Tanz der Derwische in einem Zustand der Gottesfurcht und -verehrung getroffen, und er hatte sich den Gläubigen gegenüber immer besonders nett verhalten, hatte ihnen kostenlos zu essen gegeben und ihnen andere Freundlichkeiten erwiesen. Sie war fünfundzwanzig, wenn nicht sogar noch jünger, als sie heirateten. Offensichtlich hatte sie nicht gewußt, daß er für die Italiener arbeitete und daß das Geld, mit dem er das Essen für die Bedürftigen bezahlte, von ihnen stammte. Auf jeden Fall heirateten sie schließlich. Sie gebar ihm diese drei Städte, hatte eine Abtreibung bei einer Kleinstadt (die eigentlich Mogadischu hätte heißen sollen!) und wurde geschieden, als ein »Dorf« (der Geburtsort Dhools) in ihr wuchs. Als Meherr-fee bekam sie ein aluminiumgedecktes Ziegelhaus in Bondere, in dem sie zusammen mit ihren zwei kostbaren Söhnen und den Städten unter der Obhut einer alten Tante lebte, der Großtante mütterlicherseits.

»Wie heißt dieses Geheimnis?«
»Alles zu seiner Zeit.«
»Hat es denn etwas mit mir zu tun?«
»Ich hab' es bei mir.«
»Getippt und mit Kopie?«
»Hmmm!«

Man sah ihr als wichtiger Person und Kleinod der Freiheitskämpfer eine Menge nach, Minister und Unterstaatssekretäre erwiesen ihr beide nach der Unabhängigkeit

Wohltaten, und man konnte sie vor dem Regierungspalast in einem von der Regierung gestellten Wagen vorfahren und über das ganze Gesicht vor Siegesfreude strahlen sehen. Zu den Gefälligkeiten, die man ihr erwies, gehörte, daß man ihre zwei Lieblinge, ihre Söhne, mit einem Stipendium ins Ausland schickte: den einen nach Italien, den anderen nach Westdeutschland, was als das Beste für die Kinder der Auserwählten galt. Keiner von beiden hatte jedoch Erfolg an der Universität, beide vermißten während dieser Zeit schrecklich die gewohnte Mitbeteiligung ihrer Mutter an ihren Leistungen. Sie konnte sie nicht den Professoren empfehlen, wie sie es hier machte. Sie versagten, beide, Warsame und Bulxan, versagten immer wieder.

»Weißt du, heute morgen . . .«

»Ja, Jaalle?«

»Bulxan sagte, er hätte dich gesehen.«

»Was macht er jetzt?«

»Er ist bei einer Firma im Büro angestellt.«

»Geht es ihm gut da?«

»Ziemlich gut, glaube ich.«

Als Warsame Mitte der sechziger Jahre als Versager der Familie, als der erste Versager an einer Universität in der Familie, nach Hause zurückkehrte, bewegte seine Mutter wieder einen wichtigen Buchstaben auf ihrer Alphabettafel, servierte dieses Mal den zuständigen Persönlichkeiten Bohea, und schon war Warsame wieder auf dem Weg zu einem weiteren, von den Vereinten Nationen finanzierten Studienjahr in Indien. Hier erreichte er, nun ganz auf sich gestellt, eine Studienverlängerung: Der Leiter seines College, der von ihm als Geschenk eine ausländische Seikouhr erhalten hatte, empfahl seinen Fall zur »wohlwollenden Begutachtung« an die Lehrstühle in Paris. Ohne ein Blatt vor den Mund zu nehmen: Sein ursprüngliches Stipendium wurde zu einem regelrechten Studium mit der Möglichkeit eines besonders guten Abschlusses in Wirtschaftswissenschaften an der Benares Hindu University in Vanarassi verlängert.

»Sehnst du dich nach Indien zurück?«

»Sehr.«

»Warum?«

»Bewegungsfreiheit, Glaubens- und Diskussionsfreiheit.«

Zwei Jahre später, als er den Prüfer in Madurai und denjenigen, der seine Arbeit durchsah, in Amritsar bestochen hatte, bekam er ein mehr oder weniger wertloses Zeugnis ohne Siegel und ohne Stempel. Am Flughafen Santa Cruz in Bombay wurde er dann auf frischer Tat mit einem Haufen Marihuana ertappt, und die indische Polizei, die bei ausländischen Übeltätern, die auch noch zufällig Afrikaner sind, hart durchgreift, legte ihm sofort Handschellen an. Das Gericht verurteilte ihn zu zwei Jahren Gefängnis und einer Strafe von fünftausend Rupien. Die italienische Botschaft, die Somalia auf dem Subkontinent wie auch in jedem anderen Land, in dem Somalia keine eigene Botschaft unterhält, vertritt, die italienische Botschaft also wurde auf Warsames Wunsch hin benachrichtigt, von dort kabelte man an das Außenministerium in Mogadischu, über die richtigen Kanäle appellierte man an die indische Botschaft in Mogadischu (seine Mutter sprach persönlich mit dem Handlungsbevollmächtigten, da der Botschafter nicht »im Amt« war), und schließlich war Warsame frei. Man verwarnte ihn, aber er war frei und flog auf dem Rücksitz einer UAA-Maschine nach Hause zurück.

»Hast du einen Kurs in Hindu-Philosophie mitgemacht?«

»Das brauchte man nicht.«

»Wie das?«

»In Vanarassi gibt es mehr Hinduschreine als Moscheen in irgendeinem Moslemgebiet irgendwo auf der Welt.«

»Und hast du dich in Indien zu Hause gefühlt?«

»Schlimmste Rassendiskriminierung.«

»Aber sie sind doch auch dunkelhäutig.«

»Ich weiß nicht, was aus dieser Welt noch werden soll.«

»Das weiß ich allerdings auch nicht.«

Er flog auch mit der UAA von Aden aus, und wie gewöhnlich startete die Maschine mit Verspätung. Aber es sollte noch schlimmer kommen: Es war niemand da, um ihn am Flughafen abzuholen, keine einzige bekannte Seele, weder sein Bruder, noch seine Mutter, noch seine Schwesterstädte. Er hatte vergessen, ihnen seine Ankunft telegraphisch mitzuteilen, und er hatte vergessen, daß er es vergessen hatte. Außerdem besaß er keinen einzigen Pfennig, um sich ein Taxi nach Hause zu nehmen oder in ein Hotel zu gehen. Da saß er nun am Flughafen in seinem Mutterland, atmete schwer und innerlich zerrissen. Jemand, den er darum bat, nahm ihn in seinem Wagen mit, jemand, mit dem er zusammen in derselben Maschine gesessen und der sich genau wie er über die im Flugzeug servierten Fleischklößchen beklagt hatte. Aber wohin sollte er nun gehen? . . .

»Seid ihr an Frauen rangekommen?«

»Es gab Männer, die uns ihre Ehefrauen überließen.«

»Wie um Himmels willen . . .?«

»Für Geld.«

»Wie in Neapel?«

»Ganz ähnlich, ja.«

Man ließ ihn in den Räumen einer Bank übernachten, und er konnte Kontakt mit seiner Mutter aufnehmen. Nachdem die ganze Familie sich wiedergesehen hatte, sagte man ihm, daß die Großtante gestorben sei. Er meinte nur, er freue sich, daß sie tot sei. Und seine Mutter erzählte ihm, daß sie inzwischen alle möglichen Krankheiten gehabt hätte und daß sie sich für den Rest ihres Lebens nur noch wünschte, ihre Sünden durch einen Besuch in Mekka abwaschen zu können, zu büßen . . .

»Wieviele Einwohner hat Kalkutta?«

»Ich hab' sie nie gezählt.«

»Zehn Millionen, wie?«

»So ungefähr.«

»Und die Straßen?«

»Bei dir hat man aber auch keinen Moment Ruhe, wie?«

»Entschuldige.«

... Ganze sechs Monate trödelte Warsame danach in der Stadt herum und tat praktisch überhaupt nichts. Er war ein Langschläfer ersten Grades, der immer nur rechtzeitig aufwachte, um seine in Butter zubereitete Leber und zwei Maiskuchen zu vertilgen. Sein Leben war ihm keinen Pfifferling mehr wert. Sechs Monate lang zählte er nachts die Sterne und saß tagsüber deprimiert am Meer und beobachtete konzentriert das Aufschlagen der Wellen auf den Strand und das Zurücklaufen des Wassers. Er hatte am Lido einen für ihn reservierten Platz, dort, wo früher irgendein Präsident zu sitzen pflegte. Seine Mutter war völlig apathisch: Ihr Sohn, ein Dottore, der intelligenteste seiner Generation, der einzige Somali, der Englisch und Italienisch genauso gut wie seine Muttersprache beherrschte, dieses Juwel eines Sohnes war arbeitslos wie ein unschuldiger Engel. Das konnte sie nicht begreifen.

»Wie oft hast du dir indische Filme angesehen?«

»So oft, wie du dir dein Haar schneidest.«

»Selten?«

»Ziemlich selten.«

Mit der Zeit verschlechterte sich der Zustand seiner Mutter. Und bevor sich die größte Hoffnung ihres Lebens, nämlich Mekka zu besuchen, erfüllt hatte, fühlte sie, daß sie bald sterben würde. Darum ließ sie sich (als psychologische Befriedigung?) durch einen Händler in Aden ein Festgewand aus Mekka schicken, das sie nachts trug und tagsüber wusch, und brabbelte unentwegt vor sich hin, indem sie die Kugeln ihrer Gebetsschnur zählte. Sie betete, sie möge in ihr Festgewand gehüllt sterben, und sabbelte.

»Geben sie dir genug Geld?«

»Wer sie?«

»Die ... äh ... Armee?«

»Genug, um einer Katze ein Stück verdorbenes Fleisch zu kaufen.«

Die Mutter siechte dahin. Sie zog sich vollkommen von der politischen Szene, von Parteitreffen und Gesprächen mit dem Präsidenten der Republik zurück, denn ihre Krankheit traf auch noch mit dem dramatischen Sturz von Präsident Aden zusammen. Jetzt, als Sharmarke Präsident war, war sie bettlägerig geworden und hatte einen Spucknapf und ein verdrecktes Tablett unter dem Bett stehen. Dann brachten die Zeitungen eine interessante Meldung für ihren kostbaren Jungen: In der Nationalarmee waren Stellen frei für Universitätsabgänger, es würde »gut gezahlt«, schrieb man, und man hätte die Chance, »sofort Offizier zu werden«. Warsame bewarb sich, und mit den Qualifikationen, die er vorweisen konnte, machte man ihn zum Leutnant, rasierte ihm den Kopf, brach seinen Stolz und ... eines Tages kam er dann heim, um sich im Glanz seiner Uniform zu zeigen ... und er klopfte an die Tür, an ihre Tür, an die Tür ihres Ziegelsteinhauses in Bondere. Sie hatten gewußt, daß er als frischgebackener Offizier nach Hause kommen würde, er hatte es ihnen vorher gesagt, und alle hatten sich darauf geeinigt, dies zu feiern. Warsame klopfte, klopfte und klopfte wieder. Niemand öffnete ihm. »Ihre Mutter ist gestorben«, erzählte ihm ein Nachbar. Einfach so, ja so, als würde sterben so gut wie gar nichts bedeuten, als wäre es im Grunde ein Witz. »Wann?« fragte er. »Ungefähr vor einer Stunde«, erhielt er als Antwort. »Und wo sind meine Geschwister?« Der Nachbar meinte, das wisse er nicht. »Aber da war vorhin ein junger Mann, der uns sagte, er wolle die Totengräber holen. Er hat auch die Tür abgeschlossen.« So war überhaupt niemand da, der bei der Toten Wache hielt, niemand.

»Weißt du, warum ich kündige?«
»Warum?«
»Wegen des Schulleiters.«
»Oh!«
Niemand hielt die Totenwache! Als er fragte, warum seine Schwestern auch fortgegangen wären, erzählte der Nachbar Warsame von »einem kleinen Vorfall, hat irgend etwas mit dem Doktor aus Digfar zu tun, der der alten Dame angeblich eine zu hohe Dosis gegeben hatte«. Warsame stahl sich von ihrem Ziegelhaus in Bondere fort und schwor, daß er jetzt nach dem Tod seiner Mutter niemals hierher zurückkehren würde. Meine Mutter hat es einfach nicht fertiggebracht, in der rechten Art und zum rechten Zeitpunkt zu sterben, dachte er bei sich. Und so stahl er sich fort, schwor bei sich, er würde den Arzt umbringen, er schlich davon und ließ sich von der tropischen Sonne in seiner gestärkten Khakiuniform versengen. Er marschierte zu seiner Kaserne zurück.
»Was stimmt an den Gerüchten über Grenzzusammenstöße?«
»Mit Äthiopien?«
»Arteh ist deswegen in Addis Abeba?«
»Laß dir einen Rat geben.«
»Ja?«
»Kümmere dich um deine eigenen Angelegenheiten.«
»Befehl ist Befehl, Leutnant.«
Zwei Jahre, nachdem er Offizier geworden war, patrouillierte Warsame genau an dem Tag, an dem die unblutige Revolution stattfand, in einem offenen, grünen Militärfahrzeug in voller Uniform durch die verdächtigsten Orte in der Stadt, ein Tölpel im Grunde, der andere Soldaten herumkommandierte. Er befand sich vom Morgen bis zum Abend auf dieser Patrouille und stellte sich dabei so geschickt an, daß die einen Tag lang amtierenden Revolutionäre ihn in ihrem großen Buch, in dem sie Belohnungen

und Strafen vermerkten, als gut für eine Belohnung eintrugen. Vom nächsten Tag an war Warsame bis zur Ernennung ziviler Staatssekretäre der ständige Begleiter des Alten Mannes Jaalle Siyad. Es gelang ihm mit vollendeter Eleganz, sich Zutritt zum Kreis der VIPs zu verschaffen, denn der Mann kannte die richtigen Bücher, denkt Koschin bei sich. Und schließlich sollte er sich ja wohl auskennen, nachdem er Tausende von Briefen gelesen und sich dabei die Augen verdorben hatte – alles in der Annahme, man würde ihn zum Staatssekretär machen.

»Shucaybs Leute sind, wie du weißt, bei einem Erdbeben umgekommen.«

»Wer?«

»Shucaybs Leute.«

»Ja und?«

»Und vor ihnen auch die von Xuud, Nuux und Luut.«

»Was soll das heißen?«

»Daß Gott über allem steht.«

»Oh, tatsächlich?«

Es vergingen nur einige Monate, da hatte man Warsame einige Auszeichnungen verliehen, ihn befördert und ihm einen guten Posten im Sekretariat des Revolutionären Befehlsrates angeboten. Er begann, seine Wagen zu wechseln wie andere ihr Hemd in den Tropen, er kaufte jedes Modell, jedes italienische, deutsche und englische Auto. Als er dann später nicht bereit war, seine Klage gegen den Arzt, der Warsame zufolge »seiner Mutter eine zu hohe Dosis gegeben hatte«, fallenzulassen, gelang es einem Oberst aus dem Kreis der Mächtigen, an die Warsame sich angelehnt hatte, einem Oberst, der entfernt mit diesem Arzt verwandt war, ihn unter irgendeinem Vorwand an eine andere Stelle versetzen zu lassen. Warsame wurde zum Lobbyist, er bestach und beschwätzte eine Reihe hoher Tiere, er konspirierte . . . (»Wenn hohe Tiere sprechen, müssen Menschen, die nur von der Anziehungskraft der Erde leben, schweigen« – so hatte Mohammed sich einmal ausgedrückt, erinnert sich Koschin.) Auf jeden Fall . . .

»Wer ist das Mädchen, das dir da zuwinkt?«

»Meine Zukünftige.«

»Deine Zukünftige?«

»Ja.«

»Amerikanerin?«

»Nein, Engländerin.«

Drei Monate später wurde Warsame wieder nach Mogadischu zurückversetzt und außerdem in den Nationalen Sicherheitsdienst berufen, allerdings nur »im Rahmen von Regelbeförderungen«, wie einige Reaktionäre meinten. Und dann trafen sich Warsame und Koschin im Cons-Stadion. Uganda spielte gegen die somalische Nationalmannschaft oder so ähnlich. Koschin saß eingeklemmt zwischen den unbarmherzigen Absätzen zweier fetter Frauen aus dem Norden, denn das Stadion war bis auf den letzten Platz mit Fußballfans gefüllt und die Tribüne für hohe Persönlichkeiten und deren Anhang reserviert. Dann kam Warsame mit zwei jungen Mädchen und einem anderen Offizier herein, und die vier nahmen auf der Tribüne Platz, während Koschin, dem der Schweiß in Strömen über den ganzen Körper floß, wie ein struppiger Wildesel aussah.

»Du willst heiraten?«

»Der Gedanke stört mich nicht im mindesten.«

»Wenn du deine Zukünftige heiratest, wirst du wohl keine Schwierigkeiten haben, in Europa einen anständigen Posten zu bekommen, oder?«

In sehr geringschätzigem und sarkastischem Ton:

»Das nehme ich allerdings nicht an.«

So, als ob er aufrichtig wäre:

»Ich würde das Land verlassen, wenn ich an deiner Stelle wäre.«

»Wenn du an meiner Stelle wärst, ja!«

»Von Gewissen und derlei einmal abgesehen, weißt du . . .«

»Ja, ja.«

Dann trafen sich ihre Blicke. Warsame winkte Koschin zu; Koschin sah, daß Warsame ihm zugewinkt, ihm auch zugelächelt hatte und daß er den zwei Frauen neben ihm unklugerweise etwas zuflüsterte. Sie hatten alle gegrinst.

»Ich kenne sie, ich habe mit ihnen zusammengearbeitet«, meint Warsame.

»Wer sind sie?«

»Die hohen Tiere.«

»Oh, tatsächlich?«

»Ich hab' im innersten Zirkel gearbeitet, ja. Ich war im Sekretariat beschäftigt, wo die wichtigsten politischen Entscheidungen getroffen werden«, erklärt Warsame stolz.

Koschin sucht Zuflucht im Koran:

»Wahrlich, die Toten werden nicht zuhören, und die Tauben werden den Ruf nicht hören können, in Sonderheit nicht, wenn sie dir den Rücken kehren.«

»Was war das denn?«

Und noch ein Zitat aus dem Koran:

»Und ihnen kann die Schuld nicht gegeben werden.«

Unsicher meint Warsame:

»Ich habe ja nur vorgeschlagen, daß du hier weggehst.«

»Und ich sage dir, du redest wie ein degenerierter Mensch, der es nicht wert ist, daß ihm irgend jemand Vertrauen schenkt.«

Nicht weit von sich entfernt sieht Koschin Nancy aus dem Haufen der Partygäste heraustreten, sie ist allein, ohne Barbara und Mohammed. Sie kommt mit unsicheren Schritten auf die beiden zu, und Koschin springt betont höflich auf und fragt:

»Warum hinkst du denn?«

Nancy starrt auf ihre Füße und meint, ohne ihn anzusehen:

»Die Schuhe sind zu eng.«

Er nimmt ihren Arm und hilft ihr, sich zu setzen.

»Es sieht entsetzlich häßlich aus, wenn du hinkst, weißt du das? Du hättest dich selbst sehen sollen: wirklich richtig häßlich, Nancy.«

Nachdem sie Platz genommen hat:

»Das hat meine Mutter mir auch immer gesagt.«

Er schaut zu Warsame hinüber und macht die beiden miteinander bekannt.

»Entschuldigt. Dies ist Warsame, Offizier und mein Freund, und dies ist Nancy. Ihr habt euch noch nicht kennengelernt, oder?«

Nancy:

»Ein Offizier in der Armee?«

»Ja.«

Warsame streckt ihr seine Pranke entgegen und fragt seinerseits:

»Deine Zukünftige?«

»Ja.«

Nancy lächelt vorsichtig:

»Angenehm.«

Warsame gibt das Lächeln zurück. Er klopft Koschin ein wenig zu betont freundschaftlich auf die Schulter und erklärt:

»Es ist mir eine Ehre, Mademoiselle.«

Ganz Etikette, antwortet sie, indem sie sich halb erhebt:

»Ganz meinerseits.«

Danach zieht sich Warsame zurück, indem er rückwärts geht wie eine zurückflutende Welle.

Koschin übernimmt Warsames Platz, und Nancy lehnt sich nach vorn, so daß ihre Arme gegen seine Knie zu ruhen kommen. Koschin erkundigt sich:

»Wo sind sie?«

»Ich glaube, sie sind gegangen.«

»Nach Hause?«

»Haben sie sich nicht von dir verabschiedet, bevor sie gingen?«

»Nein.«

»Ich sprach gerade mit einem Piloten, als sie mir sagten, sie wollten gehen. Aber sie meinten, sie würden dich vorher bestimmt noch sehen.«

»Haben sie aber nicht.«

Das Stichwort heißt: Immer weiter reden, denkt Koschin. Um nett zu sein, fragt er dann jedoch:

»Welcher Fuß tut dir denn weh?«

Nancy hebt ihr rechtes Bein hoch und drückt zum Beweis auf ihren angeschwollenen Knöchel.

»Hier tut es am meisten weh.«

Wieder ein Schweigen.

»Wie spät ist es, Nancy?«

»Nach drei, glaube ich. Möchtest du gehen?«

»Nach Hause?«

»Zu wem? Zu dir?«

»Nein. Zu dir.«

Nach kurzem Zögern:

»Bei mir ist nicht aufgeräumt.«

»Hast du die Zeit in Bath vergessen?«

»Ich habe nur gesagt, bei mir ist nicht aufgeräumt.«

Sie gibt ihm einen freundschaftlichen Stoß:

»Wer wäscht denn jetzt für dich?«

Er rutscht auf seinem Platz herum:

»Der Wäschemann in der Nachbarschaft.«

»Von morgen an werde ich das machen.«

»Nancy, dies hat doch alles keinen Sinn.«

Heftig:

»Ich bin mit dem Vorsatz gekommen hierzubleiben, egal, was passiert.«

Sehr vorsichtig:

»Laß uns darüber nicht weiter sprechen.«

Er steht auf. Streckt sich. Gähnt.

»Können wir dann gehen?« fragt er.

»Hilf mir bitte aufzustehen.« Sie gibt ihm die Hand. Ein Moment Ruhe, als er ihr beim Aufstehen und auch weiter beim Gehen hilft. Dulmar und Barni sind nirgendwo zu sehen. Ohne weiter darüber zu reden, gehen Nancy und Koschin trotzdem.

Draußen empfängt sie die morgendliche Kühle von Mogadischu. Die Sterne sind verblaßt, kein Schimmer ist mehr von ihnen zu entdecken. Wie ein Signal hören sie den Gebetsruf, und Koschin meint:

»Es ist später als drei, Nancy.«

Sie antwortet nicht.

»Ja, Nancy, nach drei.«

»Tut mir leid.«

Bei sich selbst denkt Koschin: Die Zeit fließt unwiederbringlich dahin. Ein Tag, der wie auf Flügeln vorbeigegangen ist. Aber was wollte Warsame eigentlich?

Nancy fragt:

»Wir gehen zu dir, oder?«

»Du hast ja darauf bestanden, nicht wahr?«

»Ich habe nur gesagt, daß ich für dich aufräumen und deine Wäsche waschen werde.«

Beide schweigen wie zuvor. Sie gehen Seite an Seite, Nancy schafft es jetzt allein. Ein blauer Polizeiwagen von der Sorte, die die Leute in Mogadischu Otto-Otto nennen, biegt vor ihnen um eine Straßenecke. Er hält, als sie daran vorbeigehen, und einer der Männer im Wagen spricht über Funk, als er Nancy und Koschin sieht. Der Mann hinter dem Steuer macht eine freche Bemerkung über sie. Obwohl er nicht darauf geachtet hat, versteht Koschin ein paar Worte, aber er zieht es vor, sich gegenüber dem, was die »Privilegierten« über die »Nichtprivilegierten«, und dazu noch nach Mitternacht, zu reden haben, taub zu stellen. Zu ihrem Glück fährt der Wagen wieder an, und Koschin und Nancy erreichen die Kreuzung bei der Mecca Road.

»Gibt's um diese Zeit kein Taxi?«

»Nein.«

So gehen sie also. Koschin voran, Nancy hinterher. Überall sind Löcher im Bürgersteig, weil das Pflaster nicht ordentlich gemacht worden ist. Sie schwanken beim Gehen hin und her. Die zweispurige Straße liegt verlassen da, und mit Ausnahme von ein paar Hunden, die rechts und links der Mecca Road in den Wohnungen bellen, ist fast alles still. Im dämmrigen Licht des frühen Morgens fällt es Koschin schwer, jemand, der in einiger Entfernung vor ihnen steht, zu erkennen. Sie gehen an der Botschaft der Republik Kenia vorbei und noch ein Stückchen weiter die Straße hinauf, bis Koschin sieht, daß Barbara dort ganz allein an der Straße steht, die Tür des Wagens weit geöffnet. »Da vorn steht eine Frau, die wie Barbara aussieht«, meint Koschin.

»Barbara? Was soll sie wohl ganz allein hier machen?«

»Ich weiß nicht, ob Mohammed im Wagen sitzt.«

»Du meinst, sie ist allein?«

»Sieht so aus.«

Als sie sie erreicht haben, fragt Nancy:

»Und wo ist Mohammed?«

»Er ist weg, um Hilfe zu holen.«

»Wo fehlt's denn?« meint Koschin.

»Ich glaube, es ist die Batterie.«

Gemeinsam schieben sie den Wagen an, schieben und schieben, und abwechselnd versucht einer der drei zu starten. Völlig erschöpft kommen sie vor dem Hotel Splendid an und sind erleichtert, als sie Mohammed mit Hilfe zurückkommen sehen. Es sind acht Mann in schwarzer Uniform, die auf ihrem Weg zur Arbeit in der Molkerei sind. Barbara setzt sich hinters Steuer, ein schwungvoller Stoß, und die Maschine startet.

»Mahadsanidin, Jaallyaal«, sagt Mohammed.

»Vielen Dank«, keucht Nancy.

»Asxantu«, von Koschin.

Mohammed setzt sich neben Barbara nach vorn.
»Nun kommt schon«, meint Barbara.
»Ja, steigt ein«, ermuntert sie Mohammed.
»Kommt.«
»Wir bringen euch nach Haus.«
Obwohl er viel lieber laufen würde, steigt Koschin als erster ein. Man muß gelegentlich einmal rücksichtsvoll sein. Das arme Ding hinkt ja. Mit einem geschwollenen Knöchel. Der Wagen setzt sich langsam wie bei einem Begräbnis in Bewegung. Nach fünf Minuten sagt Mohammed zu Barbara hinter dem Steuer: »Wir sind da.«
Sie hält an. Fragt über die Schulter:
»Geht Nancy mit zu dir?«
Er antwortet nicht.
»Ja«, sagt sie an seiner Stelle.
Sie steigen aus. Es folgen ein paarmal »danke« und »nichts zu danken«. Dann schließt sich die Tür, und Mohammed murmelt:
»Bis morgen.«
Koschin geht voran. Nancy hinkt hinterdrein. Der Wagen gleitet davon und läßt eine kleine weiße Wolke und Staub hinter sich zurück. Die Straße ist ebenfalls staubig, und es sind immer noch fünfzig Meter bis zu dem Loch, das Koschin sein Zuhause nennt.
»Ich warne dich.«
»Wovor, Lieber?«
»Es ist ein totales Durcheinander in meinem Zimmer.«
»Du mußt dir keine Gedanken machen.«
Ein Mann und eine Frau stehen eng umschlungen vor dem Haupteingang. Koschin erkennt die Frau. Sie wohnt in dem Zimmer ihm gegenüber. Sie verkündet: »Das Licht ist ausgegangen.«
Koschin sucht in seinen Kleidern nach seinem Zimmerschlüssel. Nancy erklärt inzwischen:
»Ich schlafe gern im Dunkeln.«

Er findet den Schlüssel und erwidert nichts, weil er ihre Bemerkung als Provokation auffaßt. Der Mann und die Frau machen ihnen Platz. Koschin und Nancy stolpern im Finstern durch das Gebäude. Nancy greift nach Koschins Arm, um sicher zu sein, daß sie ihn nicht verliert. Aber Koschin findet trotz der Dunkelheit zu seinem Zimmer. Dann hört Nancy das Geräusch des Schlüssels, und die Tür öffnet sich.

»Komm herein.«

»Wo bist du?«

»Richte dich nach meiner Stimme.«

Sie tut's.

»Setz dich.«

»Wo?«

»Neben mich.«

Sie setzt sich.

»Dies ist mein Zimmer«, sagt er wie bei einer Vorstellung. Sie tastet das Bett ab: ein Durcheinander.

»Wo sollen wir schlafen?«

»Hier, zusammen.«

Nach einer Pause:

»Mit mir ist als Frau heute nacht nicht viel los.«

»Ich weiß.«

»Und was soll ich mit diesen Sachen machen?«

»Mit welchen Sachen?«

»Das ganze Bett ist voll davon.«

»Schieb sie zur Seite.«

»Alles zur Seite schieben?«

»Oder schmeiß sie auf den Boden.«

Man hört, wie einiges auf den Boden fällt.

»Hast du Streichhölzer?«

»Wozu brauchst du Streichhölzer?«

»Um etwas zu sehen.«

Er sucht tastend nach einer Streichholzschachtel.

»Es sind keine da.«

Ein Esel schreit irgendwo weit entfernt.
»Oder einen Pyjama?«
»Einen Pyjama?«
»Hast du nicht einen für mich übrig?«
»Ich benutze keine Pyjamas.«
Beide sagen eine Weile gar nichts. Dann fragt Nancy: »Was soll ich denn anziehen?«
»Zieh zuerst einmal deine Schuhe aus.«
»Mein Gott. Das wird wirklich eine Erleichterung sein.«
»Tut es weh?«
»Sehr.«
Noch einmal schreit ein Esel.
»Zeig's mir mal.«
Sie tut es. Er fühlt ihren Knöchel, berührt ihn sanft und hilft ihr, die Schuhe auszuziehen. Dann liegen sie nebeneinander im Bett, beide noch völlig angezogen. Aber beide ohne Schuhe. Ihre Füße berühren sich. Es kitzelt sie. Sie kichert, kichert fast wie eine Hure. Sie ist still. Er kitzelt sie ein bißchen mehr. Diesmal kichert sie lauter. Er zieht sie zu sich heran. Sie küssen sich; es ist ein bitterer Kuß. Danach rollen sie voneinander fort.
»Was, meinst du, soll ich tun?«
»In welcher Beziehung?«
»Möchtest du, daß ich bleibe?«
»Möchtest du es denn?«
Plötzlich wird sie ganz steif, denn sie spürt, wie ein Insekt an ihren Beinen, ja sogar an ihrem Körper hochkrabbelt. Es ist eine Kakerlake. Angst überfällt sie, und sie wünscht, sie könnte schreien, richtig vor Angst schreien. Wie ein Wunder krabbelt die Kakerlake wieder weg. Nancy zieht ihn dichter zu sich heran und sagt:
»Du würdest mir fehlen, wenn ich ginge.«
Ein Hahn kräht.
»Halt mich fest«, sagt sie. »Bitte.«
Er nimmt sie fester in den Arm. Sie schwitzen. Es ist heiß.

»Bitte. Halt mich fest. Mir ist schrecklich kalt.«

Er küßt sie hier und dort und auf die Stirn. Ungefähr zehn Minuten lang sagt keiner von ihnen ein Wort. Sie nimmt seine Hand als Kissen, um darauf einzuschlafen.

»Schlaf gut, Nancy«, sagt er.

»Schlaf gut, Koschin, Lieber«, sagt sie.

Glossar

Erklärung der somalischen Ausdrücke

Alxamdulillaah! Gott sei Dank!
Mac sokor süß wie Zucker
Asraail Name eines Todesengels
Bocorta hübsches Mädchen
Nabad Friede (als Grußwort)
Xabiibi (arabisch) Schatz, Liebling
Yussur Frauenname in Anlehnung an die dunkelbraune Hautfarbe
burdha (arabisch) Obergewand für Frauen
mundul afrikanische Rundhütte
guntino somalisches Wickeltuch für Frauen
Kankhan Mussa Eigenname
Mahadsanid Danke schön
Laba isu dhow wey dirirta: carab iyo daan koley tahay. Zwei Verwandte (oder einander Nahestehende) können streiten wie eine Zunge in einem Mund.
Warya? He, du Mann?
Wa mahai? Was ist los?
Maha ku helai? Was ist mit dir passiert?
Nahad aragtai? Was hast du gesehen?
Nervousnimada wa mahai? Warum bist du so nervös?
Wahba nichts
Maxaad oogu bixisay Susan? Warum hast du sie Susan genannt?
Heshiis baa naga dhxaeeyay aniga iyo Barbara. Barbara und ich hatten eine Vereinbarung getroffen.
Muxuu ahaa? Was für eine Vereinbarung?
Gabar haddii ay dhalato magac Gaaleed ... Falls es ein Mädchen würde, sollte es einen fremden Namen bekommen.
Wiil – na? Und im Falle eines Jungen?
Magac Somaliyeed Einen somalischen Namen.
Maxay kugu tiri? Was hat sie dir gesagt?
Lama aanan hadlin aniga. Ich habe nicht mit ihr gesprochen.
Yaa lahadday? Wer hat mit ihr gesprochen?

satyghri meine Liebe
Alem Bequa ein berüchtigtes Gefängnis in Äthiopien
Arishes viereckige Hütten
Gulwadayaal Volksmilizen
Waa meeqa waryaa? He, Mann, wieviel kostet das?
Anigaa kula hadlay! Ich habe mit dir gesprochen!
Gaasha ayaa iga iibsanysa. Iidaa aan dhecee! Die fremde Frau wird mir das abkaufen. Laß mich sie betrügen.
Fanole Staudamm am Jubafluß
Tafaddal, tafaddal, ishrah shaayi macaay warnabi! (arabisch) Willkommen, willkommen, trinkt Tee mit mir und dem Propheten!
khubuz arabisches Fladenbrot
Dhag-dheer die mit den langen Ohren (= Geheimpolizei)
ottenda-dues Zweiundachtziger (LKW-Typen italienischer Herstellung)
Waad soodaahdeen! So gala! Sie sind spät gekommen! Kommen Sie herein!
Waa nakan! Hier sind wir!
miskeen der Arme
Waria – Duqqa – Jaalle He, du Mann – Herr – Genosse
Musqushii awadai? Wo ist die Toilette?
dirak ein weites somalisches Kleid
Wai sakhraansantahay. Sie ist betrunken.
Axsantu! (arabisch) danke!
Alaikumu-salaam wörtl.: Heil über dich! Sei gegrüßt!
armadio Schrank (somalisch/italien. Wort)
Waraxmatullahi (arabisch) Und Gottes Barmherzigkeit (als Antwort auf: Sei gegrüßt!)
Mmmaya, Jjjjale? Nnnnein Ggggenosse!
Maxaad haysaa? Was gibt es so bei dir?
Liinse? Und Orangensaft?
Wwwa yahay! Iiiin Ordnung!
Wwwwaxkale? Ssssonst noch was?
malinjog ein Tagesbesuch
Shantii o gow ah genau fünf Uhr
Hayeh? Und weiter?
Meherr-fee Brautpreis

Bohea schwarzer Tee minderster Qualität
Mahadsanidin, Jaallyaal Ich danke euch, Genossen!
Asxantu danke schön (arabischer Ursprung)

Erklärung der italienischen und lateinischen Ausdrücke

fiammiferi Streichhölzer
macchina da barba Rasierapparat
Non ce ne importa! Nein, das ist nicht wichtig.
reductio ad absurdum Zurückführung auf die Sinnlosigkeit
Dio benedetto
Deus benedictus Gott sei gelobt!
Cortesia non costa niente ma paga molto in ritorno. Höflichkeit kostet nichts, aber sie zahlt sich aus.
Istruzione Publica Bildungsministerium
sotto voce mit gedämpfter Stimme, halblaut
piacere! bitte!, sehr erfreut!
Mi deludi Du enttäuschst mich
Assembla Nazionale Nationalversammlung
Escusa me Entschuldigen Sie mich
nome e cognome Name und Vorname
l'ultimo indirizzo letzte Adresse
Come mai ammiri questo uomo? Warum bewunderst du diesen Menschen?
Troppo en gamba e un grande politicante del secolo. Er ist sehr tüchtig und ein großer Politiker dieses Jahrhunderts.
Cosa hai detto? Was hast du gesagt?
Ti ho fatto male? Habe ich dir weh getan?
niente nichts
I maestro di coloro che non sanno niente. Oppure che sanno tuto! Der Lehrer derjenigen, die nichts wissen, obwohl sie alles wissen.
Comitato di Disciplina Disziplinarhof
Ingrisi italienische Verballhornung für Englisch
Davus sum, non Oedipus. (Terenz, Andria 1, 2) Davus bin ich, nicht Ödipus, d. h.: Ich verstehe dich nicht, denn ich kann nicht so geschickt Rätsel lösen wie Ödipus.
Infandum, regina, jubes renovare. (Äneas, Aen. 2, 3) O Königin, du weckst der alten Wunde untrennbar schmerzliches Gefühl

(Schiller).

frinata extrovertierte Frau

Seicento Sechshundert (Fiat 600)

sotto-svilupati die Unterentwickelten

Tutti si sono seduti alla mia sinistra. Alle haben sich zu meiner Linken gesetzt.

Omnis fama a domesticis emanat. Alle Gerüchte haben ihren Ursprung bei den Hausgenossen.

Buona sera! Guten Abend!

Le vie del Signore sono infinite! Die Wege des Herrn sind unergründlich!

un gruppo di vigliacchi, di scelti intimi amici che hanne il loro mondo nel campo di battaglia e pace Eine Gruppe von Feiglingen, von ausgewählten intimen Freunden, deren Welt auf dem Schlachtfeld liegt und auf dem Feld des Friedens

Con piacere Mit Vergnügen

Übertragung der englischen Zitate

Midday this day I'm bound upon
I woke to destruction in a dark day
Where the right path is wholly gone!

Heute mittag belastet mich noch, daß ich im Dunkel, als vom rechten Pfad nichts mehr zu erkennen war, in Untergangsstimmung erwachte.

Cut out my cane
And the crossing-out is complete!

Schneide mein Rohr ab, dann bin ich völlig ruiniert!

Woe to thee woman
There will never be a heaven
For you and the like
And no free hitch nor hike.

Wehe dir, Weib, für dich und deinesgleichen wird es nie einen Himmel geben und weder freien Weg noch Geleit!

And they being what they are, superior Somalis
May scorn the speech you may use!

Und als überlegene Somalis dürften sie verachten, was du sagst.

Erklärung der Abkürzungen

AFP	Agence France Presse (Nachrichtenagentur)
SYL	Regierungspartei vor der Revolution
OAU	Organization of African Unity (Organisation für afrikanische Einheit)
VAR	Vereinigte Arabische Republik
WASP	White Anglosaxon Protestants (gleichzeitig bedeutet »wasp« im Englischen Wespe oder Giftzwerg)
SDU	Somali Democratic Union (eine frühere Partei)
SRC	Supreme (oder Somali) Revolutionary Council (Oberster Revolutionsrat, Militärregierung)
UAA	United Arab Airlines (Fluglinie)
VIP	Very important person (eine sehr wichtige Person)

Amin Maalouf

Leo Africanus

Roman
Aus dem Französischen von Bettina Klingler
und Nicola Volland
suhrkamp taschenbuch 3121
480 Seiten

»Ich, Hassan, Sohn von Mohammed, dem Waagemeister, ich, Johann Leo von Medici, beschnitten von der Hand eines Barbiers und getauft von der Hand eines Papstes, werde heute Africanus genannt, doch komme ich nicht aus Afrika noch aus Europa oder Arabien. Ich bin ein Sohn der Straße, meine Heimat ist die Karawane, und mein Leben ist eine Reise voller Überraschungen«, beginnt Leo Africanus seine Lebensgeschichte. Im Jahre 1518 nehmen sizilianische Piraten einen Mekkapilger aus dem Maghreb gefangen und schenken ihn Papst Leo X. Der Afrikaner trat in Rom zum Christentum über, publizierte 1550 seine *Descriptio Africae* und kehrte später in den Maghreb und zum Islam zurück.

In seiner fiktiven Biographie umkreist Amin Maalouf den Konflikt zwischen den Kulturen, den verschiedenen Identitäten einer Person und lässt mit der Lebensgeschichte des Leo Africanus gleichzeitig eine ganze Epoche wiederaufleben, die Renaissance.

Amin Maalouf, 1949 im Libanon geboren, lebt seit 1976 in Paris.

NF 217/1/5.00

Fattaneh Haj Seyed Javadi

Der Morgen der Trunkenheit

Roman
Aus dem Persischen von Susanne Baghestani
416 Seiten. Gebunden

Teheran Anfang der dreißiger Jahre. Nachdem die selbstbewußte Mahbube mit ihren fünfzehn Jahren den Sohn einer Prinzessin abgelehnt hat, weist sie auch ihren Cousin zurück, der in sie verliebt ist. Warum? Das Mädchen hat sich in einen jungen Schreiner verguckt, und sie besteht auf ihrer Wahl. Wider Willen ringt der Vater sich dazu durch, ihr nachzugeben. Die Tochter erhält zur Hochzeit ein Häuschen und monatlich Kostgeld, aber das Elternhaus darf sie nicht mehr betreten. Die persische Autorin zeigt, daß Mahbubes Leidenschaft den Bedingungen dieser Ehe nicht gewachsen ist. Die junge Frau findet sich mit Ärmlichkeit und verletzenden Umgangsformen nicht ab. Nachdem ihr Sohn im Alter von fünf Jahren ertrunken ist, hält sie nichts mehr zurück – sie flieht zurück zu den Eltern und wird die Nebenfrau ausgerechnet des abgewiesenen Cousins.

»Einen Gabriel García Márquez oder eine Isabel Allende gab es aus dem Orient noch nicht zu vermelden. Das könnte sich jetzt ändern … Der Roman ist ein Glücksfall für die orientalische Literatur. Er ist ein Glück für seine Leser.« *Stephan Weidner, Berliner Zeitung*

Fattaneh Haj Seyed Javadi, geboren 1945 in Schiraz, lebt in Isfahan.

NF 264/1/9.00

Elsa Osorio

Mein Name ist Luz

Roman
Aus dem Spanischen von
Christiane Barckhausen-Canale
425 Seiten. Gebunden

Zunächst ist es nur ein unbestimmtes Gefühl, dann verdichten sich erste Indizien und weitere Nachforschungen zu einer erschütternden Gewißheit: Luz ist nicht die Tochter ihrer vermeintlichen Eltern. Sie ist die Tochter einer politisch Verfolgten, einer »Verschwundenen«. Luz weiß nicht, wer sie ist, bis sie eines Tages in Madrid ihrem wirklichen Vater gegenübersitzt.
Ihm, der die schlimme Vergangenheit begraben wollte, erzählt sie, was sie aus eigenem Antrieb herausgefunden hat, durch ihn erfährt sie die ganze Geschichte. Hinter ihrer scheinbar normalen Kindheit in der Familie eines hohen Militärs verbirgt sich ein Drama, das all die Menschen, die sie kennt und die sie liebt, auf immer verknüpft.

»Ein Roman der Gefühle, spannend wie ein Kriminalroman, ein Geflecht aus Stimmen, Zeitebenen und Szenen.«
Corriere della Sera

»*Mein Name ist Luz* liest sich – durch den ständigen Wechsel von Erzählperspektiven und Zeitebenen – streckenweise fast wie das Drehbuch eines Films.«
Der kleine Bund, Bern

NF 263/1/9.00

Dubravka Ugrešić

Das Museum der bedingungslosen Kapitulation

Roman
Aus dem Kroatischen von Barbara Antkowiak
304 Seiten. Gebunden

In sieben symmetrisch angeordneten Kapiteln reflektiert Dubravka Ugrešić, die nicht mehr in Kroatien lebt, ihren Aufenthalt in Berlin und München, erinnert sich an ihre eigene Kindheit und Jugend, erzählt von der trinkfesten, ess- und kochsüchtigen, männerverschlingenden Weltenbummlerin Christa und schildert sehr poetisch und melancholisch die hastige Liebesaffäre mit dem viel zu jungen, bildschönen Antonio in Lissabon.

Von Dubravka Ugrešić erschienen bisher im Suhrkamp Verlag: *Der goldene Finger* (edition suhrkamp 1654), *My American Fictionary* (edition suhrkamp 1895) sowie *Die Kultur der Lüge* (edition suhrkamp 1963). Für letzteres Buch wurde sie mit dem Charles-Veillon-Preis ausgezeichnet.

NF 252/1/8.00

- Trotzdestonichts oder Der Wendehals. st 3180. 160 Seiten

Truman Capote. Die Grasharfe. Roman. Übersetzt von Annemarie Seidel und Friedrich Podszus. st 3135. 208 Seiten

Paul Celan. Gesammelte Werke in sieben Bänden. Sieben Bände in Kassette. st 3202-st 3208. 3380 Seiten

Marguerite Duras. Der Liebhaber. Übersetzt von Ilma Rakusa. st 1629. 194 Seiten

Hans Magnus Enzensberger. Der Fliegende Robert. Gedichte, Szenen, Essays. st 1962. 350 Seiten

Max Frisch
- Homo faber. Ein Bericht. st 354. 203 Seiten
- Stiller. Roman. st 105. 438 Seiten

Norbert Gstrein. Der Kommerzialrat. Bericht. st 2718. 148 Seiten

Peter Handke. Mein Jahr in der Niemandsbucht. Ein Märchen aus den neuen Zeiten. st 3084. 632 Seiten

Hermann Hesse.
- Das Glasperlenspiel. Versuch einer Lebensbeschreibung des Magister Ludi Josef Knecht samt Knechts hinterlassenen Schriften. st 2572. 616 Seiten
- Siddhartha. Eine indische Dichtung. st 182. 136 Seiten

Ludwig Hohl. Die Notizen oder Von der unvoreiligen Versöhnung. st 1000. 832 Seiten

Yasushi Inoue. Das Jagdgewehr. Übersetzt von Oskar Benl. st 2909. 98 Seiten

NF 266/2/10.00

Uwe Johnson. Jahrestage. Aus dem Leben der Gesine Cresspahl. Einbändige Ausgabe. st 3220. 1728 Seiten

James Joyce. Ullysses. Roman. Übersetzt von Hans Wollschläger. st 2551. 988 Seiten

Franz Kafka. Der Prozeß. Roman. st 2837. 282 Seiten

Bodo Kirchhoff. Infanta. Roman. st 1872. 502 Seiten

Hermann Lenz. Vergangene Gegenwart. Die Eugen-Rapp-Romane. Neun Bände in Kassette. 3000 Seiten

Cees Nooteboom. Allerseelen. Roman. Übersetzt von Helga van Beuningen. st 3163. 440 Seiten

Juan Carlos Onetti. Das kurze Leben. Roman. Übersetzt von Curt Meyer-Clason. Mit einem Nachwort von Durs Grünbein. st 3017. 380 Seiten

Marcel Proust. In Swanns Welt. Auf der Suche nach der verlorenen Zeit. Übersetzt von Eva Rechel-Mertens. st 2671. 564 Seiten

Mario Vargas Llosa. Tante Julia und der Kunstschreiber. Roman. Übersetzt von Heidrun Adler. st 1520. 392 Seiten

Martin Walser. Ein fliehendes Pferd. Novelle. st 600. 151 Seiten

Ernst Weiß. Der arme Verschwender. st 3004. 498 Seiten

NF 266/3/10.00